KB251282

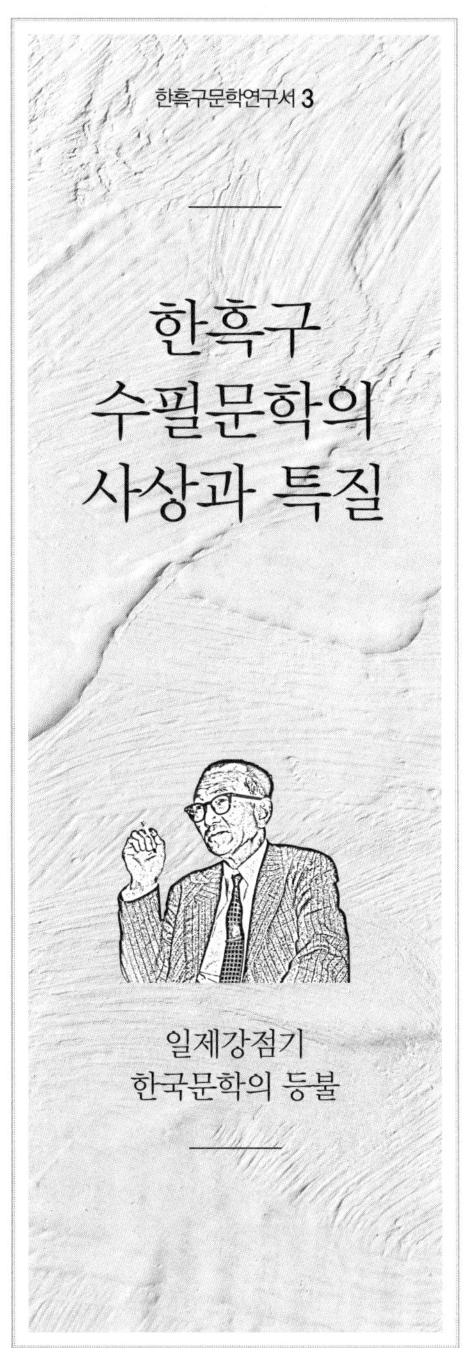

한흑구문학연구서 3

한흑구 수필문학의 사상과 특질

일제강점기
한국문학의 등불

아시아

한흑구 수필문학의 사상과 특질

발행일 2025년 6월 5일 초판 1쇄 발행
지은이 방민호 외
펴낸이 김재범
인쇄·제책 굿에그커뮤니케이션
펴낸곳 (주)아시아
출판등록 2006년 1월 27일 제406-2006-000004호
주소 경기도 파주시 회동길 445 (서울 사무소: 서울특별시 동작구 서달로 161-1, 3층)
전자우편 bookasia@hanmail.net

ISBN 979-11-5662-796-8
값 18,000원

시간의 흐름을 탓하고 운명의 슬픔을 아프게 생각하는 것보다도
나는 저 노목(老木)이 아무 말도 없이 높이 있으면서
다만 그늘만을 잔디 위에 덮어주는 하나의 사명만을 갖고 있다는 사실을
부러워하지 않을 수 없다.

– 한흑구의 「노목을 우러러보며」에서

1970년 가을 어느 날
한흑구 선생

한국 수필문학과 수필론의 선구자로서 한흑구 수필문학의 사상과 특질

한흑구 문학 연구서 제3권으로 『한흑구 수필문학의 사상과 특질』을 펴낸다. 앞서 나온 연구서 1권, 2권에서도 '수필가 한흑구'의 문학적 면모를 부분적으로 다루긴 했으나, 이번 책의 에세이 4편은 모두 그의 수필문학 연구와 분석에 집중한 글들이다. 방민호의 「한흑구 수필의 형식미와 예술성」, 신재기의 「시적 수필의 균열: 1970년대 한흑구 수필 읽기」, 이희정의 「한흑구 수필의 철학적 사유 분석: '매체'와 시대적 변화 양상을 중심으로」, 김종헌의 「한흑구 수필관의 형성 과정과 창작에의 실천」 등이 그것이다. 연구자의 시선을 그의 수필에 맞춘 의도는 무엇보다 일제강점기에 시, 소설, 평론, 수필, 영미문학 번역 등 장르를 넘나든 문학인이었던 한흑구가 그때부터 수필론 정초(定礎)에 선구적 역할을 담당하며 수필문학 개척에 돋보이게 앞장섰다는 사실과, 해방 후 수필 창작에 문학적 주력을 기울임으로써 수필가 이양하, 피천득, 김진섭 등과 함께 우리 수필문학의 예술적 경지를 열었다는 사실을 반영하고 있다.

방민호는 「한흑구 수필의 형식미와 예술성」에서 한흑구 수필문학은 이론적, 방법론적 기초를 가진다는 점, 문학사상에 입각해 있다는 점, 마지막으로 수필적 예술미의 가장 높은 경지를 개척해서 구현한 점 등에서 다른 수필가들과 구별하게 되는 특질을 지닌 것으로 평가한 다음, 한흑구 수필문학의 형식미와 예술성에 관하여 그의 수필론과 작품을 통해 입증하고 시적 수필의 예술적 경지를 완성한 그의 수필 「나무」와 「보리」를 각 한 편의 산문시로서 분석하고 있다.

「시적 수필의 균열: 1970년대 한흑구 수필 읽기」에서 신재기는 「나무」, 「보리」를 창작하여 시적 수필의 예술적 경지를 완성한 한흑구 수필문학이 1979년 11월 70세 일기로 타계한 그의 인생에서 노년기라 불러야 하는 60대, 즉 1970년대에 접어들어서 어떻게 산문적으로 풀어졌는가에 대해 통찰하고 있다. 작품의 제재와 주제가 전보다 다양해지고, 글의 길이가 전보다 전반적으로 더 길어지고, 실제 생활에 밀착해서 세상을 읽고 삶의 가치를 탐색하는 창작 태도를 보여주는 '수필가 한흑구'의 새로운 면모를 분석하면서 특히 '바다'를 주목하고 있다. 생명과 희망의 원천으로서 바다, 인생의 흐름을 비추는 거울로 바라보는 바다, 문학의 창조적 공간으로서 바다가 시적 수필의 균열을 일으키는 한흑구 수필문학의 원천이라는 것을 밝혀준다.

이희정은 「한흑구 수필의 철학적 사유 분석: '매체'와 시대적 변화 양상을 중심으로」에서 한흑구 수필문학이 어떠한 매체 속에서 시대에 따라 어떻게 변화했는가의 양상을 살펴보고 그의 수필에 내재한 철학적 사유의 구조와 성격을 규명하고 있다. 1930년대 일제강점기의 억압적 상황 속에서는 《동광》, 《신한민보》, 《농민생활》 등 민족주의적 성격이 강한 매체를 기반으로 조국 상실의 비극과 독립에 대한 열망을 문학적으로 형상화하고, 해방 이후에는 《백민》, 《동아일보》, 《매일신문》, 《현대문학》, 《수필문학》 등 다양한 매체를 기반으로 민족주의적 정서에서 벗어나 자연물에 대한 사유를 통해 인생의 유한성과 존재의 의미를 성찰하는 관조적 태도를 견지한 한흑구의 작품들은 매체의 시대적 맥락과 긴밀하게 호응하고 변화해온 문학사의 한 흐름을 반영하는 귀중한 문학사적 자료로서의 가치도 담보한다는 것이다.

「한흑구 수필관의 형성 과정과 창작에의 실천」에서 김종헌은 한흑구의 수필론을 발표한 순서대로 따라가며 이론적으로 더 보완된 부분을 찾아내고, 또 그것이 작품에 어떻게 나타나 있는가를 살펴본다. 자신의 수필론을 자신의 수필 창작에 적용하려 애를 쓴 작가로서 한흑구가 해방 이후 발표한 「수필문학론-ESSAY 형식의 고찰」(1948)에서 FORMAL 에세이와 INFORMAL 에세이로 구분하면서 경수필과 연수필 개념을 도입하고 시의 주관적 경향과 수필이 상통한다는 논지를 펼치며 수필을 시에 가까운 문학의 형식으로 이해한 점에 주목하는 한편, 한국현대문학사의 초기에 영문학의 에세이를 수용하여 경수필과 연수필로 구분할 뿐만 아니라 베이컨 수필과 몽테뉴 수필의 차이점을 언급하는 데까지 나아갔으나 수필이 시대정신을 가진 비판의 한 축이라는 점을 정의하지 못했다는 아쉬움도 지적한다.

책 뒤의 '특별자료' 두 편은 딱딱한 연구서를 읽어내는 독자에게 일종의 서비스로 제공하는 글이다. 먼저 읽어두는 것도 좋을 듯하다. 1909년 평양에서 태어나 자라고 1929년부터 5년간 미국 유학을 하고 돌아와 평양에서 전 조선을 상대하는 문예중심 월간지《백광》창간을 주도하고 "단 한 편의 친일문장을 쓰지 않은 영광된 작가"로서 해방을 맞은 한흑구는 그러나 곧바로 조만식이 주선해준 트럭으로 월남하여 1945년 9월 서울 문단에 합류하고는 1948년 늦가을부터 포항에 정착하여 1979년 늦가을에 생을 마치는 날까지 포항 사람으로 살아갔다. 이러한 한흑구의 문학적 약전(略傳)을 알아두고 포항에 와서 그의 명작 수필로 회자하는 「나무」와 「노목을 우러러보며」, 그리고 「보리」를 창작했던 현장으로 찾아가는 발길은 한흑구의 삶과 문학을 이해하는 지름길에 들어선 것이라 할 수 있겠다. 이래서 「한흑구의 문학적 약전(略傳), 그의 명작 수필과 포항의 현장」을 붙여둔다.

「1936년 가을, 평양 문인 좌담」은 1937년 1월《백광》창간호 발행을 주도하는 26세 한흑구가 그때 평양 숭실대학 영문학과 교수로 재직한 양주동, 이효석을 비롯해 극예술연구회에서 활동한 이석훈 등 문학인 8인을 모아 좌담을 진행하고 그 속기록을 다시 정리하여《백광》창간호에 좌담 사진과 함께 실은 것이다. 이 좌담에서 흐름을 주도하는 인물은 양주동이고, 이효석은 그저 얌전해 보이고, 안내 지면에 '속기'를 맡은 것으로 표기된 한흑구는 양주동 다음으로 활발히 토의에 참여한다.

이번 세 번째 연구서가 앞서 나온 두 권과 함께 한흑구의 삶과 문학을 비춰주는, 꺼지지 않는 전등과 같은 역할을 해줄 것으로 기대하며, 한흑구 연구에 깃든 필자들의 노고와 편집부의 정성에 깊은 감사를 드린다.

2025년 초여름

한흑구문학기념사업추진위원회

차례

특별자료

한흑구 수필의 형식미와 예술성

방민호

방민호

- 1965년 충남 예산 출생. 문학평론가, 서울대학교 국문학과 교수.
- 서울대학교 대학원 국문학 박사. 1994년 제1회『창작과비평』신인평론상 수상.
- 『실천문학』,『아시아』,『서정시학』편집위원 역임, 한국현대문학회 회장.
- 저서로는 평론집『문학사의 비평적 탐구』,『감각과 언어의 크레바스』,『행인의 독법』,『문명의 감각』,『납함 아래의 침묵』,『비평의 도그마를 넘어』,『한국비평에 다시 묻는다』등, 국문학 연구서『탈북문학의 도전과 실험』(공저),『최인훈, 오디세우스의 항해』(공저),『한흑구의 삶과 문학』(공저),『이상 문학의 방법론적 독해』,『일제말기 한국문학의 담론과 텍스트』,『한국 전후문학과 세대』,『채만식과 조선적 근대문학의 구상』등, 시집『숨은 벽』,『나는 당신이 하고 싶은 말을 하고』등, 장편소설 및 소설집『대전스토리, 겨울』,『연인 심청』,『무라카미 하루키에게 답함』등, 산문집『경원선 따라 산문여행』,『통증의 언어』,『서울문학기행』,『명주』등 다수.

한흑구 수필의 형식미와 예술성

방민호 (서울대 국문학과 교수, 문학평론가)

1. 들어가면서 – 한흑구 수필 문학의 위상

수필문학은 한국문학에서 그 중요성을 높게 평가받지 못하는 장르다. 그러면서 가장 넓은 작가층을 거느리고 있는 장르이기도 하다. 이러한 한국 수필문학의 과거와 미래를 논의하고자 할 때 한흑구는 다시 없이 중요한 작가의 의미를 가진다.

문학인으로서 한흑구가 지금까지 한국문학사에서 상대적으로 높은 위상을 차지하지 못했던 것은 수필문학이 문학적 관심의 중심부에서 비교적 멀리 밀려나 있었던 것과 관련이 깊다. 한국 수필문학사는 지금까지 심도 있게 논의되거나 서술되지 못해 왔다 해도 과언은 아니다.

그 하나의 사례는 변동림일 것이다. 변동림에서 김향안으로 이름을 바꾼 이후 『파리』(어문각, 1962), 『카페와 참종이』(지

시산업사, 1977), 『마로니에의 노래:노래가 들려오는 여기에 서서』(정음문화사, 1985), 『파리와 뉴욕에 살며』(지식산업사, 1991), 『우리끼리의 얘기』(정우사, 1994) 등을 펴냈다. 그러나 그의 수필 세계는 심도 있게 논의되지 못했으며, 그는 다만 문제적 작가 이상의 아내이자 세계적인 화가 김환기의 아내로 알려져 있을 뿐이다. 변동림의 일문소설에 관한 이경훈의 「변동림의 「정혼」과 『경성고등공업학교 일람』에 대해」(『이상리뷰』 5, 2006), 이상의 다방 제비 시절을 논의한 박광민의 「이상의 제비 다방 운영과 그의 여인들」(『문학이후』 1, 2021), 이상과 구본웅의 관계에 초점을 맞춘 「구본웅과 이상, 그리고 '목이 긴 여인초상'」(『이상리뷰』 12, 2016) 등이 있는 반면 수필가 김향안에 초점을 맞춘 논의는 강정화의 「김향안 수필 연구」(『한국예술연구』 29, 2020)가 있을 뿐이다.

또 하나의 사례 역시 여성문학에서 구해 보고자 한다. 나혜석, 김명순과 함께 근대 제1기 여성작가의 한 사람으로 이름 높은 김일엽은 속명을 김원주로 쓰면서 활동한 각종 창작활동과 신여성으로서의 사회활동의 관련 양상에 대해서는 비교적 조명이 활발하고, 또 출가 이후의 김일엽에 대해서도 그의 선시 등에 대한 논의가 없지 않지만, 그의 수필문학에 대해서는 김은정의 「김일엽 수필의 담론 연구」(『문화와 융합』 43권 8호, 2021), 송명희의 「김일엽의 『청춘을 불사르고』에 나타난

성적 욕망의 불교적 승화」(『문예운동』 151, 2021) 경완(한운진)의 「일엽선사一葉禪師의 생애와 사상 – 『행복과 불행의 갈피에서』를 중심으로」(『한마음연구』 11, 2023), 문경연의 「김일엽, 회향(廻向)과 불교적 실천으로서의 글쓰기」(『비평문학』 90, 2023), 성청환의 「수사학의 철학: 일엽의 선사상」(『한국선학』 68, 2024) 등이 있을 뿐이다. 이제 막 연구가 출발점에 선 형국이라나 할 수 있을 것이다. 김일엽은 불문에 귀의한 이후 오랜 침묵 끝에 「靑春을 불사르고 : 金一葉 人生回顧錄」(문선각, 1962), 『幸福과 不幸의 갈피에서』(휘문출판사, 1964)를 펴냈으며, 타계 이후에 『(金一葉文集) 未來世가 다하고 남도록』(인물연구소, 1974), 『당신은 나에게 무엇이 되었삽기에: 金一葉 遺文集』(인물연구소, 1975), 『수덕사의 노을』(범우사, 1976), 『靑春을 永遠하게』(인물연구소, 1977) 등의 산문집, 선집이 출간되기도 하였다. 이러한 김일엽 산문 세계는 김일엽 문학의 김원주로서의 전반기 활동과 함께 중요한 의미를 띠고 있는 것으로서 새롭게 검토되어야 한다. 이를 통하여 김일엽 문학은 철학적인 깊이를 추구하는 수필문학 유형의 가장 큰 성과의 하나로 새롭게 자리매김될 수 있을 것이다.

그렇다면 한흑구 수필문학의 경우에는 어떠한가? 필자가 생각하기에, 문학인 한흑구는 한국현대문학사에 있어 수필문학의 예술미를 적극적으로 개척하고 '완성'한 최초의 문학인이라고할 수 있을 것이다. 일제강점기부터 한국문학인들은 누구나 산문, 현대수필에 손을 대지 않은 사람이 없으나 수필문학의 예술적 경지를 개척하기에 힘쓴 이들은 그 숫자가 많지 않으며, 수필가로 피천득, 이양하, 김진섭 등과 함께 한흑구를 꼽을 수 있을 뿐이라고도 할 수 있다. 그런데, 이 수필가들과 한흑구의 수필문학을 함께 놓고 검토해 볼 때 한흑구의 수필문학은 무엇보다 이론적, 방법론적 기초를 가진다는 점, 다음으로 독특한 문학사상에 입각해 있다는 , 마지막으로 수필적 예술미의 가장 높은 경지를 개척해서 구현한 점 등에서 다른 수필가들과 확연히 구별되는 점이 있다고 할 수 있다. 물론 이러한 '독단적' 판단에는 위험이 따르게 마련이고 수필이란 다양한 유형에 걸쳐 넓은 스펙트럼을 가진 장르(양식)라는 점에 유의해야 한다. 그럼에도 한흑구의 수필문학은 이러한 평가와 분석을 견딜 수 있는 값진 면목들을 갖추고 있는 것으로 일단 판단된다.

이러한 한흑구의 수필 세계에 대한 논의로는 학위논문으로는 김진경의 「한흑구 수필 연구」(이화여대 교육대학원 석사학위논문, 1991), 박정숙의 「이양하 · 한흑구 수필 연구: 노장사상적 측면에서」(성신여대 박사학위논문, 2000), 이영조의 「한국현대수필론 연구」(배제대학교 박사학위논문, 2007), 박유영의 「한흑구 수필 연구: 수필집 『東海散文』, 『人生散文』

을 대상으로」(동국대학교 석사학위논문, 2010) 등이 찾아진다. 이밖에 소논문 형식으로는 유영자의 「한흑구의 시와 수필의 세계」(『문예운동』 113, 2012), 안서현의 「해방 이후 한흑구 수필과 민족적 장소애」(『한흑구의 삶과 문학』, 아시아, 2022.8.20.), 김미영의 「한흑구 문학에 나타난 평양, 미국, 포항의 장소감」(『일제강점기 한국 영문학과 수필문학의 개척자』, 2024.1.10.) 등이 있을 뿐이다. 소논문 형태가 아닌 비평문이나 그밖의 평문을 찾자면 더 많은 논의들이 있을 테지만 전반적으로 볼 때 소략함을 면치 못할 것이라 생각된다.

이상의 연구 상황은 수필가 한흑구의 문학적 성취와 중요성을 생각하면 매우 미흡해 보이는 현실이다. 여기서는 이러한 연구 단계를 의식하면서 한흑구 문학의 의미와 가치를 한흑구 수필문학의 전개과정, 한흑구의 문학적 경향과 한흑구 수필의 관계, 한흑구 수필론의 개요, 한흑구 수필문학의 집약체로서의 『동해산문』(일지사, 1971.5.30.)과 『인생산문』(일지사, 1974.11.10.) 등에 걸쳐 나누어 검토해 보고자 한다.

2. 한흑구 문학의 전개 과정과 수필 지향

한흑구는 전방위 문학인이다. 그는 미국 유학 시기부터 『신한민보』 등의 신문에 시들을 발표한 시인이요, 영문으로 시를 쓰기에 이를 수 있었던 시인이다. 한흑구는 「호텔 콘」(『동광』 34, 1932.6), 「황혼의 비가」(『백광』 5, 백광사, 1937.5), 「죽은 동모의 편지」(『사해공론』, 1937.11~12) 등의 문제적 단편소설과 장편소설 『마을을 내려다보며』(『농민생활』, 1956.5~1957.7, 15회) 등을 쓴 작가이기도 하다. 수필 외에 그의 활동이 지속적으로 나타나는 영역 가운데 하나는 비평이다. 한흑구는 「D.H.로렌스론」(『동아일보』, 1934.3.14.~15), 「현대 선구시인 왈트 휘맨 연구」(『조선중앙일보』, 1934.7.25.~8.1), 「윈담 루이스론: 그의 평론과 소설」(『조선중앙일보』, 1935.9.17.~22), 「기계문화를 구가하는 미시인 칼 쌘드벅: 그의 생애와 작품」『조선중앙일보』, 1935.11.8.~13), 「빠이론의 生涯와 그의 詩: 情熱의 放浪詩人」(『조선문단』, 1935.5), 「월트 휫트맨론」(『신사조』, 1950.5) 등의 시인론, 작가론을 위시하여, 미국 문학의 제현상과 경향에 대해 동시대적 감각을 가지고 지속적으로 소개, 평가한 평론가였다. 그의 미국문학 논의는 단순한 문학비평 수준을 넘어 문명비평론의 수준에 근접하는 것우로서, 입체적인 연구의 손길을 기다리고 있다.

한흑구의 수필문학은 시 소설과 비평 활동이 다채롭게 전개되는 가운데 1930년대 후반경을 전후로 하여 그 뚜렷한 모습을 나타내기 시작한다. 한흑구의 수필문학이 어떤 성격을 띠며 어떤 방향을 취하는가를 알아보기 위해서는 그의 수필 작품들이 어떻게 출현하고 또 변화를 보여주는지 살펴볼 필요가 있다.

먼저, 해방 전의 한흑구 수필 작품들은 시와 소설 발표와 함께 여러 지면에 산포되어 발표되는 형태를 취한다. 대략, 「봄의 초조」(『백광』, 1937.4), 「잡초」(『사해공론』 1937.9), 「화단의 봄」(『풍림』 5, 1937.4), 「재터리」(『사해공론』, 1939.1), 「灰焰(회염)」(『문장』, 1939.7), 「농촌 부인은 고달프다!」(『여성』, 1940.1), 「菜圃(채포)」(『조광』, 1941.6), 「農村春想(농촌춘상)」(『조광』, 1942.4) 등이 그 대략적인 목록이다. 그밖에도 더 있으나 샅샅이 정리하지는 않기로 한다.

이 수필들은 우선 그 분량에서 일정치 않다. 「봄의 초조」 같은, 훗날의 짧은 수필 형태를 보여주는 수필들이 있는가 하면 잡지 분량으로 스물여덟 페이지에 달하는 상당한 길이의 「재터리」 같은 수필도 존재한다. 또, 이들 수필에서 한흑구는 자연의 물상 그 자체를 그리는가 하면, 자연 속에서 살아가는 자기 자신을 이야기하기도 하고, 나아가 농촌 사람들의 삶을 화제에 올리기도 하는, 약간은 이질적인 세 가지 화제를 함께 취하는 것으로 나타난다. (가) 「봄의 초조」, (나) 「채포」, (다) 「농촌춘상」 등이 각각의 경향을 대표하는 것으로 보인다.

(가) 「봄의 초조」

봄이 오는 것이 반가운 한便 무서웁다.

바람에 날려 흩어져서 없어져 버린 듯 하든 적은 쑥대 씨들이 흙의 어둡고 차디찬 품속에 깊이 들어있다가 자기의 키에 다섯 배나 깊이 파묻히여 있다가 어느듯 따듯한 봄에 뾰족 뾰족 손을 내밀고 나오는 것을 볼 때에는 나는 한갓 神秘의 驚異 以上의 무엇을 느끼지 않을 수 없다.

이러한 쑥대의 파릿파릿한 엄들이 눈 녹아 질구진 언덕을 덮고 길가를 덮고 들판을 덮어놓는다.

하로 하로 시내ㅅ가의 언덕과 벌판의 外線을 덮고서 그 色을 每日每日 푸르르게 물들이는 쑥대밭—. 거기에는 봄마다 느끼는 어떤 生의 神祕와 衝動과 焦燥가 잠기여 있는 것을 나는 유심이도 보게 된다.[1)]

(나) 「채포」

出村한 지 三年.

나는 두 번째 「나무샛」을 붙이여 보았다.

나의 「나무샛」이라는 것은 별로 이 큰 것은 아니나 바로 나의 집 東南에 놓여진 百坪 內外의 자갈 섞이고 장흙 섞인 山기슭

---

1) 한흑구, 「봄의 초조」, 『백광』, 1937.4, 9쪽.

의 그리 기름지지 못한 生土이다.

土質의 好不好는 多少 肥料의 使用으로 改良할 수가 있다. 天肥로 木灰, 鷄糞, 堆肥를 뿌리고 多少의 金肥를 使用함으로써 우리가 必要한 各種의 蔬菜를 길을 수 있는 것이다.

去年에도 나는 강냉이, 외, 참외, 수박, 토마도, 人蔘, 甘藍, 가지, 감자, 당초, 마늘, 파, 紅白쥐무, 배채, 무 等을 심그고 김매고 북도두워 우리의 네 食口가 맘대로 먹을 수 있었고, 冬藏을 하고도 七圓餘의 收入을 얻을 수 있였다.

나는 이러한「나무샛」의 所有와 經營을 無限히 자랑하고 기뻐하였다.

안해도 나의 이러한 자랑을 同感하였다.

「이것 보시우! 토마도가 밤새에 익었구려……. 외를 봐! 외밑 붓듯 한다드니 벌서 이렇게 컸담……」

내가 書齊에서 눈을 뜨고 누은 채로 지저거리는 새벽 새소리를 들으며 담배로써 잠을 깨이고 있노라면 아내는 어느새「나무샛」에 나가서 明朗한 목소리로 나를 이렇게 불러 주었다.

그리고 외, 쥐무, 가지, 파, 마늘, 토마도 等을 두 손으로 부둥켜 안고 부엌으로 들어가며 벙긋벙긋하는 아내의 얼골을 내여다볼 때에는 나는 곧「나무샛」의 神祕를 禮讚하지 않을 수 없었다.[2]

2) 한흑구, 「菜圃(채포)」, 『조광』, 1941.6, 182~183쪽.

(다)「농촌 부인은 고달프다!」

반찬 가운데 토막은 사나이들 상우에 다 들여놓고 대구리 꽁지나 어더 먹는 촌메누리. 그나마 명절날이 오기 전에 도시에서 치한 손님이나 오면 아모리 일이 더 분주하고 고달프고 조심상스러워도 먹다 남은 이밥술이나 하고 먹다 남은 닭의 뼈다귀를 두 번째 우려낸 국물이라도 먹어볼 수가 있으니 좋다.

한 달에 한 번이나 세수를 할까말까. 손톱발톱 깍지 않어도 너머나 달아져 솔곱고 호미쥐여 김매는 손이 발바닥과 같이 굳어졌다가 겨울에 나가서 풀려지노라면 또 차디찬 겨울 물과 바람에 거츨어지고 터지여 피가 날 지경이다.

하로에도 세수를 세 번 네 번 콜크림 바르고 비누 세수하고 또 배니씽크림 바르고 분 바르고, 또 크림 바르고 또 연(지) 찍고 눈섭 그리고 화장 화장 화장만 하노라구 온 하로를 다 보내는 도시의 젊은 부녀들.

돋지도 잘 않는 손톱을 길게 세모나게 그러고 색칠하고 기름질하고 뾰족뾰족 솔질하여 닦고 있은 도시 색시들의 손톱이 얼마나 얄구진지 그런 것은 듣지도 못하고 보지도 못한 촌부녀이다.

그들은 매니큐어가 무었인지 패마넨트 웨이쁘가 무었인지 어느 귀신의 이름인지 아지도 못하고 듣지도 못하였다.

하로 한번 이야기 없이 시어미의 같은 소복소복 순종만 하면

가화만사성(家和萬事成)이요 자효쌍친락(子孝双親樂)이다.[3]

위의 (가), (나), (다)는 그 차례대로 '자연', '생활', '현실'을 대상으로 삼고 있음을 보여준다. (가)「봄의 초조」의 인용 대목은 훗날의「나무」(『문화』, 창간호, 1947.4)나「보리」(『동아일보』, 1955.4.28.)에 나타나는 자연적 대상에의 몰입 국면이 잘 살아 있다. 그러나 전체가 다섯 개의 부분으로 구성되어 있는 이 글은 후반부로 가면서 춘궁기로서의 봄의 궁핍함에 대한 이야기로 흐르며 현실에의 간섭을 '뿌리치지' 못하는 양상을 보인다.

이러한 수필들은 그가 수양동우회 사건을 전후로 하여 낙향해 살던 시기와 얼추 평행을 이루는 것으로 보인다.

1937년 가을, 한흑구의 거처는 평양에서 육십여 리 떨어진 평남 강서군 성태면 연곡리였다. 조상들의 체취와 유산이 남은 곳이었다. 그는 텍사스 농장의 흑인 일꾼들을 떠올렸다. 그들처럼 손수 밭을 일구었다. 과수원도 꾸렸다. 시골집에다 '성대장(星臺莊)'이라는, 빛이 살아있는 이름을 부여했다. 성태면(星

3) 한흑구,「농촌 부인은 고달프다!」,『여성』, 1940.1, 97쪽.

台面)이니까 '별' 때문에 시비 걸릴 것도 없었다.[4]

수양동우회 사건은 도산 안창호의 정신을 조선 내부에 착근시키려 한 이광수, 김동원 무리들을 치안유지법 사건으로 다룬 시국사건이었으며, 이 와중에 도산은 끝내 죽음에 이르게 되고 이때 구속된 한흑구의 부친 한승곤은 세 해 넘는 옥살이 끝에 1940년 8월에 징역 2년에 집행유예 3년, 1941년 11월에 가서야 무죄 판결을 받게 된다.[5]

이러한 시기에 씌어진 수필들은 자연을 이야기하는 가운데에서도 생활과 현실에의 고뇌가 스며 있었다고 하지 않을 수 없는 것은, 이 즈음에 쓴 그의 시들, 특히 「동면」(『시건설』, 1940.6)과 같은 시들, 그리고 산문들이 보여주는 현실에의 고뇌와 관련이 깊다.

실내의 동면 더구나
온돌 위에 동면은 부질없다.
나는 아직 독사와 함께

---

4) 이대환, 『모란봉에 모란꽃 피면 평양 가겠네』, 아시아, 2024.5.20., 236쪽.

5) 위의 책, 238쪽, 참조.

혈내(穴內)의 동면을 해본 적이 없다.

눈을 감지 않은 나의 동면은
천장 위에 사막을 온 겨울 그리어 보았다.
나는 사막을 건너보던 일은 있었으나
낙타(駱駝)를 한 마리도 본 기억은 없다.

온 겨울 하늘을 내다보지 않았다.
그러나 거기 바람소리만은 늘 들었다.
간간히 우레(우뢰) 소리를 들었으나
겨울에 용(용)이 솟아오를 일은 없었을 것이다.

나는 봄이 오기를 기다리며
머구리와 같이 동면을 계속한다.
다만 앞동리(洞리)의 연못이 썩지나 않았나
앞겨울 보금자리를 걱정하지 않을 수 없다.[6)]

인용한 한흑구의 시 「동면」은 채만식의 수필 「동면」(『매일신보』, 1939.12.3.), 「명태」(『신시대』, 1940.1)나 중편소설

6) 한흑구, 「동면」(『시건설』 8, 1940.6), 이대환, 앞의 책, 242쪽에서 재인용.

「냉동어」(『인문평론』, 1940.4~5)과 같은 맥락에서 읽혀져야 하는 것으로 1940년을 전후로 한 당대 지식인들의 고뇌를 잘 표현하고 있다. 그러나 한흑구는 채만식과 달리 대일협력의 수렁에 빠지지 않고 시대의, 어두운 늪을 지혜롭게 견뎌 건널 수 있었다.

3. 해방 이후 한흑구 수필과 미국 시인 월트 휘트먼

한흑구 수필의 두 번째 단계는 자연적 대상 그 자체에 몰입하는 양상을 보이는 수필들의 세계다. 이는 해방 직후 월남한 이후의 한흑구에게서 '갑작스럽게도' 완미한 형태로 출현한다. 바로 앞에서 말한「나무」가 바로 그 전형적인 사례이며, 이에 대해서는 다음과 같은 한흑구 자신의 술회가 존재한다.

> 一九四六년 여름, 서울 南山 아래인 筆洞에 살고 있을 때「나무」라는 열 장 정도의 짧은 隨筆을 한 篇 草했다.
>
> 나무에 대한 글을 하나 써보려고 마음먹고 있은 것은 거의 九년째나 되었었다.
>
> 가끔 나무에 대한 着想을 해 보았으나 좀처럼 作品으로 잘 構成이 되지 않았다. 그러던 중에 李相魯 氏가「文化」라는 雜誌를 創刊하는데, 짧은 글 하나를 꼭 써달라고 졸라댔다.

처음에는, 詩로서 써보려고 했던 것을 좀 늘려서 隨筆로서 쓴 것이 아홉 장 반의 짧은 散文이 되고 말았다.

그때, 나는 安夕影 氏와 金光洲 氏와 셋이서 咸大勳 氏가 發行하고 있던 文化日報社의 編輯을 맡아보고 있었다.

한가한 틈이 있을 때, 金光洲 氏가 京鄕新聞社의 文化部長이었던 金東里 氏를 電話로 부르고 나서 한옆에서 讀書를 하고 있는 女記者를 불러서 原稿를 베끼라고 명령을 하였다.

原稿를 다 베끼고 난 女記者는 베낀 原稿를 갖고 밖으로 나갔다.

얼마 후에 女記者는 봉투를 하나 들고 들어와서 金光洲 氏에게 주었다.

金光洲 氏는 나를 보고 웃으면서 그 봉투를 나의 앞으로 던졌다.

봉투 속에는 百환 짜리 열 장이 들어 있었다.

『아니, 이게 웬 돈이야?』 물었다.

『응, 그거 나무 판 돈이야, 나무.』

光洲 氏는 웃으면서 더 說明하려 하지 않고, 『술이나 한잔 사아!』 하고 말머리를 돌렸다.

매일, 마시는 술값이 쪼들리던 때라, 내 「나무」라는 隨筆을 京鄕新聞에다가 仲賣를 한 셈이었다.

한 번만 仲賣를 했으면 그만이었겠지만, 讀書와 校正에 바쁜

女記者를 시켜서 光洲 氏는 나의「나무」를 갖고 長安에 나무 장사를 펴놓았다.

그 후 그는 같은 方法으로, 서울신문사에서 發行하던「서울週刊」과, 심지어는 農業銀行會報에까지 내「나무」를 팔았다.

땔나무가 없어서 내 나무가 잘 팔렸는지, 선비들의 술값을 同情해서인지, 金光洲 氏 바람에 本意 아닌 나무장수가 되어 버렸다.

그다음 一 년 후에는 文敎部에서도 나의「나무」를 사들여서 中等 국어책에 실었으나, 술값 한 푼, 注文書 한 장 받지를 못했다.

文敎部에서까지 나의「나무」를 살 줄 알았더라면 더 잘 쓸 것을 하고 아쉬워하는 마음이 나무를 볼 때마다 느껴지곤 하였다.[7]

이 시기는 월남한 한흑구로서는 복잡한 현실 속에서 자신의 삶의 방향을 새롭게 설정해야 매우 힘겨운 내면적 갈등의 시기였을 것이다. 위에서 말하는 "1946년 여름"이라는 상황과 수필「나무」의 정결함은 도무지 잘 어울려 보이지 않게도 느껴진다. 어째서 이렇게 어려운 정세 속에서 이렇듯 자연물을 대상으로 삼은, 고요한 내면적 수필이 쓰일 수 있었는가?

"나무에 대한 글을 하나 써보려고 마음먹고 있은 것은 거의

---

7) 한흑구,「나무 其 2」,『인생산문』, 일지사, 1974, 31~33쪽.

九년째나 되었었다."는 대목은 한흑구의「나무」가 오랜 시간에 걸쳐 준비된 것일 수 있음을 의미한다. 한흑구의 9년 전으로 돌아가 보도록 한다.

(1)

남의 뜰 안에 피인
　아름다운 장미꽃 보다도
거치른 뜰밖에 피인
　한가치 無名花가 아름답노라.

(2)

사랑에 奴隸된 貴婦人들이나
　名譽에 奴隸된 英雄들 보다도
太陽을 등에 받고 땅 파는 사람이
　더욱 아름답고 값있는 人生이노라.

(3)

智慧가 많다는 사람들아!
　그대들은 어찌 奴隸가 되었는가?
道德과 因習의 거즛을 네 목에 매고
　權力과 질투로 個人과 人類를 매는가?

(4)

하로를 살어도
　저 太陽같이 살고
한 밤을 살어도
　저 달 아래 물결같이 살어라

(5)

世上은 너의 숨 쉬는 살덩이를
　모든 거즛으로 束縛해도
그대들의 속사람은 맬 수 없나니
　사람아 自然의 노래를 부르라![8]

한흑구가 「자연의 노래」를 발표하던 1935년 4월은 카프(조선프롤레타리아예술동맹)가 해산계를 내기 직전의 위기 상황에 처해 있던 긴박한 상황이건만, 한흑구의 이 시는 세속의 삶 대신에 자연과 함께 살아가는 삶을 노래하고 있다. 이와 같은 시적 경향의 원천에 대해 생각해 보지 않을 수 없다.

이 시기에 한흑구는 「D.H.로렌스론」(『동아일보』, 1934.3.14.~15), 「현대 선구시인 왈트 휘맨 연구」(『조선중앙

8) 한흑구, 「자연의 노래」, 『신인문학』, 1935.4, 55~56쪽.

일보』, 1934.7.25.~8.1), 「빠이론의 生涯와 그의 詩: 情熱의 放浪詩人」(『조선문단』, 1935.5) 등으로 이어지는 작가론, 시인론을 발표하고 있다. 이 가운데, 특히 한흑구는 이후의 「월트 휫트맨론」(『신사조』, 1950.5)을 통해서도 알 수 있듯이 월트 휘트먼과 긴밀한 사상적 교감을 이루고 있었다. 「현대 선구 시인 왈트 휠맨 연구」(『조선중앙일보』, 1934.7.25.~8.1)에서 한흑구는 월트 휘트먼을 나무, 늙은 사과나무에 비유한다.

荒漠한 曠野 한 구석에는 사람의 손을 대어보지 못한 늙은 砂果나무 하나가 서 잇다. 그 가지는 茂盛할 대로 茂盛하고 그 줄거지는 엉킬 대로 엉키엿다. 그 나무의 上部는 거이 닙이 떨어지고 마른 가지가 햇볏을 쪼들게 밧고 있다. 그러나 이 죽어가는 늙은 砂果나무의 한편 쪽에는 크다란 새 가지 하나가 뻐처 나오고 잇스니 새파란 닙과 기름진 가지는 太陽을 반기며 南편 녑구리로 뻐처 나오고 있다.

早春에는 粉紅色 꼿을 한 아름 아름답게 피우고 晩秋에는 한 가지 찌저지게 먹음즉 하고 크다란 砂果 알이 듬벅 열 듯 하다. 이 키우지 안코 내버레 둔 曠野의 砂果나무 거기에서 生氣잇게 뻐처 나온 한 가지 가장이 그러고 아름답게 피는 꼿과 果實 이것이 곳 現代 先驅詩人 휠맨의 詩歌의 特徵일까 한다. 나무 全體에 얼키인 가장이는 거이 無價値하리 만하나 적은 部分은 生氣잇고

빗나고 天才的인 것이 곳 휫트맨의 時的 價値일까 한다.[9]

한흑구가 여기서 휘트먼을 나무, 사과나무에 비유한 것은 한흑구의 수필 「나무」의 존재와 관련하여 의미심장하게 다가온다. 한흑구는 휘트먼의 시세계를 다음과 같이 평가한다.

휫트맨이 創作 詩의 全部는 모다 『草葉』 속에 編入 全集하였다. 『草葉』이라는 題名은 大地에서 自然히 生長한 풀닙아리 가튼 것이 그의 詩的 本質이라는 것을 象徵함이라고 한다. 同時에 草原에 『雜草』가 석기여 잇는 것 가티 그의 詩集은 雜草도混同한 草原의 풀닙아리라는 뜻도 잇다고 한다.

그의 詩의 大部分은 마치 雜草와 가티 原始的 노래가 만코 또한 生氣 잇는 풀닙새와 가티 힘잇고 아름답고 自由롭고 自然스러운 詩도 만타고 생각한다.[10]

휘트먼에 있어 '풀잎'의 의미에 대해서는 나중에 발표한 「월트 휫트맨론」(『신사조』, 1950.5)에서는 다음과 같이 논의된다.

9) 한흑구, 「현대 선구시인 왈트 휫맨 연구」(1), 『조선중앙일보』, 1934.7.25.

10) 위의 글, 같은 날짜.

휫트맨은 장시에 있어서 우주 만상을 노래하고, 우주 간에 존재해 있는 만물을 모다 이의 있고, 가치 있고, 또한 영원불멸의 것이라고 주장하였다. 그리고 또한 그 법칙을 굳게 믿었다.

(중략)

누가 영혼을 탐구하려 하는가? 보라! 그대의 모양을, 그대의 얼굴을 — 인간들을, 물체를, 짐생들을, 나무들을, 흘러가는 시냇물을, 바퀴들을, 그리고 모래알들을.

『나는 믿는다, 한 잎아리의 풀잎새도, 결코 별들의 운행과 아무 차이도 없는 것을,

조그만 개미 한 마리도

다 같이 완전한 것이며,

그리고 한 알의 모래알도,

또한 한 마리의 맷새의 알도.』

휫트맨은 한 알의 모래알, 한 잎아리의 풀잎새, 한 마리의 개미, 그리고 한 알의 적은 맷새알로부터 무한대한 태양계와 우주의 의의를 똑같이 노래하였다. 새로운 민주적인 세계를 실현하기 위하여서는 세계의 모든 남녀노소가 다 그의 친우이며 동포이었다. 그는 아름다운 인간의 육체를 노래하는 동시에, 인간의 애정을 노래하였고, 모든 사물의 실재적 가치를 노래하였

고, 영원불멸의 진리를 노래하였다. 그리하여 그는 영원불멸의 삶을 믿었으며, 지상의 영원한 삶의 지속성을 노래한 것이다. 그는 위대한 인생 시인이었으며, 영원불멸의 시인적 존재라고 할 수 있는 것이다.[11)]

휘트먼에 있어 "풀잎"이란 모든 존재의 이름, 이름없는 존재들의 더 없이 귀한 이름이었다. 그것은 마치 고려 불화「수월관음도」의, 모든 존재를 '끌어안은' 물방울처럼 모든 개별적인 개체들을 대표하는 이름이다.

한흑구에 있어서 휘트먼의 '풀잎아리'는 바로 '나무'요, '보리'요, '잡초'(『사해공론』, 1937.9)요, 『동해 산문』과 『인생 산문』에서 '노래'하는 모든 자연의 대상들이다. 그리고 이들은 그의 시에 나타나는 '하늘'(「하늘」, 『시건설』, 1938.12) 등의 물상들과도 본질적으로 동등한 지위를 갖는다.

한흑구는 휘트먼을 에머슨의 철학을 노래로 옮긴 시인으로 파악하면서 이들의 "초월주의(transcendentalism)"를 논의하였다.[12)] 또한 한흑구에 의하면 휘트먼은 모든 존재에게서 영혼의 존재를 믿은 시인이었다.

---

11) 한흑구, 「월트 휫트맨론」, 『신사조』, 1950.5, 64쪽.

12) 한흑구, 「미국문학의 진수」, 『백민』, 1947, 10 11, 40쪽.

(가)

전쟁이 끗나고 군의 조수를 퇴사한 후 그의 건강은 여지업시 상실되고 말엇다. 그러나 그에게는 전에 감촉해 보지 못한 심적 충동과 새로운 强力이 그의 정신력을 약동시기엿스니 인간에게는 육신 외에 심령이 존재하여 잇는 것을 심각히 인식하엿다.[13)]

(나)

이로써 보면 휘트맨은 모든 물상은 유출소멸한다는 의미에서 전 우주의 '형상' 즉 영혼이 사실적 존재물이라는 것을 표명하얏다.[14)]

이와 같은 휘트먼 시각에의 공감은, 한흑구로 하여금 자신의 수필의 대상이 되는 물상들을, 그들의 '영혼'으로부터 이해하고 또 그럼으로써 그것들을 한흑구 자신의 세계 속으로 깊이 수용하고 것그들과 심층적인 '대화'를 나눌 수 있도록 한다.

4. 한흑구 수필론 – 시적인 산문으로서의 수필

한흑구의 수필문학 이론은 모두 네 번에 걸쳐 개진된 것으로

---

13) 한흑구, 「현대시인 왈트 휘맨」(2), 『조선중앙일보』, 1934.7.28.

14) 한흑구, 「현대시인 왈트 휘맨」(3), 『조선중앙일보』, 1934.7.29.

파악된다. 첫 번째는 「수필문학론(ESSAY 연구)」(『조선중앙일보』, 1934.7.2.~5, 3회)다. 두 번째는 「수필문학론」(『백민』, 1948.10), 세 번째는 「수필론」(『현대문학』, 1967.10), 네 번째는 『동해산문』(일지사, 1971.5.30.)에 수록된 「수필론」 및 「수필의 형식과 정신」이다.

이들 수필론은 수필문학에 대한 서양 비평 쪽의 견해들을 요약하면서 나아가 한흑구 특유의 '주관적인' 수필론을 피력하는 양상을 보인다.

먼저, 「수필문학론(ESSAY 연구)」(『조선중앙일보』, 1934.7.2.~5, 3회)다. 이 시기는 한흑구의 월트 휘트먼론(「現代先驅詩人 왈트 · 휠맨 硏究」, 『조선중앙일보』, 1934.7.25.~8.1, 5회)이 발표되기 직전이다. 이 글에서 그는 '1. 어의', '2. 특징', '3. 에쎄이 출현의 역사적 필연성', '4. 영문학상에 에쎄이 발달사', '5. 조선문단과 에쎄이', '결언' 등의 순서로 자신의 수필론을 개진한다. '1. 어의'에서 그는 에세이를 동양에서 수필이라 번역하며, 다른 여러 명칭이 있지만 수필이 적합하다고 한다. 그 뜻에 관하여서, 그는 "ESSAY 혹은 ESSAI라는 말은 작자가 생각하는 무엇을 '보혀주고자 하는' 의미, '말하고자 하는' 의미 등"[15]이라고 한다. '2. 특징'에

---

15) 한흑구, 「수필문학론(ESSAY 연구)」(상), 『조선중앙일보』, 1934.7.2.

서 한흑구는 무엇보다 수필의 '주관성'에 주목한다. 그는 논문이 객관적 논법을 이용하는데 반해 수필은 주관적 방법을 이용하며, 논문이 과학적 논법으로 서술하는데 반해 수필은 문학적 예술적 방법으로 서술한다고 한다. 이와 관련하여, 한흑구는 수필의 주관성을 다음과 같이 강조한다.

> 에쎄이는 산문형식이다. 그러나 그 문체에 잇서서 매우 정적이며 주관적인 것이 거의 서정시에 갓가웁다.[16]

여기서 한흑구는 수필의 '주관성'을 "서정시"의 그것에 가까운 것으로 보는 파격성을 보인다. 그는 형식뿐 아니라 내용에 있어서도 특정하게 규정된 것 없이 "작자의 관조하는 바를 주관적 입장에서 서술"[17]하는 것이라 한다. 그로부터, 그는, "작자 자신의 인격과 철학이 출중하야 그의 관조력이 독자를 지도할 만 할 것"[18]이라고 요청한다. '3. 에쎄이 출현의 역사적 필연성'에서 그는 인류가 유년기에서 점차 성숙해 감에 따라 감정에서 이지로, 운문 문학에서 산문 문학으로 나아가게 되었음을 논의하고 영국의 빅토리안 시대에 산문 문학이 발흥하

---

16) 위의 글, 같은 날짜.

17) 위의 글, 같은 날짜.

18) 위의 글, 같은 날짜.

게 되었음을 소개한다. '4. 영문학상에 에세이 발달사'는 프랜시스 베이컨의 에세이를 집중적으로 소개하고 있는데, 여기서 베이컨은 '귀납적 논리법'을 구사한 '과학적 저술가'이지만, 그 스타일은 '주관적'이며 매우 간결한 것이 '시적'이라고 한다. 16세기에서 17세기로 나아가면서 여러 작가들의 에세이는 잡지와 카페, 구락부 등에서 읽히며 영국인들을 "지적 방면으로 지도"[19]하는 큰 역할을 했다고 한다. 19세기 들어서 에세이는 개인주의에 접맥되었고 찰스 램 등의 수필가들은 "사생활"을 서술함으로써 사회상을 폭로, 비판했다고 한다. 이후 칼라일 등의 시대적 예언자들이 나타났고 사회생활과 물질문명에 대한 논의를 남겼다. 20세기 들어서 에세이는 신문 잡지 등의 발달과 복잡한 현대인의 사색적 생활과 맞물려 더욱 중요한 문학 형식으로 자리를 잡았다. '5. 조선문단과 에쎄이'에서 한흑구는, 조선 수필이 『청춘』 잡지 등에서의 외국 작가 글 번역과 육당 최남선의 에세이 등으로 출발했다고 보았고 『창조』, 『영대』 등을 중심으로 전영택, 이광수, 홍명희, 김동인 등의 "창작적 에쎄이"[20]가 나타났다고 했다. 이광수의 「病語錄」, 「젊은 조선인의 소원」, 「일사일언」 등을 가리켜 형식

---

19) 한흑구, 「수필문학론(ESSAY 연구)」(중), 『조선중앙일보』, 1934.7.4.

20) 위의 글, 같은 날짜.

과 내용이 완비된 수필로 평가하고, 『동광』과 그밖의 지면에 실린 수필들을 사회적 가치, 예술적 가치 등으로 나누어 일별하고 새로운 세대의 수필까지 논의하면서 "에쎄이스트의 일반 학식과 사색력이 출중"[21]할 것을 요청한다. '결언'에 이르러 그는 "문학의 가장 갑잇는 형식이 에쎄이"[22]라 하면서 조선에서 이 에쎄이가 울창하지 못한 것에 안타까운 마음을 표현하며, "수필학"[23]의 새 기운을 강하게 요청한다.

한흑구의 두 번째 수필론은 해방공간에 와서 나타난다. 이 「수필문학론」(『백민』, 1948.10)에서 우선 눈에 띄는 것은 그의 수필 개념이 서양의 'ESSAY(불어 ESSAI)'에서 왔다고 규정하는 데서 볼 수 있듯이, 서양을 중심으로 한 수필 개념을 개진하고 있다는 점이다. 첫 번째 수필론에서 크게 다르지 않은 점이다. 한흑구에 따르면, "조선에서 수필이라고 일흠하는 수필문학은 영문학에서 말하는 ESSAY(에쎄이) 문학을 의미하는 것이다."[24] 이는 미국유학파였던 한흑구로서는 자연스러운 일일 수 있다. 각각의 비평가나 작가는 자신의 지식 경험의 체계에 바탕해서 사안을 대할 수밖에 없을 것이기 때문

21) 위의 글, 같은 날짜.

22) 한흑구, 「수필문학론(ESSAY 연구)」(하), 『조선중앙일보』, 1934.7.5.

23) 위의 글, 같은 날짜.

24) 한흑구, 「수필문학론」, 『백민』, 1948.10, 47쪽.

이다.[25] "수필"은 그럼으로써 일종의 '번역된 장르'처럼 이해되지만, 이 속에서 한흑구는 자신만의 독특한 수필론을 수립해 간다. 첫 절에서 수필의 개념과 서양에서의 수필문학사를 요점적으로 논의한 후, 두 번째 절에서는 수필의 유형에 관해 논의한다. 수필은 '형식적(FORMAL) 에세이'와 '비형식적(INFORMAL) 에세이'로 대별할 수 있다.[26] 이는 '경수필(硬隨筆)'과 '연수필(軟隨筆)'로도 불린다고 한다.

---

25) "隨筆"은 중국에서는 남송시대 홍매(1123~1202)의 『(容齋隨筆)용재수필』에서 그 용례가 처음 보이고, 한국에서는 박지원의 『열하일기』 가운데에 「馹汛隨筆(일신수필)」이라고 처음 쓴 것이 나타난다고 한다. 『용재수필』과 「일신수필」에 대해서는 각각, 다음의 대목에 유의한다. "송대 문인들은 새로운 스타일을 시도하고 발굴해냈다. 詩나 詞의 영역은 물론이고 文을 쓰는데 있어서도 기존에 없었던 새로운 장르를 개척했는데 특히 주목할 만한 것은 筆記이다. 필기는 그 내용에 따라 雜史軼事類, 學術雜考類, 隨筆雜記類로 나눌 수 있다. 雜史軼事類는 '역사의 보완'이라는 가치를 표방하며 조정의 대사, 황제, 저명인들의 사건과 언행을 주로 기술하거나, 혹은 작자가 주변 인물들과의 교유 속에서 보고 들은 소소한 사건과 일화를 기록한 것이다. 隨筆雜記類는 일상의 단상과 정취를 기록한 것으로 개인성과 서정성이 농후하다. 學術雜考類는 주로 독서의 과정에서, 혹은 그 연장선상에서 얻은 심득과 단상을 기록한 것이다. 치열하고 진지한 학문과 가볍고 자유로운 필기체 글쓰기의 만남, 이는 송대 이후 학자들이 가장 즐겨 사용하였던 학문의 한 방법이었으며, 오늘날 학자의 글쓰기에서도 유효하다. 본고는 이를 '학술 필기'라는 용어로 포괄하고자 한다." — 「송대 학술 필기와 홍매의 『용재수필』」, 『중국학논고』, 180, 121~122쪽. "〈일신수필서〉는 열하일기 소재 서문 가운데 유일하게 미완의 글인 데다 구성 단락들이 논리정연하게 연결되어 있지 않아 정확히 읽어내기가 쉽지 않은 글이다. 그럼에도 불구하고 선행 연구자들이 이 글에 일찍부터 관심을 보인 것은 이 글에 담겨 있는 의미, 즉 중국을 어떻게 보고 배울 것인지의 문제를 분명하게 규정하고 있기 때문이거니와 그 내용이 〈일신수필〉뿐만 아니라 열하일기의 구성과도 긴밀하게 연결되어 있기 때문이다." — 이홍식, 「박지원의(朴趾源)의 〈일신수필(馹汛隨筆)〉에 대한 구조적 이해」, 『한국고전연구』 51, 2020, 236쪽.

26) '비형식적 에세이'는 '친화적(FAMILIAR) 에세이'라고도 한다. 한흑구, 앞의 글, 48쪽.

이 때문에 베이큰의 에쎄이 같이 어데까지나 客觀的 論點에서 씨여진 것을 形式的 에쎄이 卽 硬隨筆이라고 불으게 되고, 몬테누의 에쎄이 같이 作者 自身을 中心으로 하고 어데까지나 主觀的으로 씨어진 것을 非形式的 또는 親和的 或은 軟隨筆이라고 불으게 된 것이다.

이런 意味에서 우리가 지금 朝鮮文學에서 隨筆이라고 命名하는 것은 위에 말한 軟隨筆에 속하는 者인 것이다.[27)]

한흑구는 이와 같이 한국의 수필이 거의 대부분 '연수필'로 통한다는 점을 밝힌 후 세 번째 절을 중심으로 자신이 생각하는 수필의 '원리'에 대해 다음과 같이 논의한다.

要컨대 에쎄이(軟隨筆)는 그 主題를 어데다 두었든지 간에 作者 自身의 主觀에서 씨여지는 것이라는 것을 알수 있다.

이와 같이 隨筆이 主觀的 文學의 形式이라면 그것은 主觀的 文學의 形式을 갖고 있는 詩와 相通하는 点이 있는 것을 알수 있다.

詩가 어데까지나 自我의 主觀을 表現한 노래이라면 隨筆은 自我의 主觀을 表現한 散文이라고 할 것이다.

27) 위의 글, 같은 쪽.

> 이 때문에 隨筆은 어데까지나 詩에 가까운 文學의 形式인 同時에 가장 아름다운 散文의 하나이며 가장 아름다운 文學形式의 하나이다.
>
> 금일 英文學이 갖고 있는 文學의 高尙한 價値도 우리는 그의 隨筆文學에서 차즐 수 있는 것도 事實이다.
>
> 이러한 意味에서 筆者는 隨筆雜誌 한 卷도 없는 朝鮮文壇을 向해서 하로 速히 偉大한 隨筆作家들의 輩出을 爲한 隨筆文學運動을 提唱하는 바이다.[28]

이처럼 한흑구는 '주관성'을 원리로 삼는다는 점에서 시와 수필은 근본적으로 상통하는 장르인 것으로 이해한다. 시는 "自我의 主視을 表現한 노래"이며, 수필은 "自我의 主觀을 表現한 散文"이다. "노래"인가 "산문"인가 하는 점만 다를 뿐 "자아의 주관을 표현"한다는 점에서 시와 수필은 근본적으로 '같다'.

한국문학에서 여러 논쟁점을 가지면서도 널리 유포되어 있는 장르론은 조동일의 '갈래 이론'이다. 조동일은 종래의 서정 서사 극의 세 장르에 더하여 '敎述 갈래'를 설정하고 이에 근

---

28) 위의 글, 49쪽.

거하여 '갈래 4분법'을 제시한다.[29] 이러한 갈래 4분법에 대해서는 다음과 같은 정확하고도 체계적인 분석이 존재한다.

이 책의 두 번째 논문인 「自我와 世界의 小說的 對決에 관한 試論」은 所謂 小說이라는 用語의 한국적 再檢討로부터 시작하여, 著者 특유의 장르理論을 전개한 후 같은 敍述 장르 중에서 神話 傳說 民譚 小說의 차이를 장르論的 근거 위에서 논증하고 있다. 이 논문은 한 마디로 장르론인데, 아마도 이 책의 가장 정채 있는 부분이 될 것이다. 著者는 장르 理論의 수립을 위하여 '자아'와 '세계'라는 개념을 관계를 설정하고, 이것을 다시 '作品內的' 自我 및 世界와 '作品外的' 自我 및 世界로 區分함으로써 저자 특유의 四分法을 쓰고 있다. 저자에 의하면 이러한 四分法 안에서의 相互 對立에 의하여 文學의 네 가지 장르가 도출되는데, 그것은 전통적인 장르 개념인 抒情 · 敍事 · 劇에다가 西歐에서의 Didaktik의 개념에 해당하는 '敎述'이 더해진 것이다. 이러한 四分法은 著者에 의하면, 가령 H. Seidler 등에 의하여 Didaktik가 첨가된 四分法과는 無關하게, 즉 저자의 "독자적인 이론으로 논증되고 설명된다"고 주장되고 있다. 즉, 抒情詩는 "작품내적 자아 및 세계만으로 이루어졌으며, 자

29) 류준필, 「'한국문학사'의 인식과 서술 체계 - 『한국문학통사』의 갈래론을 중심으로」, 『한국문화연구』 37, 2019.12,

아와 세계의 대립이 자아 쪽으로 귀착된 世界의 自我化"이고, 敎述은 "작품내적 자아 및 세계에 작품외적 자아가 개입하고 있으며, 자아와 세계의 대립이 세계 쪽으로 귀착된 自我의 世界化"이고, 叙事는 "작품내적 자아 및 세계에 작품의 자아가 개입하고 있으며, 자아의 세계가 어느 한쪽으로 귀착되지 않고 대결하고, 劇은 작품내적 자아 및 세계만으로 이루어져 있으며, 자아와 세계가 어느 한쪽으로 귀착되지 않고 대결한다"는 것이다. 결국 小說이 속하여 있는 叙事장르는 "自我와 世界의 對決" 양식인 바, 이것은 또 그 對決의 方式에 있어서 自我와 世界가 각기 相互補完的 혹은 同質的이거나(神話), 혹은 어느 한쪽만의 優位에 입각한 對決인데 비하여(傳說, 民譚), 小說은 自我와 世界의 相互優位에 입각한 對決이라는 差異를 갖는다고 한다.[30]

이와 같은 시각에 따르면 '수필'은 '교술' 장르에 속하는 것으로 서정 장르에 속하는 '시'와는 전연 다른 '갈래'에 속하는 것이 되어야 한다.

이와 같이 조동일은 '서정' 양식을 '작품 외적 세계의 개입없

---

30) 김병국, 「國文學原論에 의한 冒險-趙東一, 『韓國小說의 理論』 서울, 知識産業社 1977.3」, 『현상과 인식』 2, 1977.6, 187~188쪽.

이 이루어지는 세계의 자아화'로, '서사'는 '작품 외적 자아의 개입으로 이루어지는 자아와 세계의 대결'로, '작품 외적 자아의 개입 없이 이루어지는 자아와 세계의 대결'로, 마지막으로 '교술'은 '작품 외적 세계의 개입으로 이루어지는 자아의 세계화'로 개념화한다. 조동일의 장르 4분법은 "자아와 세계라는 대립적 개념을 설정하고 이것을 다시 작품 내적 자아 및 세계와 작품 외적 자아 및 세계로 구분함으로써"[31] 이루어진 것이었다.

만약 수필을 조동일의 논의를 따라 전반적으로 "교술" 장르에 속하는 것으로 간주할 수 있다면 이 수필과 시의 거리는 상당히 거리가 먼 것이고, 같은 맥락에서 이 양자는 '자아의 세계화'와 '세계의 자아화'라는 상극적인 방향을 취하는 대립적인 것일 수도 있다. 그러나 한흑구의 수필론에서 시와 수필의 거리는 현저히 좁혀지다 못해 무화되다시피 한다. 그리고 이는 잘잘못이나 진리와 오류의 문제가 아니라 한흑구 수필문학론의 특성 또는 이채로 이해되어야 한다.

이러한 수필론을 개진할 즈음, 한흑구는 평양을 떠나 월남하여 서울에서 생활하다 남쪽 동해바닷가 포항에 귀착하는 행로

---

31) 김병국, 「國文學原論에 의한 冒險-趙東一, 『韓國小說의 理論』 서울, 知識産業社 1977.3」, 『현상과 인식』 2, 1977.6, 187쪽.

를 보이는 바, 그의 몇몇 글에 그 심경이 피력되어 있음을 볼 수 있다.

> 東海 바다의 情熱的인 여름도 자최를 감추랴는 무렵 바다의 바람은 벌서 시원한 程度를 지나 쌀쌀할 지경이다.
>
> 한여름을 아침이나 저녁이나 출렁대는 바다 물결과 갈메기 떼와「고기잡이」바닷사람들의 소곰 냄새 끼치는 空氣 속에 살고 보니 내 몸도 고기잡이의 아들이 된 것처럼 구리쇠같이 시커멓게 끄실고 타버렸다.
>
> 그러나 여기 오히려 都會地의 雜音이 없고 都市人의 시끄러운 不平不滿의 아우성을 멀리할 수 있으니 선들 부는 첫 가을 바람과 함께 나는 亦是 끝없이 푸르를 줄밖에 모르는 水平線을 바라보며 들어줄 이 없는 나의 詩章을 혼자서 넘기리라.[32)]

한흑구는 미군정청 서울시 통역관의 어엿한 직업을 뒤로 하고 "도회지"의 "잡음", "도시인의 시끄러운 불평불만의 아우성"에서 먼 동해바닷가에서의 삶을 선택했던 것이다.[33)] 이러한 한흑구의 심경은 서울에 다시 올라가서 만난 벗에게 보내

---

32) 한흑구,「涼風帖」,『경향신문』, 1949.9.4.

33) 이대환, 앞의 책, 271쪽, 참조.

는 편지 형식의 글에도 잘 나타나 있다. 그는 새로운 문학을 주장하며 술을 마시며 서울의 복합한 회로 속에 갇혀 지내는 자신의 '벗'을 향해 삶에서 중요한 것이 무엇인지를 이야기한다. 자신의 생활을 지키는 것, '나'의 가치를 고수하는 것, '나'의 삶의 책임을 다하는 것에 대해 이야기한다.[34)] 서울을 떠나 자연세계로 나아간 한흑구에게 서울의 '벗'은 삶의 본질에서 멀어진 사람이었을 것이다.

한흑구가 진심으로 수필문학을 생각할 때 휘트먼의 빛이 늘 그와 함께 있음을 알 수 있다. 그가 '나무'에 관한 수필을 처음 구상할 때에도, 해방 공간에서 그가 실제로 「나무」를 썼을 때도, 한흑구는 휘트먼의 초월적인 우주적 생명론에 깊이 감심되어 있었다. 이는 그의 미국 유학 시대부터 지속되어 온 근원적 교감이었다.

> 나는 어쩐지 빠이론이나 피테의 生活이 그리웠고 또한 그러한 詩的 生活을 實行할 수 있는곳이 米國 大陸이라는 것을 생각하였었다.
>
> 이 때문에 나의 在米 六年 間의 苦學 生活이라는 것은 나의 浪漫時節을 쓰라린 放浪의 生活로서 나의 體驗史 우에 남아 있을

34)) 한흑구, 「서울을 다시 보고-나의 사랑하는 벗에게」, 『연합신문』, 1949.5.24.

뿐이다. 米國 大陸 우에 放浪의 足跡을 남긴 막심 꼴키며 北歐의 中堅作家 햄슨이며 印度의 詩聖 타고어며 米國의 放浪詩人 휫트맨 샌 린세이 等을 追跡하는 意味로서 나는 放浪의 生活을 즐기여 하였다.[35)]

해방 이후 월남해서 통역관이 된 시기는 한흑구의 인생의 또 하나의 중요한 고비였다. 이때 그는 휘트먼의 시적인 삶을 생각하며 자신의 시적인 수필론을 정초하였고, 이 시기에 그가 펴낸『현대미국시선』(선문사, 1949)에는 휘트먼의 시 여섯 편이 맨 앞에 놓여 있었다.[36)]

이때 그가 선택한 포항에서의 '정주'는 휘트먼적 방랑, 시적인 삶의 또 다른 방식이었다고도 할 수 있을 것이다. 비록 그의 방랑은 포항에서의 '정주'에서 일단락되지만 그가 이와 함께 서나간 시적인 수필들은 그의 삶이 휘트먼의 우주적 영성 어린 삶에서 전혀 멀지 않았음을 보여준다.

35) 한흑구, 「在米六年追憶片片」, 『신인문학』, 1936.3, 118쪽.

36) 이대환, 앞의 책, 304쪽.

5. '형식'에의 요청과 '산문시'적 차원의 수필

한흑구의 세 번째 수필 관련 글인 「수필론」(『현대문학』, 1967.10)은 『백민』에서 개진한 수필론을 보완하는 뜻을 갖는다. 여기서 그는 『백민』의 글을 개고하면서, (가) 수필의 '논픽션적' 특성을 강조하고, 나아가 (나) 수필문학의 유의점을 새롭게 정돈해 보인다.

(가)

隨筆은 논픽션이기 때문에 간단한 글이지마는, 아무 속임수가 없이 솔직하게 讀者와 함께 作者의 人生觀, 自然觀이 對話처럼 쓰여지는 글이요 時間이 바쁜 現代人에게는 매우 요구되는 글이다. 과거, 西洋文學에 있어서는 劇詩 抒情詩 小說 등의 大作도 많지마는 隨筆의 名作도 그 중심을 이루었으리만큼 많으며, 文學의 중대한 部門을 차지하고 있는 것이다.

특히 現代에는 픽션보다 논픽션이 雜誌들의 紙面을 더 많이 차지하는 現象이다. 그것은, 現代人이 虛構的인 이야기보다도 事實的인 知識을 더 많이 요구하고 있기 때문이다.

Walter Campbell 의 말을 빌리면,

「그들이 생각하는 것과 같이, 教育의 進步는 사실에 대한 것에 큰 遵重心을 유발시켰고, 픽션〈虛構的인 이야기〉에 대한 취미는 점점 잃어버리게 하였다. 또 어떤 이들은 第二次世界大戰이 人間의 心情을 보다 더 진지하게 만들었다고 믿는다.

그들은, 그들이 幻想 속으로 逃避할 수 없는 것을 알고 있으며, 또 그들은 現實에 부닥쳐서 그것을 打開해야 한다는 것을 알고 있다.」[37)]

(나)

이제 結論에서, 나는 아래와 같은 몇 가지 點을 지적하려고 한다.

(1) 한 篇의 詩나, 한 幅의 그림과 같이 隨筆도 그것이 가진 theme(主題)을 어디까지나 文學的으로 표현해야 할 것이다.

(2) 隨筆은 〈붓이 가는 대로〉, 자유로이 일정한 形式이 없이 쓸 수 있다고 하였다. 그러나 그것은 形式이 없는 形式으로써 쓰여지는 것이며, 이 形式은 어디까지나 作家 自身이 갖고 있는 性格과 品格의 表現으로써 具顯되어지는 것이다.

(3) 人生을 論하거나, 自然을 노래하거나, 거기에는 作家 自身이 말하고자 하는 theme이 있어야 할 것이다.

評論家 Alan Devoe도 이렇게 말했다.

「모든 作品은 길거나 번잡하거나, 먼저 하나의 목적하는 바

37) 한흑구, 「수필론」, 『현대문학』, 1967.10, 316~317쪽.

의 theme을 갖고 있는 것이다. 그것은 지적하는 데는 어떠한 특이성이 있지만, 그것은 어디까지나 표현하려고 하는 要點인 것이다.」

이렇게 theme을 표현하고자 하는 要點은 어느 作品에나 있어야 할 것이다.

(4) 隨筆도 말로써, 글로써 표현되는 것인 만큼, 하나의 藝術的인 文學作品이 되어야 할 것이다.[38)]

이와 같은 새로운 보충적 논리 가운데 중요한 것은 (나) 부분일 것이라 생각한다. (가)가 수필의 '사실', 논픽션적 가치를 강조하면서 그 효용적 가치를 논의한 것이라면, 어느 의미에서는 한흑구가 추구해 온 수필문학의 가치 면에서 오히려 초점이 흐려지는 면이 없지 않아 보인다. 반면에 (나)의 '요구'들은 한흑구 수필문학을 일층 예술적 완성미 쪽으로 밀어붙이는 것이라 할 수 있다. (1)의 주제의 문학적 표현 (2) 性格과 品格의 表現으로서의 '형식' 요구, (3) 작가 자신의 주제를 가질 것 (4) 예술적인 문학작품이 될 것 등의 요구는 '자유로운' 산문 예술인 수필에, 어느 의미에서는, 시적인 형식적 '엄격성'을 새롭게 부과하는 것과 같은 효과를 자아낸다. 이는 근본적으로 한흑구

38) 위의 글, 317쪽.

가 시에서 출발한 문학인이었던 것과도 관련이 깊다.

한편으로, 한흑구의 네 번째 수필론, 곧 『동해산문』(일지사, 1971.5.30.)에 수록된 「수필론」 및 「수필의 형식과 정신」은 한흑구의 평생에 걸친 수필 탐색이 집대성된 글이라 할 수 있다. 앞의 「수필론」은 그 전에 발표한 수필론들을 간추리고 정돈하면서 서양의 수필론자들의 견해를 근거를 밝혀 정확히 하면서 자신의 논지를 명료하고도 세심하게 보여주는 의미를 가진다. 뒤의 「수필의 형식과 정신」은 이러한 논의들을 바탕으로 자신이 생각하는 수필의 예술성을 그 형식과 내용 면에서 날카롭고도 엄정하게 피력한 것이다. 이는 특히 한흑구 자신의 논리를 수필 장르의 한계에까지 밀어붙인 것으로 깊은 주의를 요한다.

(가) '수필의 형식'

2. Webster's Dictionary에서 「essay」라는 語義를 찾아보면 아래와 같은 두 가지의 뜻을 가지고 있다.

(가) 「An attempt; try」라고 해석했다.

우리말로 고치면, 하나의 試圖, 企圖가 된다.

(나) 「A literary composition that deals with its subject from a somewhat limited or personal standpoint.」라고 해석했다.

우리말로 고치면 다음과 같은 뜻이다.

「하나의 文學的인 作法으로서, 어떤 面에 있어서 무엇인가 制限된 범위 안에서 하나의 主題를 個人的(主觀的) 觀點에서 取扱하는 것」

3. 위에서 說明한 것을 읽어 보면 다음과 같은 수필의 作成過程의 要素的인 형식과 內容的인 精神의 必要性이 內包되어 있는 것을 알 수 있다.

첫째, 「文學的인 作法」이라고 하는 것은, 隨筆은 하나의 文學的인 作品이라는 뜻이 될 것이며, 또한 文學的인 作品이 되기 위해서는 하나의 藝術的인 文學形式으로써 創作되어야 한다는 뜻을 가지고 있다고 할 것이다.

둘째, 「制限된 범위 안에서 하나의 主題를 取扱하는 것이다」라고 한 것은 分明히 하나의 主題로 하나의 文學的인 作品을 創作한다는 意味다.

모든 作品(小說, 詩, 戲曲, 音樂, 繪畫, 彫刻 등)들이 다 하나의 主題를 完成시킴으로써, 하나의 本格的인 藝術作品을 創作하는 것과 다름이 없다는 뜻일 것이다.

가끔 新聞, 雜誌에 隨感이니, 身邊錄이니 하는, 主題가 아닌 題目을 붙이고서 雜想이니, 雜文이니 하는 따위의 글이 기재되고 있는데, 이것은 결코 文學도 隨筆도 될 수 없을 것이다.

셋째, 「하나의 主題를 個人的(主觀的) 觀點에서 取拔하는 것이다」라고 한 것은, 隨筆의 創作精神은 詩에서와 마찬가지로 個人의 主觀的인 立場에서 創作된다는 뜻이다.

<u>隨筆은 小說이나 戱曲과 같이 plot을 必要로 하지 않는다고 해도, 그 內容을 담을 수 있는 形式이 存在하지 않을 수는 없다.</u>

<u>內容이 없이도 形式만은 存在할 수 있으나, 形式이 없는 內容은 存在할 수 없을 것이다.</u>

꽃꽂이를 하는 데 있어서, 꽃이 꽂히지 않은 꽃甁과, 꽃甁이 없이 꽃다발만 놓여진 것과 같은 것일 것이다.

다시 말하면, 어떠한 形態의 꽃甁(形式)을 택하거나, 어떠한 種類의 꽃다발(內容)을 取擇하거나 하는 것은 꽃꽂이를 하는 그 個人의 才能 如何에 달려 있는 것과 같은 것이다.

5. 一定한 形式이 없으니만큼 隨筆은 作者 個人의 性格과 努力에서 創作되어야 할 것이다.

6. 「隨筆」이라고 누가 먼저 번역했는지는 알 수 없으나, 이것을 우리말로 다시 고쳐서 「붓이 가는 대로」라고 이름을 붙이는 이들도 있다.

<u>그러나, 「붓이 가는 대로」 제멋대로 자유롭게 쓸 수 있다고 해도, 하나의 藝術的인 形式을 갖추어서 表現되어야만 하나의 文學作品이라고 할 수 있을 것이다.</u>

<u>이렇게 생각하면, 隨筆은 그 作者의 獨特한 文章表現 方式으</u>

로 이루어질 수 있는, 固定的인 形式이 없는 形式으로써 創作되는 것이라고 생각할 수 있을 것이다.[39]

(나) '수필의 정신'

1. 먼저 隨筆은 詩의 精神으로써 創作되어야 할 것이다.

2. 詩는 作者의 主觀的인 直觀力과 思索的인 人生哲學에서 이루어지는 것과 같이, 隨筆도 作者의 主觀的인 人生哲學에서 이루어지는 하나의 散文的인 作品인 것이다.

3. 隨筆은 하나의 散文詩的인 정신으로써 創作되어야 할 것이며, 줄이면 한 篇의 詩가 되어야 할 것이다.

4. 詩에 있어서 哲學이 中心이 되어야 하는 것과 같이, 隨筆에 있어서도 哲學이 그 內容이 되어야 할 것이다.

5. 哲學的인 idea가 없는 作品은 文學도, 音樂도, 繪□도 될 수 없을 것이고, 하나의 藝術的 作品으로서의 價値가 없을 것이다.

6. (중략) 詩는 心靈이나 感覺의 戰慄된 상태에서, 戱曲과 小說은 材料의 정돈과 構成에 있어서 科學에 가까울이만큼 엄밀한 준비에서 시작되는 것이라고 생각하고 보면, 隨筆은 達觀과

39) 한흑구, 「수필의 형식과 정신」, 『동해 산문』, 일지사, 1971.5.30., 198~201쪽.

洞察과 깊은 理解가 人格化된 平靜한 心境이 무심히 생활 주위의 對象에, 혹은 懷古와 追憶에 부딪쳐 스스로 붓을 잡음에서 制作된 形式이다.[40)]

위의 (가)와 (나)는 각각 '수필의 형식'과 '수필의 정신(내용)'을 논의한 것이다. 여기서 주목되는 것은 수필의 '형식성'에 대한 한흑구의 요청이 한층 강화되어 있다는 것이며, 나아가 수필은 "산문시적인 정신"으로 창작되어야 한다고 본 것이다. 이는 수필과 시의 근접성에 대한 한흑구의 본질적 이해와 요청을 표현한 것이라 할 수 있다.

6. 나가며 – 한흑구 수필의 예술미에 관하여

이대환이 평가했듯이[41)] 한흑구의 수필 「나무」와 「보리」는, 『동해 산문』과 『인생 산문』에 실린 그의 모든 문장들이 훌륭함에도 불구하고, 그 가운데에서도 가장 아름다운 완성미를 보여주는 수필임에 틀림없을 것이다.

「나무」와 「보리」가 이토록 '완전한' 작품이 될 수 있었던 것은

---

40) 위의 글, 202~203쪽.

41) 이대환, 앞의 쪽, 330쪽, 참조.

앞에서 살펴보았듯이 그가 자신의 수필을 엄격한 형식미를 갖춘 일종의 '산문시'가 되도록 하고자 한 것과 관련이 깊다.

수록 지면에 1948년 2월 8일 탈고한 것으로 기록되어 있는 「나무」는 '라임'을 맞추듯 모두 여덟 번에 걸쳐 "나는 나무를 사랑한다."라는 '시구'가 반복되고 있으며, 이 '산문시'의 처음과 끝은 수미상관의 대구를 이루고 있기도 하다. 이 '산문시'는 모두 다섯 개의 '연'으로 구성되어 있다. '시적 화자'는 먼저 어디에서나 자라나 서 있는 나무를 사랑한다. 다음으로 '시인'은 아침, 낮, 저녁, 밤에 나무가 어떤 내면의 흐름을 갖고 있는지 '노래한다.' 세 번째 '연'에서 한흑구 '시인'은 자신의 마음속 깊이 남아 있는 부친의 말씀에 담긴 나무를 노래한다. 네 번째 '연'에 가면 '나'는 자신의 마음의 중심적 의지처가 된 나무의 미덕을 노래한다. 이제 마지막 '연'에서 화자는 나무의 모든 미덕을 되새기기를 뒤로 하고, 나무를 사랑하는, 나무를 향한 자신의 마음을 간결하게 리듬에 맞추어 표현한다.

나는 나무를 사랑한다.

聖子와 같은 나무.

아름다운 女人과 같은 나무.

끝없는 사랑의 어머니의 품과 같은 나무.

默想하는 詩人과 같은 나무.

나는 나무를 사랑한다.[42)]

이제 『동아일보』 1955년 4월 28일자에 실리고 다시 몇 번의 수정과 보완을 거쳐 『동해 산문』에 최종적으로 수록된 「보리」에 이르면,[43)] 깊은 '보리'는 깊은 사색과 명상의 대상으로 그 아름다운 '형상'을 나타낸다.

모두 여섯 개의 '연'으로 이루어진, '산문시'라고 보면 다소 긴 분량을 가진 「보리」는 모두 여섯 개의 부분으로 구성되어 있다. '1연'의 보리는 한겨울을 "차가운 땅속"에서 견디는 "농부"의 희망이 되는 보리다. '2연'의 보리는 서리 치는 늦가을부터 5월의 봄에 이르는 보리의 여정을 노래한다. '인고'의 보리다. '3연'의 보리는 한창 피어나는 봄을 맞이하여 "푸르른 생명의 춤"을 추는 보리다. '4연'의 보리는 이제 익어가며 "고요히" 머리를 숙여가는 보리다. '5연'의 보리는 이제 "농부"들로 하여금 "기쁜" 표정을 지을 수 있게 해주는 수확의 보리다. '6연'의 보리는 이 모든 것으로 말미암아 이 땅에서 영원히 "농부"들과 함께 살아갈 보리다. 여섯 연으로 구성된 '산문시' 「보리」의 둘째 연은 실로 시적인 비유와 표현을 담고 있는 아름다

---

42)) 한흑구, 「나무」, 『문화』 창간호, 1947.4, 28쪽.

43)) 이대환, 앞의 책, 326~327쪽.

운 '시행'들로 구성되어 있다.

2

온갖 벌레들도, 부지런한 꿀벌들과 개미들도 다 제 구멍 속으로 들어가고, 몇 마리의 산새만이 나지막하게 울고 있던 무덤가에는, 온 여름 동안 키만 자랐던 억새풀 더미가, 갈대꽃 같은 솜꽃만을 싸늘한 하늘에 날리고 있었다.

늦게 핀 들국화들이 찬 서리를 맞고 고개를 숙이고 있었다.

논둑 위에 깔렸던 잔디들도 푸르른 빛을 잃어버리고, 그 맑고 높던 하늘도 검푸른 구름을 지니고 찌푸리고 있는데, 너, 보리만은 차가운 대기 속에서도 솔잎과 같은 새파란 머리를 들고, 하늘을 향하여, 하늘을 향하여 솟아오르고만 있었다.

이제, 모든 화초는 지심(心)속에 따스함을 찾아서 다 잠자고 있을 때, 너, 보리만은 그 억센 팔을 내뻗치고, 새말간 얼굴로 생명의 보금자리를 깊이 뿌리박고 자라왔다.

날이 갈수록 해는 빛을 잃고, 따스함을 잃었어도, 너는 꿈쩍도 아니하고, 그 푸른 얼굴을 잃지 않고 자라왔다.

> 칼날같이 매서운 바람이 너의 등을 밀고, 얼음같이 차디찬 눈이 너의 온몸을 덮어 엎눌러도, 너는 너의 푸른 생명을 잃지 않았었다.
>
> 지금, 어둡고 찬 눈 밑에서도, 너, 보리는 장미꽃 향내를 풍겨오는 그윽한 6월의 훈풍과, 노고지리 우짖는 새파란 하늘과 산 밑을 훤히 비추어 주는 태양을 꿈꾸면서, 오로지 기다림과 희망 속에서 아무 말이 없이 참고 견디어 왔으며, 5월의 맑은 하늘 아래서 아직도 쌀쌀한 바람에 자라고 있었다.[44)]

이 '2연'에서 보듯이 한흑구는 문장들을 가능한 한 간결하게 구성하면서도 꼭 필요한 수사적 비유를 놓치지 않았으며, '시 문장'과 '시 문장' 사이의 여백까지도 충분히 고려하여, '보리'의 내면적 생명력, 그 '영혼'의 움직임을, 작가 자신과 더불어, 독자들이 함께, 충분히 음미할 수 있도록 하고 있다.

한흑구 수필의 지극한 예술미는 이처럼 마음 가는 대로 쓸 수 있다는 수필에 '엄격한' 형식적 요구를 관철한 엄정한 시적 정신의 성취였던 것이다.

---

44) 한흑구, 「보리」, 『동해 산문』, 일지사, 1971.5.30., 33~34쪽.

시적 수필의 균열
– 1970년대 한흑구 수필 읽기

신재기

신재기

- 1956년 경북 의성 출생. 문학평론가, 수필가, 전 경일대학교 교수.
- 경북대학교 국어국문학과, 고려대학교 문학박사.
- 『매일신문』 신춘문예 평론부문 당선(1990). 계간 『수필미학』 발행인.
- 비평집 『비평의 자의식』, 『여백과 겸손』, 『창조적 비평의 논리』, 『수필과 사이버리즘』, 『수필과 시의 언어』, 『수필창작의 원리』, 『수필의 형식과 미학』,『형상과 교술 사이』, 『기억과 해석의 힘』, 『수필의 자폐성을 넘어서』, 『수필의 기본 개념들』, 『수필학 강의』,『수필비평의 방법과 실제』『문학과 언어의 불화』

시적 수필의 균열
-1970년대 한흑구 수필 읽기

신재기

1. 1970년대 한흑구 수필

한흑구의 문학 활동은 1920년대부터 시작되었다. 초기 활동은 시, 소설, 평론, 수필, 번역 등 문학 전 분야에 걸쳐 이루어졌는데, 1948년 경북 포항으로 이주 후 활동은 수필 창작 부문에 집중되었다. 수필 창작을 꾸준히 이어오다가 1971년에 첫 수필집 『동해산문』(일지사)을 출간하고, 1974년에는 두 번째 수필집 『인생산문』(일지시)을 펴냈다. 이듬해 1975년에는 선집 『보리』(범우사)가 출판되었다. 1970년대에 와서 그는 3권의 수필집 발간을 계기로 수필가로서 문단에 이름을 널리 알리고 대중에게 가까이 다가갔다. 이 시기에는 그 어느 때보다 작품을 왕성하게 발표했다. 『인생산문』 출간 이후 1979년 타계하기까지 발표된 작품 대부분은 작품집으로 정리되지 않은 채 오늘에 이르렀다. 2009년 한흑구 탄생 100주년을 맞아 민충환이 엮은 『한흑구문학선집』(아시아)에 수록된 1970년대 작품은 소수에 불과했다. 그런데 이번에 한흑구문학기념사업추진위원회에서 경향 각지의 매체[1)]에 발표된 수필을 찾아내어 수필집 『뻐저리 아저씨』를 출간하게 되었다. 여기에 수록된 작품은 50여 편이다. 그중 무려 48편이 1970년대에 창작된 작품이다. 이들 작품은 지금까지 알려진 한흑구의 수필과는 적잖은 차이를 보인다는 점은 크게 주목되는 바다. 한흑구 수필 세계를 새롭게 평가해야 할 근거가 될 수 있기 때문이다.

이번 50여 편의 작품이 고려되지 않은 채 이루어진, 한흑구 수필에 대한 지금까지의 평가는 대체로 그의 수필을 '시적 수필'로 규정하는 지점에서 출발했다. 실제로 그는 형식과 내용에서 시의 방법을 적극 활용하여 시를 쓰듯이 수필을 썼다. 이는 수필도 문학이고 예술이어야 한다는 그의 수필관에 바탕을 두고 있는데, 여기서 문학은 시와 같은 이름이다. 수필은 태생적으로 시와 소설의 중간에 위치하는 장르이기 때문에 두 장르의 특성과 형식을 빌려오는 것은 자연스럽다고 볼 수 있다. 수필의 이러한 성격은 다양한 타 장르와 쉽게 융합할 수

---

1) 1970년대 한흑구 작품이 수록된 매체는 매우 다양했는데, 『수필문학』『한국수필』『수필춘추』『현대문학』『시문학』『신동아』『세대』『월간중앙』『여성동아』『샘터』『멋』『새생명』『엘레강스』『신앙계』『북한』 등을 꼽을 수 있다.

있다는 점에서 확장 가능성과 역동성으로 인식되기도 한다. 하지만 다른 측면에서 생각하면 이러한 관점은 수필 장르의 고유성을 지워버리는 결과를 가져올 수 있다. 타 장르와의 인접성을 강조하면, 이질성 혹은 고유성이 흐려진다는 뜻이다. 타 장르의 특성과 결합하면서 수필이 자신의 본성에 관한 자의식을 잃지 않는 것이 중요하다. 이런 점에서 강한 시적 성향을 보인 한흑구의 수필은 실험적이고 개성적인 면을 강하게 드러냈지만, 반면에 수필로서 고유성을 얼마나 잘 구현했느냐 하는 대목에서는 한계를 드러낼 수밖에 없었다. 그런데 이번에 묻혀 있던 작품을 새로 발굴하여 작품집으로 발간하면서 여기에 수록된 1970년대 발표 작품의 전모가 드러났다. 물론 한흑구 수필 문학의 기조는 그대로 면면히 유지되고 있지만, 한편으로 변화한 모습도 발견할 수 있다. '시적 수필'이란 큰 범주에 생긴 균열이 신선하게 다가왔다. 이는 수필의 본성 회복이라는 점에서 긍정적으로 평가할 수 있다.

이번 작품집에 수록된 작품을 접하면서 수필가로서 한흑구의 창작 활동은 그의 나이 60대에 가장 왕성했던 것으로 보인다. 작품 제재와 주제도 그 전보다 다양해졌고, 글의 길이도 전반적으로 더 길어졌다. 무엇보다도 실제 생활에 밀착해서 세상을 읽고 인간 삶의 가치를 탐색하는 창작 태도는 수필가로서 한흑구의 새로운 면모를 확인할 수 있는 계기가 되리라 믿는다. 이에 본고는 한흑구 수필의 전반적인 특징을 분석하고 그 의의를 살펴보았다. 대상 작품은 이번 작품집에 수록된 작품을 위주로 하고, 필요하다면 이미 출간된 작품집의 작품도 검토 대상으로 삼았다.

2. 한흑구 수필에 깃든 포항 바다

한흑구는 해방 후 곧바로 고향인 평양을 떠나 서울에 정착한다. 그 후 미군정에서 일하며 문학 활동을 계속한다. 동료 문인들과 유적지 답사차 경주에 왔다가 포항의 바다가 좋다는 이야기를 듣고 잠깐 포항에 들른다. 그리고 마침내 1948년 가족을 데리고 포항살이를 시작한다. 송도의 모래와 푸른 바다에 매료되어 살다가 포항에서 생을 마감한다. 포항에는 푸른 동해, 아름다운 바다가 있었다. 그가 포항에 안착한 것은 폐병 치료에 바닷가의 맑은 공기와 신선한 해산물이 좋다는 의사의 권유 때문이었다고 한다.[2] 포항이 좋아 그곳에 가니까 바다가 있었고 그 바다를 좋아한 것이 아니라, 좋은 바다가 있었기에 포항을 선택한 것이다. 한흑구에게 '포항'은 바다의 다른 이름이었다. 포항의 내포는 바다였다.

---

2) 김도형, 「한흑구와 송도」, 『경북매일』 2022.12.21.

바다가 좋아서 포항에 보금자리를 마련한 한흑구는 '바다'와 '포항'을 글감으로 하는 작품을 적잖게 남겼다. 바다와 관련된 작품으로는『동해산문』에 수록된「동해산문」, 이번 작품집에 수록된「칠월의 바다」(1957),「여름 아침의 동해」(1958), 「파도」(1978), 「바다와 시인」(1978) 등이 있다. 한흑구가 포항에서 정착하고 살아가면서 바다는 늘 접하는 것인 만큼 그의 수필의 중심 소재가 된 것은 자연스러운 일이다. 한흑구는 포항에 살면서 거의 매일 바닷가를 걸었다고 한다.『동해산문』의「책머리에」"인생 자체를 항해에 비하지만, 나는 바닷가에 혼자 서서, 나의 존재의 미미함을 느낀 적이 한두 번이 아니었다."라고 한다. 복잡하고 신의도 없는 서울을 떠나 한가하게 살기 위해 바다가 있는 포항에서 평생의 보금자리를 마련했던 그였다. 하지만 한흑구 수필에서 '바다'는 자연 대상 이상의 의미를 지닌다. '바다'라는 대상에 대한 한흑구의 사유와 감정을 따라가 본다.

첫째, 한흑구 수필에서 바다는 생명과 희망의 원천으로서의 공간이다. 수많은 생명을 잉태하고 있는 거대한 품이 바다라는 것이다. 작품「칠월의 바다」에서 바다는 한없이 부드럽고 인자한 어머니로 그려진다. 조개, 해초, 해산물은 바다라는 어머니 품에서 자라나는 자식과 같다고 본다.「여름 아침의 동해」라는 작품에서도 바다는 동해의 수평선 위로 떠오르는 태양과 함께 생명의 새로움을 상징하며, 사람들에게 다시 하루를 살아낼 힘과 희망을 부여한다. 이러한 작가의 인식은 바다가 물리적이고 정적인 자연경관이 아니라 인간의 삶과 감정을 촉발하는 정신적 공간임을 보여준다. 작가에게 바다는 끊임없이 생명을 품고 움직이는 역동적인 공간이다. 수많은 생물이 그 속에서 살아간다. "한 알의 작은 모래알도 현미경을 통해서 보면 수많은 구멍들이 뚫려 있고 또 그 구멍 속에는 수십만의 미생물들이 살고 있다"라는 언급은 바다가 생태적 우주라는 인식을 반영한다. 이런 시각은 자연을 경외의 대상으로 바라보는 낭만주의적 태도에 맞닿아 있다.

> 이렇게 씨원한 바닷가에 살면서도 나는 하루도 바다를 잊어버린 적은 없다.
>
> 답답하고, 클클한 생각 속에 온 밤을 잠을 이루지 못했어도, 이른 아침의 바다를 내어다보고 수평선 위에 떠오르는 태양을 바라다보면 나는 또다시 하루의 희망과 힘을 얻을 수 있기 때문이다. 나는 오늘도 밝기 전의 어두운 골목길을 조심성 있게 걸어서, 새맑은 태양의 찬란한 얼굴을 맞으려고 바닷길로 나간다.
>
> –「여름 아침의 동해」

어두운 새벽, 작가는 수평선 너머로 떠오르는 태양을 바라보며 하루를 시작한다. 이것은 삶의 무게를 이겨내고 다시 태어나는 상징적 행위다. 즉 바다는 물리적 세계를 넘어 영혼의 안식처이자, 삶을 재충전하는 공간으로 작동한다. 나아가 바다는 상처받은 인간이나 고된 삶을 살아가는 사람들에게 위로를 주기도 한다. 이처럼 한흑구 수필에서 바다는 '살아 있음'을 자각하게 해주고, 인간 존재를 한층 풍요롭게 만들어 준다.

둘째, 작가는 바다를 인생의 흐름을 비추는 거울로 바라본다. 작품 「파도」에서 '파도'는 바다의 상징을 통해 인생의 궤적을 되돌아보는 사색적 분위기를 드러낸다. 작가는 젊었을 때는 바다를 통해 미래를 상상했지만, 노년이 된 지금은 그 잔잔한 파도 위에 과거의 기억과 삶의 허무함을 투영한다. 이는 바다가 인생의 흐름을 반영하는 거울 같은 존재임을 암시한다. 밀려오고 밀려가기를 반복하는 파도는 그 자체로 인생의 부침을 비유한다. 이러한 파도의 상징성은 작품 「바다와 시인」에서도 이어진다. 바다는 끊임없이 새로운 상상과 상념을 불러일으키는 공간이며, 그 안에 인생의 철학이 응축되어 있다. 인간의 기억, 꿈, 상념이 출렁이는 무한한 정신적 공간이 바로 바다라는 것이다. 바다에는 삶의 유한성과 더불어 시간의 순환성이 내재한다. 고요하면서도 쉼 없이 변화하는 존재로서 바다는 인생과 닮았다. 파도가 넘실거리는 풍경은 인간의 감정

곡선을 닮았고, 시간의 흐름에 따라 조수간만이 있는 해안은 마치 생로병사의 주기처럼 움직인다. 작가는 바다를 바라보며 자신도 세월을 따라 변해가는 존재임을 깨닫는다. 이처럼 그의 수필에서 바다는 인생의 진폭을 투사하는 무대이자, 시간의 윤회를 체감하는 감각적 거울이다.

셋째, 바다는 문학의 창조적 공간이기도 하다. 작품「바다와 시인」에서 바다는 문학적 상상력의 기폭제로 작용한다. 수많은 생물이 살아가는 신비로운 세계, 그 안을 직접 볼 수는 없지만 무한히 상상할 수 있는 세계가 바로 바다이다. 작가는 이러한 무궁무진한 상상력의 근원으로서의 바다를 언급하며, 한국 문학이 그 가능성에 비해 너무 바다를 등한시해 왔다는 비판을 덧붙인다. 한국은 삼면이 바다로 둘러싸여 있는 지리적 특성을 지니고 있음에도 불구하고, 해양문학은 빈약하다는 것이다. 이는 상상력과 현실 감각의 편향을 드러내는 문화적 문제라고 볼 수 있다. 반면 영미문학에서는 바다가 중요한 소재로 다뤄진다.「노인과 바다」같은 작품이 단적인 예다. 바다는 인간의 한계와 도전, 사유와 감정이 교차하는 문학의 장이 될 수 있다는 뜻이다.「여름 아침의 동해」에서의 새벽 사색,「칠월의 바다」에서의 생태적 이미지의 확장은 바다가 언어 이전의 감정과 사유가 싹트는 지점임을 드러낸다. 그리고「파도」에서도 바다는 감상의 대상이자 사유의 공간으로 나타난다. 젊은 시절에는 바다를 통해 미래를 생각하고, 노년에는 과거를 떠올리는 매개로 작용한다. 이는 바다가 시간의 층위를 넘나드는 사유의 장으로 기능한다는 말이기도 하다. 결국 바다는 인간의 언어로 다 포착할 수 없는 그 '넘어'의 세계이자, 끊임없이 문학을 유인하는 정신적 공간이다. 작가는 문학이 바다를 통해 인간을 깊이 이해하고 예술적 표현을 확장할 수 있음을 암시한다.

한흑구의 '바다'에 관한 수필로는 「동해산문」이 있다. 이는 수필집 『동해산문』을 출간하면서 각기 다른 시기와 다른 지면에 발표된 5편의 작품을 한데 모은 것이다. '바다'를 대상으로 하는 작품을 하나로 묶어 '동해산문'[3]이라는 제목을 붙이고, 이 제목을 작품집 표제로 정했다. 이는 작가가 이 작품들을 가벼이 여기지 않았음을 말해준다. '바다'에 대한 한흑구의 애착을 짐작할 수 있는 부분이다.

한흑구의 바다 수필은 자연을 향한 깊은 정서와 감탄을 바탕으로 한 시적인 분위기를 연출한다. 그래서 이들 작품은 농밀한 서정성으로 인해 산문문학으로서 수필 본연의 논리성과 지적 균형이 약화해 있다. 바다를 철학과 감성으로 혹은 생명과

3) 5편의 작품은 다음 순서로 묶여있다. 「바다」(1970), 「6월의 동해」(『대구매일신문』, 1967), 「갈매기」(『대구일보』, 1969), 「성하 성하(盛夏)의 바다」(『동아일보』, 1957), 「겨울의 바다」(1971)

시간의 상징으로 승화시키지만, 그 표현 방식은 감탄과 감정의 반복, 비유와 의인화에 치우쳐 있어 개념의 구체화보다는 정서적 확장에 치우쳤다. 가령 「바다」에서는 파스칼과 바이런을 인용하면서 인간 존재에 대한 사색을 끌어내려 했으나 그 연결고리가 논거보다는 감정의 흐름에 기댄다. 그 결과 사유의 방향이 분산되어 중심을 잡지 못해서 작품 전체가 시적 감수성 나열에 머물고 있다는 비판을 면하기 어렵다. 시와 산문 사이의 경계를 넘나들면서 감정의 파도는 풍부하되, 논리의 해안선은 흐릿하다. 한흑구 작품이 수필의 새로운 장르의 가능성을 열었다는 점은 긍정적으로 평가할 수 있지만, 내적 논리 부재로 수필 문학의 본성을 구현하지 못했다는 점은 한계임이 분명하다.

3. 한흑구의 수필 속 '봄'

춥고 어둡고 긴 겨울을 견뎌 새 생명을 틔워내는 계절이 봄이다. 봄은 겨울을 지나서 다가오는 자연순환의 하나로서 계절이지만, 인간 생활이나 문학에서는 생명의 탄생과 희망을 비유하거나 상징한다. 그리고 치유, 소생, 회복의 의미를 암시할 때도 있다. 모든 예술에서 봄은 긍정적인 의미로 소환되었고, 인간의 삶과 감정과 사유의 깊이를 비추는 상징적 배경으로 기능해 왔다. 한흑구 수필에도 유독 '봄'을 소재로 하는 작품이 많다. 『동해산문』에 수록된 「봄비」「새 봄 빛」「화단의 봄」, 『인생산문』에 수록된 「봄의 화단」과 「봄의 숨결」, 그리고 이번 수필집에 수록된 「봄이 오면」, 「봄소식」「새봄의 기쁨」「모란봉의 봄」 등이 봄을 소재로 하는 작품이며 그 표제에도 직접 '봄'이란 말이 사용되고 있다. 이 밖의 「보리」「진달래」「제비」「흰 목련」 등도 봄과 상관성을 지니는 작품이다.

한흑구 대표작인 수필 「보리」는 "보리. 너는 차가운 땅속에서 온 겨울을 자라왔다."로 시작한다. 추운 겨울을 견디는 것은 봄을 기다리는 시간이다. 작가는 보리의 이러한 기다림과 견딤의 과정을 다음처럼 말한다.

> 지금, 어둡고 찬 눈 밑에서도, 너, 보리는 장미꽃 향내를 풍겨오는 그윽한 6월의 훈풍과, 노고지리 우짖는 새파란 하늘과, 산밑을 훤히 비추어주는 태양을 꿈꾸면서 오로지 기다림과 희망 속에서 아무 말이 없고 참고 견디어왔으며, 오월의 맑은 하늘 아래서 아직도 쌀쌀한 바람에 자라고 있었다.

보리가 차디찬 땅 밑에서 겨울을 견뎌 낸 것은 봄을 맞아 "푸르른 생명의 춤, 새말간 봄의 춤"을 추기 위해서였다. 봄은 긴 고난의 시간을 "오로지 기다림과 희망" 속에서 견디어 왔다.

이 작품에서 알 수 있듯이 춥고 어둡고 고통스러운 시간을 이겨내고서 얻는 희망의 열매가 봄이다. 하지만 봄이 지니는 의미의 무게는 그것을 맞이하여 누리는 기쁨보다는 추운 겨울을 참아내는 원동력으로서 희망에 실린다.

1) 생명력과 희망의 상징으로서 봄

한흑구의 수필에서 봄은 계절의 변화로 그치지 않고 생명력과 희망의 상징으로 드러난다. 「새 봄빛」에서 작가는 "새 움들과, 새싹들이 자라 나오는 봄은 확실히 모든 새로운 생명이 꿈틀거리고 약동하는, 희망의 즐거운 계절"이라고 말하며, 봄을 생명의 원천으로 인식한다. 「봄의 숨결」에서는 흙을 나르며 길을 보수하는 농부들의 행위를 통해 봄이란 새로운 시작과 노동의 가치를 나타낸다. "사람은 흙에서 나오는 것을 먹고 살다가, 또한 흙으로 돌아간다"는 표현에서 봄을 인간 존재의 근본적인 순환과 연결 짓기도 한다. 여기에서 봄은 무언가 '다시 살아나는' 시간이자, 삶이 재개되는 가능성의 시기로 설정된다. 「화단의 봄」과 「봄이 오면」에서 작가는 봄의 섬세한 현상을 통해 계절의 미묘한 아름다움을 상징적으로 묘사한다. 할미꽃과 달래 등 작은 자연물에서도 큰 생명의 힘과 아름다움을 발견하고 있다. 봄의 상징성은 생명의 경이로움과 자연의 신비로 확장되어 봄은 존재와 생명의 근원적 가치로 표현되기도 한다. 이처럼 봄은 생명이 자라고 꿈틀거리는 계절이라는 데 그치지 않고, 그 생명으로부터 인간이 감정적으로 환기되고, 정서적으로 치유되는 계절이라는 것이다.

또한, 한흑구 수필에서 봄은 순환과 회복, 그리고 기다림의 철학을 뜻하기도 한다. 「봄의 화단」에서 "꽃은 웃고, 또한 소리 없이 말한다. 꽃은 어린애들도 알아들을 수 있는 말을 해주고, 또한 어여쁜 웃음을 머금어 준다"는 대목은 꽃의 존재 자체가 생명력의 언어임을 전한다. 여기서 봄의 이미지는 상처를 치유하는 무언의 힘이다. 「화단의 봄」에서는 더욱 철학적인 시선으로 봄을 사유한다. "꽃씨를 손바닥 위에 놓고서 들여다볼 때에는, 어느 때나 생의 불가사의한 신비를 아니 느낄 수 없다"라며, 꽃이 피기까지의 시간과 기다림을 통해 인간 삶의 보편적 진리를 상기한다. 봄은 단순한 시작이 아니라, 긴 시간 잠복해 있던 생명의 '회복'을 상징한다. 이는 단절된 삶의 회복, 얼어붙은 감정의 이완, 그리고 오랜 기다림 끝의 결실과 연결되며, 인간 존재의 순환 구조를 암시한다.

그리고 한흑구는 봄을 자연과 인간이 하나 되는 계절로 그리고 있다. 「봄소식」에서 "길가에 하늘거리는 수양버들가지들도 제법 노랗게 물들어가고, 푸른 보리밭 둑 위에는 누런 잔디의 속잎들이 파랗게 머리를 쳐드는 것이 보인다"고 묘사한 후, "봄은 모든 생물의 생동이요, 향기인 것이다"라고 선언한다.

이는 봄이 생물들의 생명력을 자극하는 동시에, 인간의 오감과 정신을 열어젖히는 계기임을 보여준다. 「새봄의 기쁨」에서는 괴테와 세네카의 철학적 언급을 덧붙이며, 봄이 단순한 자연의 작용을 넘어 신의 섭리와 윤리적 존재의 기쁨과 연결되는 지점까지 확장된다. 「봄비」는 봄의 촉촉한 기운이 자연을 넘어 인간 정신을 적시는 힘으로 작용함을 보여준다. "비라도 봄비니 맞아나 둘까, 행여나 내 마음에 새싹이 나도"라는 시구는 봄비가 인간 내면에 새로운 생명의 가능성을 싹틔우는 상징이라는 점을 섬세하게 드러낸다.

한흑구 수필에서 봄은 자연적 현상이나 배경이 아니라, 삶의 철학적 토대, 감정의 발아점, 사유의 도구로 기능한다. 생명, 회복, 희망, 기다림, 회한이라는 다양한 의미가 봄의 이미지 안에 중첩되어 있으며, 이를 통해 작가는 자기 삶을 되돌아보고 인간의 존재론적 깊이를 탐색한다.

2) 봄에 대한 작가의 태도

한흑구는 봄을 따뜻하고 긍정적인 시선으로 바라본다. 「봄 소식」에서 작가는 봄을 맞아 자기 내면에 불어온 생기를 "오랜 추위에 얼어붙었던 나의 가슴을 후련하게 녹여주고, 걸고 되직한 나의 핏줄에 새로운 생기를 넣어주는 것 같다"라고 표현한다. 이는 봄을 자기 삶과 내면적 변화로 연계시키는 태도이다.「새봄의 기쁨」에서는 봄을 통해 자신과 자연의 관계를 성찰하면서 봄을 삶의 교훈으로 여긴다. 괴테와 밀의 말을 인용하면서 자연과 봄을 통해 삶의 교훈을 얻고, 개인적 결심과 희망을 다진다.

보풀러오른(부풀어 오른) 지심(地心)을 뚫고 새로운 샘물이 새로운 봄을 안고 솟아오르고 있고나. 나는 새봄의 기쁨을 느끼면서 한참 앉아서 지켜본다.

한동안 새봄의 움직임을 지켜보다가 나는 시인 괴테의 이러한 말을 연상해보기도 한다.

"이 대지 위에서는 나의 기쁨이 샘솟고 있다. 태양은 나의 고통을 비춰준다. 나에게는 이 두 가지로써 충분하다."

이런 말을 연상하면서 나는 새봄이 새로운 샘물과 함께 솟아오르는 것을 한없이 기쁘게 생각한다.

"세상에 태어나서 한 번도 좋은 생각을 가져보지 않은 사람은 없다. 다만 그것이 계속되지 않았을 뿐이다. 어제 붙들어 맨 끈은 오늘 허술해지기가 쉽고 내일은 풀어지기가 쉽다. 나날이 다시 끈을 여며야 하듯이 사람도 그가 결심한 일은 나날이 거듭 여미어야 변하지 않을 것이다."

철학자 존 밀의 말을 연상하면서 나는 새로이 찾아오는 이 봄을 기쁘게 맞는다. '하루는 영원이라'는 말도 있지만, 나는 다시 찾아오는 이 봄, 여름, 가을, 겨울의 색다른 네 절기를 일생을 또 한번 다시 살아가는 기분으로 기쁘게 맞겠다.

–「새봄의 기쁨」에서

작가는 "새로이 찾아오는 이 봄을 기쁘게 맞는다"는 점을 강조한다. 반복되는 시간의 순환 속에서도 매번 봄을 새롭게 받아들이는 태도를 보여준다. 이 작품에서 작가의 태도는 자연을 관조하는 서정적 시선을 기반으로 하되, 자연 관찰을 삶의 태도와 정신적 자세로 확장하는 성찰적 지향을 보인다. 작가는 봄의 자연 현상에서 삶의 결심과 존재의 갱신을 끌어내며, 이를 통해 삶을 능동적으로 재구성하려는 의지를 드러낸다. 괴테와 존 밀의 인용은 이러한 태도에 사유적 깊이로 보강하며, 작가는 반복되는 계절 속에서도 하루의 생활을 새롭게 여미는 실천의 자세를 견지한다. 결국 이 글은 자연을 감각의 대상이 아닌, 인간 내면의 변화와 성숙을 이끄는 매개로 수용하는 능동적인 태도를 보여준다. 서정적 진술을 바탕으로 존재론적 성찰을 도모함으로써, 수필 장르의 철학적 잠재력을 효과적으로 구현했다고 평가할 수 있다.

반면,「모란봉의 봄」에서는 봄이 상실과 그리움의 정서를 자극하는 매개로 작용한다. "나의 고향, 모란봉에는 올해에도 봄이 또 오고 있는가"라는 문장은 자연의 순환성과 인간의 단절된 기억을 대비시키며, 봄을 개인적 상처와 향수의 촉매제로 제시한다. 봄의 밝고 생동감 있는 이미지는 이 글에서 오히려 더 큰 슬픔을 강조하는 배경으로 사용된다. 특히, 실향민으로서의 아픔과 고향에 대한 간절한 회한이 결합하면서, 봄은 단순히 희망과 기쁨의 상징이 아닌, 잃어버린 시간과 장소를 되살리는 정서적 장치가 된다. 따라서 「모란봉의 봄」은 봄이라는 계절이 반드시 생명과 긍정만을 담는 것이 아니라, 그 반대편에서 과거의 상실을 더욱 생생하게 상기시키는 양면적 성격을 가질 수도 있음을 암시한다. 하지만 그의 수필에서 이러한 태도는 매우 부분적인 것에 불과하고 대체로 봄을 긍정적인 태도로 받아들이고 나아가서 찬양의 수준에 이르기까지 한다.

3) 이상화된 봄

한흑구는 봄이란 대상을 섬세하고 풍부한 감성으로 드러낸다. 봄을 맞이한 자연의 작은 현상들을 세심하게 관찰하며 독자에게 생생한 이미지를 전달한다.

> 꽃은 생명의 표현을 담은 얼굴이다. 꽃은 웃고, 또한 소리 없이 말한다. –「봄의 화단」

사람은 죽어서 흙이 되고, 그 흙은 한 간의 담벽을 바르기에 도 부족하다. -「봄의 숨결」

바다는 그냥 잠들어 고래같이 고요히 누웠는데, 그 등 위로 보슬비는 무수한 구슬을 소리 없이 떨어뜨리고 있다. -「봄비」

먼 산기슭에는 나물 캐는 처녀들이 분홍 저고리를 입고 오르내린다. 얼핏 보면 진달래꽃들이 뭉쳐 있는 듯이 보이기도 한다. -「새 봄빛」

유리알같이 맑은 얼음장 밑으로 가느다란 샘물이 뱀의 꼬리마냥 구불구불 숨을 쉬는 듯이 꿈틀거리면서 조용히 흘러내린다. -「새봄의 기쁨」

위의 예문은 한흑구의 봄 관련 작품에서 뽑은 구절이다. 한마디로 그 특징은 '시적 표현'으로 요약된다. 이런 표현을 접하는 독자는 누구나 그의 수필이 전반적으로 시적인 산문에 가깝다는 점을 쉽게 알 수 있다. 여기서 '시적'이라는 판단은 문체가 함축적이고 압축적이며, 간결하고 비유적이라는 의미다. 이러한 표현 방식은 일반적인 산문 문체가 지니는 설명적 지루함이나 논리적 딱딱함을 효과적으로 극복하며, 독자에게 신선한 경험을 제공한다. 그러나 시적 문체는 동시에 작가의 주관적 감정이 과도하게 표출되는 결과를 초래하기도 한다. 이 때문에 대상이 지닌 객관적 사물성이나 고유한 개성이 흐려지며, 수필 본연의 관조적 태도와 사유의 깊이가 상대적으로 약화하는 경향을 드러낸다.

특히 '봄'을 소재로 한 다수의 작품에서 주제와 진술의 방향이 유사하게 전개되어, 개별 작품의 독립적인 완성도가 떨어지는 점은 아쉬운 부분이다. 봄에 대한 정서적 표현과 상징이 반복되고, 유사한 표현들이 여러 작품에서 지속적으로 등장하면서 작품 간 차별성이 부족해 보인다. 「봄비」「새 봄빛」「봄소식」 등의 작품에서 공통으로 나타나는 "봄은 모든 새로운 생명의 꿈틀거림과 약동"이라는 서술은 봄의 생명력을 강조하는 데 효과적이지만, 반복될수록 표현의 신선함은 감소한다. 또한 일부 작품에서는 봄의 상징성이 지나치게 추상적으로 다루어져 구체적인 정서적 설득력을 확보하지 못하는 경우도 많다. 예컨대 「모란봉의 봄」에서 작가의 개인적 향수가 강조되어 독자의 공감을 유도하기보다는 감상적 여운에 머무는 한계가 바로 그것이다.

한흑구는 봄이라는 계절을 통해 생명력, 희망, 자연과 인간의 관계를 풍부한 감성과 세밀한 관찰로 표현하고 있다는 점에서 일정한 문학적 성취를 이루었다고 볼 수 있다. 하지만 주제의 반복성과 표현의 이상화 경향은 작품 전반에 평면적 인상을 남기며, 독자에게 다양한 정서적 접근을 제공하는 데는 실패했다.

4. 자연에 대한 양가적 태도

한흑구의 수필은 자연을 대상으로 하는 작품이 많다. 이는 그가 다른 수필가와 비교하여 자연 가까이에서 생활했기 때문만은 아니다. 그가 살았던 포항에서도 산, 들, 바다 등의 자연을 쉽게 접할 수 있지만, 포항은 제철소와 같은 거대한 산업시설을 보유하고 있는 공업도시이고 항구 도시이다. 이런 환경 속에서 생활했던 한흑구가 유독 자연 친화적인 수필을 많이 창작했다는 것은 그만의 작가적 성향이나 세계관이 무의식적으로 작동했다고 볼 수밖에 없다. 그의 수필에서 나타나는 자연은 단지 소재로만 선택된 것이 아니라, 삶의 거울이자 성찰의 매개였다. 한흑구는 자연 속에서 고요, 순환, 생명력 같은 원리를 발견하고, 이를 인간의 삶과 내면에 투영한 수필가였다. 그의 자연 친화적인 수필은 문명 중심의 사고를 넘어선 생태적 인식을 보여주기까지 한다. 자연은 작가에게 감각적 대상이면서도 철학적 사유의 장이었다. 물론 이는 자연을 노래하고 찬양하는 문학이 보여주었던 일반적인 경향이다. 따라서 한흑구 수필의 자연 친화적인 지향은 그의 개성적인 부분이면서 일반적인 모습일 수도 있다.

한흑구 수필에서 자연은 존재의 거울이고, 삶과 죽음을 비춰주는 매개다. 「낙엽과의 대화」에서 낙엽은 시든 이파리가 아닌, 생의 전 과정과 죽음을 품은 상징이다. 작가는 "이파리 자체로서 따지면 일생의 세월이요, 또한 영원한 하나의 죽음"이라고 말하며, 짧은 생을 살아낸 낙엽에 자신의 삶을 투사한다. 낙엽의 줄기 끝에 뚫린 구멍을 통해 "아, 내년 봄을 맞이하여서 새로이 피어나올 새 생명을 감싸서 키우느라고 그렇게 뚫어진 구멍의 흔적을 가졌구나"라고 감탄하는 부분에서 자연의 소멸조차 다음 생명을 위한 순환의 일부로 받아들인다. 이러한 인식은 「가을 소식」에서도 반복된다. 매미의 소리를 통해 작가는 "너는 짧은 여름철의 즐거운 너의 음악을 사람들에게 들려주기 위해서, 땅속에서 십오륙 년의 긴 세월을 풀뿌리를 먹으면서 애벌레로 살아왔지 않은가"라고 회상하며, 짧지만 충실했던 삶에 애틋한 시선을 보낸다. 결국 작가는 연속하는 생명들은 인간처럼 덧없지만, 그 안에는 나름의 순환과 존재 의의가 내포되어 있음을 암시한다.

한흑구 수필에서 자연은 그 자체가 예술이자 감성의 확장이다. 감각을 확장하고 예술적 심상을 자극하는 존재가 자연이다. 「충무에 보내는 편지」에서는 남해의 정경을 "동양화를 배경으로 하고, 서양화의 정물과 같이 흰색, 파란색, 빨간색들의 작은 집들이 옹기종기 모여 앉은 모양"이라고 묘사하면서, 충무의 바다를 "세잔의 8호 풍경화"에 비유한다. 이는 자연을 하나의 회화로 읽는 시적 상상력의 표출이며, 예술과 현실의 경계를 허물고 하나로 융합하는 경지를 드러낸다. 「흰 목련」에서도 자연은 감각의 총체로 다가온다. 목련꽃을 처음 본 작가는 "학의 목과 같이 우아하고, 고아하고, 깨끗하고, 순스럽고, 아름답고"라고 반복적으로 수식하며 꽃의 형태와 정서를 연결한다. 나아가 "강의가 끝나고 나올 때에는 한 줄기 세찬 꽃샘바람에 꽃이파리 하나가 떨어져서 흰 나비마냥 훨훨 날아가다가"라는 표현에서는 자연과 인간 감정의 교감이 절정에 이른다. 이는 자연을 바라보는 작가의 시선이 객관적 관찰을 넘어서서 감성적 공명으로 승화하고 있음을 알 수 있다.

그런데 한흑구 수필에서 자연이 언제나 완벽하고, 지선의 가치를 지닌 이상적인 것으로만 제시되는 것은 아니다. 근대 산업사회는 인간 이성과 과학을 앞세워 자연을 정복하려는 기획을 멈추지 않았다. 자연은 인간의 문명에 의해 점점 훼손되어 왔다. 이런 입장에서 한흑구의 수필도 문명 비판과 생태적 윤리의식을 외면하지 않는다. 작가는 자연을 위협받는 존재로서 바라보며, 산업화 이후의 문명에 대한 비판의식을 드러낸다. 대표적으로 「맑은 공기와 물」은 환경 파괴에 대한 비판적 시선을 보인다. 포항제철이 들어선 이후 "포철의 큰 공장으로부터 쏟아져 나오는 공업폐수는 어패류의 종족들을 거의 다 멸종시키고 있는 형편이다"라는 서술은, 문명의 이기가 자연을 파괴하고 있음을 증언한다. 작가는 "자연도 자기 스스로의 풍화작용으로 소멸해가고 있다"는 말을 통해 인간의 책임을 전가하지 않고, 인간과 자연이 함께 늙어간다는 공통 운명을 인식한다. 이러한 태도는 「흰구름이 뭉게뭉게」에서도 미묘하게 드러난다. 유년 시절 구름의 형상을 상상하며 "이 우렁차고 무서운 하늘의 운행은 하나의 낭만적인 연애 사건이었구나"라고 말했던 작가는, 오늘날엔 "전과 같은 낭만이나 상념을 느낄 수 없다"고 고백한다. 이는 감수성의 변화일 뿐 아니라, 자연에 대한 감정적 거리감, 나아가 인간과 자연이 분리된 현대문명 속 상실감을 반영한다.

현대 산업문명의 급속한 발전은 인간에게 물질적 풍요를 안겨주었으나, 동시에 생태계의 파괴와 환경 오염, 그리고 인간 존재의 근원적 불안을 심화시켰다. 이러한 주제를 드러내는 대표적인 작품이 「맑은 공기와 물」과 서간 형식인 「미당형에게」이다. 이들 작품은 문명의 양가성을 비판적으로 응시하면서, 자연에 대한 그리움과 생명의 회복 가능성을 문학적으로 모색하고 있다. 감성적 탄식에 머무르지 않고, 구체적인 생태 환경 파괴의 사례와 그에 따른 인간의 감각적 정신적 위기의식을 포착함으로써, 산업화 시대의 문명 비판을 현실적 차원으로까지 확장한다.

「맑은 공기와 물」은 작가가 직접 체험한 포항의 자연환경 변화 과정을 서정적 문체로 서술하면서, 백사장의 침식, 형산강의 오염, 어패류의 멸종 등 환경 파괴의 실태를 구체적으로 기록하고 있다. 예컨대, "30년 전 70미터였던 백사장이 이제는 30미터로 줄어들었다"는 서술은 산업화에 따른 자연의 후퇴를 시간적 감각 속에 재현함으로써 생태계 훼손을 실감 나게 전한다. 또한 "검은색을 띠는 세숫물", "사라진 물고기와 조개들" 등의 표현은 환경오염이 더 이상 추상적 개념이 아니라, 일상적 삶의 조건을 위협하는 현실임을 각인시킨다. 이처럼 이 작품은 지역적 경험을 바탕으로 하여 인간과 자연 사이의 불균형과 문명화의 폭력성을 은밀히 고발한다.

「미당형에게」에서도 위와 유사한 문제의식이 발견된다. 필자는 미당에게 빨리 전원으로 내려오라고 하면서 서울의 환경 문제를 이렇게 설명한다.

> 내가 항상 말하는 것이지만, 공기가 눈에 보이는 서울, 일월이 제 얼굴을 잃어버린 서울, 500만의 인구가 득실거리는 속에 그 무시무시한 소음에 넋을 잃어야 하는 서울. 서울은 마음에 지니고 살아가는 우리의 수도일 뿐 이젠 정붙일 수 없는 지

옥 같은 고장만 같을 뿐입니다. 이런 서울에서 잘도 견디어내는 형의 건강한 정신위생이 부럽다고나 해둘까요?

아무리 생각해도 서울은 자연과 더불어 자연 속에서 살아가는 것이 아니라, 자연을 파괴하고 지옥으로 줄달음질치는 아수라의 집결체가 아닌가 생각된다면 나의 지나친 극언이라고 하실는지.

인간에 의한 자연의 파괴와 환경의 오염이 인간의 생존을 위협하고 있는 오늘, 자연을 이해하고 자연을 보호하고 자연과 융화한다는 것은 얼마나 시급한 일이겠습니까!

공장의 폐수와 더불어 오물은 한강 상수도까지 오염되었다고 하니, 참으로 듣기에도 딱한 이야기가 아닐 수 없습니다. 더구나 막대한 석탄, 석유의 소비에서 오는 대기 중의 탄산가스는 날로 그 양이 불어 그대로 축적되면 마실 산소도 몸에 지니고 다녀야 할 날이 오지 않으리라고 누가 보증하겠습니까?

서울이 아무리 오염되고 탄산가스에 숨이 막힐지언정 설마 바닷물이 넘쳐들기야 하겠습니까마는, ??? 한 군데 없이 날로 빌딩만 올라가는 서울은 어느 도시보다도 가장 오염된 도시라고 하니 답답하기 그지없습니다.

위에서 작가는 서울을 "공기가 눈에 보이고", "일월이 제 얼굴을 잃어버린" 도시로 규정한다. 이는 생태 질서의 파괴와 인간 소외를 상징하는 비유적 표현이다. 이어지는 "500만 인구가 득실거리는 소음 속에서 넋을 잃어야 한다"는 구절은 도시 문명이 유발한 감각의 피로와 정서적 황폐화를 암시한다. 서울이라는 대도시가 더 이상 정착과 생존의 공간이 아니라 "지옥 같은 고장", "아수라의 집결체"라는 극단적 수사로 묘사하기까지 한다. 특히 한강의 상수도 오염, 대기 중 탄산가스의 축적 등 구체적인 환경 파괴 사례들을 언급하는 대목에서 작가는 도시가 생명을 위협하는 공간으로 전락했다고 판단하고 있다.

하지만 한흑구는 문명에 대해 전면적인 부정을 선언하지는 않는다. 포항제철의 설립 이후 환경 파괴가 가속화되었다는 사실을 분명히 인식하면서도, 그것이 "선진국가의 대열에 끼어드는 기운차고 커다란 숨결"이라면서 일정 부분 긍정하는 태도를 보인다.

> 물 좋고 공기 맑은 푸른 바다를 즐기면서 여직까지 포항에서 고요히 살아왔는데, 여기가 또 세계적인 공업도시가 될 줄은 미처 몰랐다.
>
> 그러나 밤낮없이 종철의 굴뚝에서 솟아오르는 용광로의 불길과 하얀 구름과 같은 흰 연기를 바라볼 때마다, 나는 우리나라 건설의 기운차고 커다란 숨결이라고 생각하고 흐뭇한 감정

과, 선진국가의 대열에 끼어들 수 있는 강인한 투지라고 자긍하고 있다.

스모그현상이나 매연의 공해는 과학자들이 해결할 문제들이다. 나는 다만 어린 시절에 갖고 있던 연기에 대한 낭만의 꿈을 되찾을 길이 없는 것이 한없이 아쉬울 뿐이다.

-「연기」에서

포항종합제철 굴뚝에서 솟아오르는 불길과 연기를 "선진국가의 대열에 끼어들 수 있는 강인한 투지라고 자긍"으로 인식하고 흐뭇한 감정에 젖는다. 매연 문제는 과학자들이 해결한 문제로 치부하고 만다. 앞에서 언급한 서정주에게 전원으로 내려오라고 권유했을 때의 문명 비판적 태도와는 전혀 딴판이다. 매연이 과거 '연기'가 가진 낭만적 분위기를 앗아간 점에서는 아쉬움이 남지만, 특별하게 문제 될 것이 없다는 태도다. 국가의 경제발전을 위해서라면 생태파괴나 환경 오염 정도는 감수해야 한다는 식이다. 산업화의 기술적 진보와 국가 발전 이면에 잠재된 환경적 위험을 제대로 인식하고 성찰했다고 보기 어렵다. 문명 비판적인 그의 태도가 깊이 뿌리 내리고 있지 못했음을 확인할 수 있는 대목이다.

「소리」와 「고요」라는 작품에 드러나는 작가의 태도도 이와 마찬가지다. 자연의 질서와 아름다움을 갈구한다면 당연히 도시의 '소음'을 극복하고 자연의 '고요'를 추구해야 하는 것이 마땅하다. 하지만 한흑구 수필에서는 이 지점에서 반대 입장을 보인다.

> 현대문명의 공해로 불리어지는 소음은 하나의 약동하는 생명의 힘찬 소리라고 나는 생각한다.
>
> 만일 소리를 진동하게 하는 물리적 작용이 없다 하면 세상은 공허요, 모든 생물은 정지요, 죽음만이 깔려있게 될 것이다.
>
> 우리는 힘찬 소리와 함께 건설하고 약동하는 선진국가의 대열에 참여하여야 할 것이며, 우리의 슬기를 다해서 공해를 극복해나가야 할 것이다.
>
> –「소리」에서

도심의 소음, 특히 시카고에서 경험한 고가철도, 총성, 자동차의 굉음은 삶의 한가운데서 약동하는 세계의 징표라며 '공해'로만 여기서는 안 된다는 것이다. 「고요」에서 작가는 침묵과 고요를 죽음과 정지의 상태로 본다. 그리고 시카고의 강철로 만든 고가철도 소리를 '문명의 행진곡'으로 느끼며 소음을 생명력의 징후로 받아들인다. 이는 고요를 평온하고 안정된 상태로 보는 통상적 인식과는 다른 관점이다. 고요는 오히려 불안과 낯섦, 생명 없는 정지의 공간으로 본다. 시카고의 소음은 그에게 살아 있음을 확인해 주는 '약동의 소리'였다고 한다. 조용한 변두리로 이사한 뒤 마주한 '고요'는 그가 기대했던 평온이 아니라 불안과 고독, 정체된 정서의 감각으로 작용한다. 이처럼 한흑구 수필에서 '소리'는 생명과 건설의 징후이며, '고요'는 죽음과 정지의 감정으로 다가온다.

자연의 순수함을 찬미하고 산업화의 오염을 비판하는 한흑구의 태도는 일관성을 보이지 않는다. 때로는 정반대로 산업화가 낳은 반생태적 모습인 '소음' 혹은 '매연' 등을 현대 문명의 긍정적인 징표로 인식하기도 한다.

5. 수필의 산문성 회복

앞에서 살펴보았듯이, '자연'은 한흑구 수필의 중심에 놓여있다. 그의 수필에서 자연은 순수하고 아름다움, 생명과 순환의 원리, 희망과 치유 등과 같은 다양한 사유와 정서를 매개하는 대상으로 드러난다. 자연을 예찬하고 자연에 귀의하고자 하는 것이 한흑구 수필의 중심 형식이라고 볼 수 있다. 하지만 이러한 작품은 대부분 자연물에 투사된 작가의 정서를 표현하는 데 무게가 쏠리다 보니 작가의 주관적인 서정 노출이 과다할 수밖에 없다. 생활의 현실적이고 구체적인 모습은 소외되고 작가의 추상적인 사유와 막연한 감정이 두드러진다. 예찬은 원래 대상을 과장하는 형식이다. 한흑구 수필의 이 같은 특징은 삶의 현실적인 경험을 토대로 삼는 수필 문학의 본질과는 적잖은 거리를 보인다.

이러다 보니 한흑구의 작품 중 주류에서 벗어나 있는 일군의 작품이 오히려 산문문학으로서 수필의 본성을 잘 살리고 있다. 「순정의 학우 알바」(『신동아』, 1975. 2.)와 「'뻐저리' 아저씨」(『수필문학』, 1976.)는 과거에 만났던 인물을 소환하여 그리움을 이야기하고 있는데, 서사가 두드러지는 작품이다. 「어시장」(1976)과 「떡전 골목」(『한국수필』, 1977.)은 포항 서민들의 삶의 현장을 생생하게 그려내고 있다.

「순정의 학우 알바」에서 작가는 1929년 스무 살 때 시카고시 북부 변두리에 있는 노스파크대학 영은 문학과에서 유학할 때 만난 스웨덴계 여학생 루스 알바와의 우정을 통해 인간이 지녀야 할 순정의 가치를 이야기하고 있다.[4] 당시 작가는 이국에서 외로움과 향수병을 느끼고 있었는데, 알바는 작가에게 따뜻한 관심과 위로를 주었다. 그녀는 작가의 외로움을 이해하며 친구가 되어주겠다고 했고, 낙관주의를 가르치며 작가의 삶에 밝은 희망과 용기를 불어넣었다. 이 글에서 작가는 "나는

4) 유학 때 만난 작가에게 친절을 베풀어준 '알바'에 관해서는 이미 1937년에 발표된 「슬펐던 이별」(『부인공론』)이라는 작품에서 화제로 삼은 적이 있다.

그의 순정 어린 인간상을 잊을 수 없고 인정만이 인간 본연의 자세를 찾는 길"이라면서 인정이야말로 인간성을 완성하는 숭고한 덕목임을 강조한다.

「'뻐저리' 아저씨」에서 작가는 어린 시절부터 '뻐저리'라는 먼 외숙뻘 아저씨와 얽힌 기억을 회상한다. 아저씨는 평안도 강서에서 농토를 잃고 평양으로 와서 품팔이를 하며 살아가는 인물이다. 술에 늘 취해 찾아와선 자신을 '뻐저리'라 칭하며, "나 같은 뻐저리가 있어 너희들이 잘 산다"라고 말하곤 했다. 세월이 흐르고, 성인이 되어 다시 고향을 찾은 작가는 아저씨와의 술자리를 가지며, 그를 더 깊이 이해하게 된다. 작가는 술을 좋아하는 아저씨와 어울리면서 '뻐저리'라는 말의 뜻을 여전히 정확히 이해하지 못하지만, 아저씨의 꾸밈없는 진심과, 고된 노동 속에서도 인간적 품위를 잃지 않는 모습을 발견한다. 결국 작가는 늦게나마 "'뻐저리'라는 뜻은 아마 그 아저씨가 품팔이 노동의 품위가 낮은 일을 할망정 자신의 명분과 분수를 지켜서 성심껏 일하는 진실한 사람이라는 뜻일 것"이라며 그 의미를 깨닫는다.

이 두 작품을 견인하는 힘은 이야기다. 즉 서사가 있는 수필이다. 수필 쓰기가 구체적인 경험에 의미를 부여하는 형식이라고 했을 때, 앞의 두 작품은 수필의 기본형식을 충실히 지키고 있는 셈이다. 한흑구의 많은 작품이 감정 표현의 정적인 분위기를 드러냈다면, 이들 작품은 서사적인 흐름을 따라감으로써 동적이고 극적인 모습을 보여준다.

「어시장」(1976)과 「떡전골목」은 서민들의 현실적이고 구체적인 생활 모습을 잘 보여주는 작품이다. 「어시장」은 포항의 어시장을 중심으로 바다가 품은 삶의 활기와 죽음의 비극을 동시에 담아낸다. 새벽 선창가 풍경과 생생한 어시장 묘사를 통해 어민들의 생업 현장을 사실적으로 그리는 한편, 바다에서 가족을 잃은 사람들의 비애를 대조적으로 제시한다. 세부적이고 감각적인 표현으로 각종 생선의 특징을 상세히 전달하고, 지역적 정취를 생생히 살려낸다. 「떡전골목」은 포항시장에 있는 떡전골목의 풍경을 소재로 하여 서민들의 일상적인 삶과 떡이라는 음식에 얽힌 다양한 사람들의 모습을 생생하게 그려낸 수필이다. 작가는 떡전골목 맞은편 점방에서 술내기 바둑을 두면서 자연스럽게 떡을 사고파는 사람들의 모습을 관찰한다. 일상적이고 친숙한 소재를 통해 서민적 삶의 애환과 풍속을 현실감 있게 담아낸다. 떡을 매개로 하여 인간의 삶과 감정, 세월의 흐름까지 세밀하게 그려내고 있다. 평범한 떡전골목을 풍속화처럼 그려내는 묘사력이 돋보인다. 이처럼 두 작품은 포항이라는 특정한 지역의 삶을 배경으로 서민들의 일상적 풍경과 정서를 섬세히 묘사하고 있다는 점이 다른 작품들과의 차이다. 일상적 소재를 통해 인간 삶의 애환과 정서를 포착하며, 이를 통해 서민적인 생활상과 보편적인 삶의 가치를 드러내고 있다.

한편, 한흑구는 1977년『여성동아』에 1년 동안 매월 그달의 계절적인 감각을 잘 살리는 제재를 선정한 작품을 발표한다. 정월 눈사람, 2월 새싹, 3월 아지랑이, 4월 꽃향기, 5월 신록, 6월 바쁜 일손, 7월 소나기, 8월 반딧불, 9월 가을빛, 10월 열매, 11월 서리, 12월 눈바람이 그것이다. 공통적으로 계절의 순환을 세밀하게 관찰하며 자연의 섭리와 인간의 삶을 연결시키고, 계절의 미세한 변화를 포착하여 독자의 감각적인 몰입을 유도한다. 계절의 객관적인 모습이나 변화에만 머물지 않고, 이를 토대로 작가 자신의 인생관이나 철학적 성찰을 자연스럽게 끌어낸다. 자연을 관조하면서 과거에 대한 향수와 함께 현재를 성찰하는 태도를 동시에 보여준다. 그리고 형식적인 특징으로서 시작품을 삽입하고 있다는 점을 들 수 있다. 이는 그의 수필 기저에는 '시적 서정'이 여전히 큰 요소로 작동하고 있음을 말해준다. 그러나 이 12작품에서 시 인용이 그의 작품을 시적 수필로 규정하는 근거는 될 수 없다. 시를 제외한 나머지 산문은 산문으로서 성격을 강하게 드러내고 있기 때문이다.

3월이 오면 꽃 피는 시절이 시작이 되고, 산마다 분홍색 진달래꽃들이 곱게 피어나기 시작하고, 어디서인지 꿀벌들과 흰 나비, 노랑나비들이 어울려서 날아다니기도 한다. 숲속에서는 작은 산새들이 포롱포롱 날기도 하고, 힘찬 소리로 재잘거리기도 한다. 보리밭 위에서는 노고지리들이 쌍쌍이 어울리어 줄기찬 노래를 그치지 않고 불러댄다. 3월은 일 년의 네 철의 첫 계절인 새봄이 시작되는 달이요, 정말로 새봄의 숨결이 시작되는 달이다. 등산을 즐기는 아이들, 어른들, 늙은이들 할 것 없이, 모두들 해 뜨기 전부터 산으로, 숲으로 산책을 하며 소리도 지르고 또한 노래를 부르기도 한다. 참으로 삶의 행복을 피부로 느낄 수 있는 줄기찬 계절이기도 하다.

–「3월의 아지랑이」에서

3월의 계절적인 모습을 섬세하게 그려내고 있다. 자연 대상에 자아를 투사하여 일체감을 향유하는 방식이 한흑구 수필에서 중요한 특징이었다면, 위의 작품에 오면 자아와 대상의 객관적 거리가 생겨나고 있다. 대상을 독립시켜 주기 위한 노력이 산문을 산문답게 하는 원동력이라고 한다면 위의 글은 어느 정도 산문의 본질적인 부분에 이르렀다고 볼 수 있다. 이는 한흑구 수필이 시적 수필에서 탈피하여 산문의 자리를 찾아가는 과정이다. 한흑구는 1970년대에 많은 수필을 발표했는데, 이들 작품은 그 이전에 널리 알려진 그의 수필과는 이런 점에서 차이를 보여준다.

한흑구 수필 중 과거의 서사적 경험을 구성한 작품, 생활 현장에 카메라의 초점을 맞추는 작품, 자연 대상을 제재로 선택하면서도 서정성의 메커니즘에서 벗어나 대상을 객관적으로 바라보는 시선을 유지하는 것 등은 한흑구 수필의 변화된 모습이다. 이는 작가가 수필 본연의 모습을 찾아가는 과정의 일환으로 볼 수 있다.

6. '시적 수필'의 한계

앞에서 논의한 바와 같이, 한흑구의 수필 세계를 구축하는 중심 기둥은 둘이다. '자연'과 '시적 형식'이 바로 그것이다. 그의 많은 작품이 자연을 주제(혹은 제재)로 취하고 있고, 작품을 구성하는 다양한 방법과 특징이 '시적 형식'에서 발현되고 있다. 전자가 내용적인 특징이고, 후자는 형식적인 특징이라 할 수 있는데, 양자는 서로 유기적으로 결합해 있다. 이를 거칠게 일반화하면, 한흑구 수필이 낭만주의 정신에 그 토대를 두고 있다고 하겠다. 내용적인 측면에서 '자연', 형식적 측면에서 '시적 방법'은 작가의 낭만주의 정신을 구현하는 데 최적의 요소로 작동하고 있다는 뜻이다.

루소의 '자연으로 돌아가라'는 자연회귀사상은 낭만주의의 출발이다. 낭만주의에서 자연은 인간의 삶이 지향해야 할 궁극적 가치다. 낭만주의 문학자들은 일반적으로 자연을 인간 감정과 영혼의 반영체로 해석하며 인간의 내적 경험과 긴밀히 연결 지었다. 그리고 자연을 '살아 숨 쉬는 유기체'로 인식하며, 자연의 힘과 인간 영혼이 상호작용을 한다고 보았다. 낭만주의 문학은 자연을 단순히 배경 차원에 묶어두지 않고 인간의 감정과 교감하는 주체로 묘사한다. 이성 중심적 세계관에서 벗어나 자연의 신비로움과 무한한 가능성에 주목한 결과이다. 또한 자연은 고독한 예술가의 내면을 반영하고, 인간의 상상력을 자극하는 원천으로 여겨졌다. 자연을 주관적인 경험과 감정을 투영하는 대상으로 삼았던 한흑구의 수필도 이러한 '낭만주의 정신'에 토대를 두고 있다고 하겠다.

한흑구는 "한 편의 수필도 예술적인 표현을 하는 데 있어서는 한 폭의 그림이나, 한 편의 시와 같이 예술적인 구상과 문학적인 Style을 갖추어야 할 것이다."[5]라고 말한다. 수필에 대한 한흑구의 관점은 '예술⊃문학(시)⊃수필'로 도식화할 수 있다. 한흑구에게 있어 예술로서 문학의 중심은 '시'였다. "산문도 시의 정신이 없이는 예술적인 문장이 될 수 없다. 시가 산문을 줄여서 그 정수를 결정하는 것이라면, 산문은 시를 늘

5) 한흑구, 「나의 수필론을 겸하여」, 윤재천 편, 『수필작법』, 형설출판사, 1973.

리고 늘려서 살을 붙이는 것이라고 생각한다."[6]라는 언급에서 알 수 있듯이, 그가 생각하는 수필의 중심에는 시가 있다. 수필이 산문문학이지만 문학으로서 자격을 갖추려면 '시 정신'을 구현해야 한다고 보았다.

한흑구가 수필에서 강조했던 '시 정신' 혹은 '시적인 것'이 무엇을 가리키는지 명확하지 않다. 그의 시적 수필에 나타나는 특징들을 종합해서 유추해 볼 따름이다. 시의 언어적 특성(함축성, 비유성, 음악성)과 감성을 적극적으로 활용하고, 인과관계보다는 감각적 연상과 이미지 중심으로 전개하는 것이 그 특징이다. 외형적으로 전체 작품 길이가 짧고 시의 행과 연의 구분을 원용하는 모습을 확인할 수 있다. 그리고 작품 중간에 시를 인용하는 경우가 빈번하다. 시 작품 일부를 인용하는 경우도 있고 전문을 옮겨 놓을 때도 있다. 자작시보다는 다른 시인의 시를 인용하는데 동서고금의 작품을 두루 가져온다. 특히 우리의 고시조를 자주 인용한다. 이런 시 인용은 특정 내용을 강조하는 역할을 한다. 산문으로 전개하다가 시작품을 갑자기 인용함으로써 독자의 시선을 끌겠다는 의도로 풀이할 수 있다. 하지만 오히려 갑작스러운 시의 출현은 독자의 집중된 독해를 방해한다. 즉 갑자기 나타난 시적 정서와 언어가 산문

6) 한흑구, 「눈을 쓰고 나서」, 같은 책, 60쪽.

의 논리성을 저하시킨다는 뜻이다. 이처럼 얻을 수 있는 효과가 크지 않은데, 왜 자주 시작품을 산문 중간에 인용했던가. 한흑구 개인의 시에 대한 애착이 빚어낸 습관으로 볼 수밖에 없다. 그의 수필에서 두드러지는 시적 표현이나 시작품 인용은 사실 전달보다 정서의 환기와 감각적 공감을 우선시한다는 점에서 이 또한 낭만주의 정신에 바탕을 두고 있다. 한흑구 수필의 이러한 시적이고 낭만주의 정신은 사물이나 경험의 구체적인 특성보다는 추상적이고 관념적인 이미지로 치우치는 결과는 낳는다.

그런데 1970년대 중반에서 타계하기 직전까지 쓰인 그의 수필에서는 이러한 낭만주의적 성향이 어느 정도 완화된다. 눈에 띌 정도로 변화된 모습을 보인 것은 아니나 자연 중심의 소재 선택과 시적 수필의 고정된 창작 방법에서 얼마의 방향 전환이 감지된다. 작품 외형에서 길이가 전반적으로 길어지고 단락의 두께도 두꺼워진다. 시선을 자연에서 생활 현장으로 돌리기도 한다. 내면적인 정서를 드러내는 데 치중하다가 경험을 서사적으로 구성하는 작품도 발견된다. 산문문학으로서 수필 본연에 모습을 찾고 있었다. 자유분방하게 무정형으로 흩어져 있던 점들이 하나의 선線으로 정리되는 느낌을 준다. “산문이 상징하는 기하학적 형상은 선이다. 직선이건 구불구불한 선이건, 나선형이건 지그재그형이건, 확실한 목표를 가지고 언제나 앞으로 나아간다. 산문의 원형이 담론과 이야기, 사색과 역사인 연유가 여기에 있다."[7] 1970년대 후반기 한흑구의 수필은 산문의 본질인 '선線'의 영역을 개척하기 시작했던 것이다. 그는 1970년대 10년간 중앙의 여러 매체에 작품을 발표했다. 실제 생활은 포항이란 제한된 공간이었으나 작품활동은 그 무대가 넓어졌다. 이런 과정에서 그에게도 타자가 생기게 된 것이다. 타자는 나를 비춰주는 거울인 동시에 나를 바꾸어나가는 계기이며 원동력이다. 물론 1970년대에 들어와서 한흑구 문학에서 '시적 수필'과 '자연 선호'라는 낭만주의 기조는 유지되지만, 그 이전보다 훨씬 유연해졌다. 하지만 여기서 더 나아가 수필의 산문성을 충분히 확립하지 못하고 세상을 떠났다. 아무튼 '시적 수필'은 한흑구가 실천해 온 그만의 개성이었으나 한편으로는 극복해야 할 한계이기도 했다.

7) 옥타비오 파스, 김은중 김홍근 옮김, 『활과 리라』(솔, 1998), 87~88쪽.

【참고문헌】

김현주, 『한국 근대 산문의 계보학』, 소명출판, 2004.

민충환, 『한흑구문학선집』, 아시아, 2009.

방민호 외, 『한흑구의 삶과 문학』, 아시아, 2022.

———, 『일제 강점기 한국 연문학과 수필문학의 개척자』, 아시아, 2024

신재기, 『수필학 강의』, 소소담담, 2022.

오창익, 『한국 수필문학 연구』, 교음사, 1986.

오양호, 『한국 근대수필의 행방』, 소명출판, 2020.

한흑구, 『동해산문』, 도서출판 득수, 2023.

한흑구, 『인생산문』, 도서출판 득수, 2023.

옥타비오 파스, 김은중 김홍근 옮김, 『활과 리라』, 솔, 1998.

한흑구 수필의 철학적 사유 분석

– '매체'와 시대적 변화 양상을 중심으로

이희정

이희정

- 1975년 대구 출생, 대구대학교 문화예술학부 교수
- 경북대학교 대학원 국문학 박사
- 한국현대소설학회, 한중인문학회, 한국문학언어학회 이사 역임
- 저서『한국 근대소설의 형성과 '매일신보'』, 연구논문「1920년대 잡지 '동명'의 매체담론과 문예물 연구」, 「1930년대 전반기 매일신보 문학의 전개양상」, 「염상섭 초기 소설의 변화과정 고찰-매체와의 상관성을 중심으로」, 「1920년대 매일신보의 독자문단 형성과정과 제도화 양상」,「한흑구 문학에 나타난 미국 인식과 조선적 정체성」 등 다수

한흑구 수필의 철학적 사유 분석*

– '매체'와 시대적 변화 양상을 중심으로

이희정 (대구대학교 문화예술학부 교수)

1. 서론

한흑구(1909~1979)는 1909년 평양에서 출생하였으며, 숭인상업학교를 졸업한 후 보성전문학교에 입학하였다. 1929년 2월, 미국으로 건너가 시카고의 North Park College에서 영미문학을 전공하였고, 이후 필라델피아의 Temple University로 유학지를 옮겨 학업을 계속하였다. 이 시기 그는 아버지의 영향으로 흥사단 활동에 참여하였으며, 기관지 『동광』에 글을 기고하며 문단 활동을 본격적으로 시작하였다. 이후 생애 전반에 걸쳐 시, 소설, 수필, 평론 등 다양한 장르의 작품을 남긴 작가로 활동하였다.

* 이 글은 『어문논총』 103호(2025. 03)에 게재한 「한흑구 수필의 철학적 사유 분석」 글을 수정보완한 것임.

한흑구 문학에서 수필은 핵심적인 위치를 점한다. 그는 수필이라는 장르가 한국 문학에서 다소 생소하던 시기에 해당 장르에 대한 이론적 논의를 1934년부터 1975년까지 총 다섯 차례 발표하며 수필 문학의 이론적 토대를 구축하였다. 1970년대에 이르러 수필 이론이 단행본으로 출간되고 수필 비평이 전문 문예지에 게재되기 이전까지, 한흑구는 수필론을 두 차례 이상 발표한 유일한 인물이었다.[1] 정부 수립 이후 국민 교육의 일환으로 「나무」, 「보리」, 「닭울음」 등의 그의 수필이 교과서에 수록되면서 대중적 인지도 또한 높아졌으며, 평론가와 연구자들의 평가 속에서 그는 '시적 수필을 창작하는 수필가'로 자리매김하였다.[2] 이러한 점에서 그의 대표 장르는 단연 수필이라 할 수 있다.

한흑구의 수필에 대한 학술적 접근은 지속적으로 이루어져 왔다. 1950년대 이전, 그는 수필 외에도 시와 소설 창작에 힘썼으나, 별도의 작품집이 발간되지 않아 본격적인 연구는 다소 미진하였다. 초기 연구로는 제1수필집 『동해산문』을 대

---

1) 신재기, 「한흑구 수필론 연구」, 『일제강점기 한국 영문학과 수필문학의 개척자』, 아시아, 2024, 188쪽.

2) 한명수, 「흑구 한세광은 민족시인이었다」, 『한흑구의 삶과 문학』, 아시아, 2022, 134쪽.

상으로 한 김시헌의 「한흑구의 수필세계」,[3] 오창익의 주제 및 문장 분석 「한흑구의 수필세계」[4], 김진경의 석사 논문 「한흑구 수필연구」,[5] 『동해산문』과 『인생산문』을 중심으로 수필세계를 분석한 박유영의 석사 논문 「한흑구 수필연구」[6] 등이 있다.

최근에는 한흑구문학기념사업추진위원회의 주도로 한흑구 문학의 장르적 다양성과 문화사적 의미에 주목한 연구 성과들이 발표되고 있다. 『한흑구의 삶과 문학』,[7] 『일제강점기 한국 영문학과 수필문학의 개척자』[8] 등의 연구집을 통해, 그는 시, 소설, 평론, 논문, 번역 등 다양한 영역에서 활동하였고, 그 문학적 활동은 한국 현대문학사에서 중요한 위치를 차지하고 있음을 확인할 수 있다. 이와 같은 선행 연구들은 대체로 한흑구 문학의 세 가지 축, 즉 영문학자로서의 면모, 민족주의 문학가로서의 정체성, 그리고 수필문학의 개척자로서의 기여에 집중되어 왔다.

---

3) 김시헌, 「한흑구의 수필세계」, 『수필문학』, 통권 90호, 1980.

4) 오창익, 「한흑구의 수필세계」, 『논문집』, 인천전문대학, 1982.

5) 김진경, 「한흑구 수필연구」, 이화여대 석사논문, 1991.

6) 박유영, 「한흑구 수필연구」, 동국대 석사논문, 2000.

7) 방민호 · 이경재 · 한명수 · 박현수 · 인미영 · 안서현, 『한흑구의 삶과 문학』, 아시아, 2022.

8) 방민호 · 박진임 · 서주희 · 신재기 · 김시헌 · 김미영 · 이희정, 『일제강점기 한국 영문학과 수필문학의 개척자』, 아시아, 2024.

이처럼 장르적 스펙트럼이 넓음에도 불구하고, 한흑구가 가장 애착을 가졌던 장르는 수필이었다는 사실은 주지의 사실이다. 그는 1930년대 수필문학이 불모지에 가까웠던 한국 문단에 수필 이론을 소개하였고, 1970년대 수필문학이 보편적 장르로 정착되었을 때에도 그 이론을 재정립하려는 시도를 멈추지 않았다. 1969년 발표한 「수필론」에서 그는 "근간에 수필을 전문으로 싣고 연구하는 수필 잡지들이 나오는 것은 환영할 만한 일이다"라고 서술하며, 다음과 같이 언급한다.

> "문학이라는 것은 언어라는 器具의 도움으로써 인생을 해석하고 표현하는 데 있어서 예술적으로 하는 것이다. 다시 말하면 문학은 언어를 도구로 하지만, 그것은 반드시 예술적인 기교로 표현되어야 한다는 뜻이다. 한 편의 수필도 예술적인 표현을 위해서는 한 폭의 그림이나 한 편의 시와 같이 예술적인 구상과 문학적인 스타일을 갖추어야 할 것이다. (…) 수필도 말로, 글로 표현되는 것이므로 하나의 예술적인 문학 작품이 되어야 할 것이다."[9]

그는 수필이 주관적 직관과 철학에 근거한 창작물이라는 점

---

9) 한흑구, 「동해산문」, 득수, 222~226쪽.

에서 시와 유사한 문학적 속성을 지닌다고 주장하였다. 수필은 산문임에도 불구하고 시적 정신에 기반하여 창작되어야 하며, 그 내용을 압축할 경우 한 편의 시가 될 수 있어야 한다는 입장이었다.[10] 한흑구에게 시란 단순한 서정시가 아닌, 역사와 민족 정체성을 반영하고, 인간과 자연의 관계를 성찰하며, 노동과 삶의 의미, 신앙 및 철학적 사유를 담아내는 문학적 공간이었다. 이러한 시적 특성은 그의 수필에서도 유사하게 구현되며, 다양한 매체적 경험을 통해 시와 수필은 서로 영향을 주고받으며 발전하였다.

본 연구는 이러한 특징을 바탕으로 한흑구 문학의 핵심이라 할 수 있는 수필 문학을 중심에 두고, 그것이 어떠한 매체 속에서 시대에 따라 어떻게 변화하였는지를 살펴보고자 한다. 기존의 한흑구 수필 연구는 그의 수필론의 특징, 시적 정서, 영문학의 수용, 그리고 공간(장소)적 배경에 초점을 맞춘 경향이 강하였다. 이러한 선행연구를 바탕으로 하되, 그동안 상대적으로 주목받지 못했던 수필 문학의 시대별 양상과 그것이 실린 매체와의 상호 영향 관계를 고찰하고자 한다. 본 연구는 궁극적으로는 이러한 매체적 맥락을 통해, 한흑구 수필에 내재된 철학적 사유의 구조와 성격을 규명하는 데 목적이 있다.

---

10)「수필의 형식과 정신」,『월간문학』1971, (『동해산문』, 232~233쪽).

2. 시의 정신과 민족주의 의식 고양

한흑구는 1926년 『진생』에 시를 발표하고, 1928년 보성전문학교 재학 중 『동아일보』에 수필을 게재하는 등 이른 시기부터 활발한 문학 활동을 전개하였다.[11] 그의 초기 작품이 실린 매체로는 『동광』, 『신인문학』, 『농민생활』, 『백광』, 『사해공론』, 『백민』 등이 있다. 이 중 『동광』은 1913년 미국에서 창립된 독립운동 단체인 흥사단의 정신을 계승하여 1926년 조직된 수양동우회의 기관지이다. 『동광』은 1926년 5월 창간되어 1927년 8월까지 총 16호를 발행한 후 휴간되었다가, 1931년 1월 재간되어 1933년 1월까지 총 40호를 출간하였다. 이 잡지는 서구 유학파 지식인들이 주요 필진으로 참여하였으며, 미국 기독교 계열의 자유주의 성향과 민족주의적 경향이 결합된 논조를 보였다.

흥사단 단원이었던 한흑구는 『동광』에 다양한 시를 발표하며 이와 같은 사상을 적극 수용하였다. 예컨대 『동광』에 수록된 「젊은 날의 시」, 「나이아가라 폭포여!」, 「내 맘의 촛불」, 「잠 갤 때」 등의 시편에서는 젊은이로서의 패기, 고향에 대한 향

---

11) 한명수, 「흑구 한세광은 민족시인이었다」, 『한흑구의 삶과 문학』, 아시아, 2022, 137쪽 참조.

수, 그리고 민족의식 고취에 대한 의지가 강하게 드러난다.

「젊은 날의 시」

그대여!
젊은 날의 시(詩)를 빨갛게 써놓으라!
그것이 다못 속임없는
그대의 시(詩)인 것을.
(1931. 5. 18, 시카고에서)[12)]

「나이아가라 폭포여!」

위대하다! 나이아가라여!
너는 오로지 이 땅의 남성이도다.
흐르고, 합하고, 모이어
내 몸을 이루었나니...
이 진리! 이 귀한 교훈만은--
내 이제 처음 깨달았도다.

12) 민충환엮음, 「한흑구문학선집」, 아시아, 2009, 27쪽.

(1951. 8. 11, '나이아가라'를 지나며)[13]

「젊은 날의 시」에서는 한흑구의 시에 대한 열정과 확신이 나타난다. 그에게 시는 의지를 다지는 행위이며, 정신을 담는 그릇이다. 젊은 날의 시를 빨갛게 적어놓으라는 표현은 시가 자신의 결심을 담는 도구이며, '빨간' 정신은 젊은 날의 패기를 의미한다. 그는 시라는 장르가 이러한 정신을 담을 수 있는 매체라고 인식했으며, 그의 이러한 시 정신은 수필 문학론에서 "먼저 수필은 시의 정신으로 창작되어야 할 것이다"[14]라고 언급한 바와 밀접하게 연결된다. 「나이아가라 폭포여」에서 말하는 "이 진리! 이 귀한 교훈"은 『동광』에서 강조하던 민족주의를 의미한다. 나이아가라 폭포의 남성적인 모습은, 우리 민족이 개개인의 구성원이 모여 커다란 민족성을 형성해가는 모습과 대비되어 표현된 것이다. 한흑구의 초기 시에서는 이러한 강렬한 젊음의 정신과 민족주의 정신이 두드러지게 나타남을 확인할 수 있다.

한편, 『동광』은 농촌 문제에도 관심을 기울여 「사선에 선 농촌과 그 대책」, 「농촌구제 좌담회」 등의 특집을 마련하여 농촌

---

13) 민충환엮음, 위의 책, 30쪽.

14) 「수필의 형식과 정신」, 『월간문학』, 1971.

의 피폐 현상, 원인, 구제책 등을 다루었다. 한흑구가 귀국 후 『농민생활』에 장편소설 『4형제』를 연재하고, 「춘일정사」, 「농촌유감」, 「농민」, 「전야의 여름」 등을 발표한 것은 『동광』에서의 활동과 같은 맥락에서 이해할 수 있다. 특히 『농민생활』에 발표된 작품에는 '봄'에 대한 정서가 두드러지게 나타난다. 다음의 시에서는 봄 앞에서 고향과 조국을 떠날 수밖에 없었던 청춘 남녀를 안타깝게 여기는 정서가 나타나며, 이는 그의 수필에 자주 등장하는 '봄'의 정서와 연결된다.

「춘일정사」

한암의 씨가 땅 속에 파묻혀,
어둠과 동경(東經) 속에 몇 날을 보내고,
뾰족한 생명의 끝이 지심(地心)을 뚫고 나올 때,
나는 그 파릿파릿한 생명(生命)을,
나는 그 생(生)의 기적(奇蹟)을 보노라.
부드럽고, 아름다운 봄...
희망(希望)의 봄은 오는데
왜, 고향(故鄕)을 떠나 가나?
젊은 청춘(靑春)의 남녀(男女)들은

왜, 이국(異國)으로 떠나 가나?[15)]

자연은 봄날 생명력의 기적이 일어나는 희망의 계절임에도 불구하고, 우리의 젊은 청춘 남녀는 고향을 떠나 이국으로 도망가야만 하는 대비된 상황을 표현하고 있다. 이 시의 정서는 한흑구 작품에 자주 나타나는 대표적인 '봄'의 정서를 보여준다. 이러한 정서는 『동아일보』에 실린 수필 「봄비」에서도 드러난다.

「봄비」

분명히 새싹이다.
파아란 새 생명이다.
봄에는 비가 많이 온다.
비가 많이 온다기보다, 자주 온다.
새싹을, 새 생명을 창조하기에 바쁘기 때문이다.
(…)
꽃도, 열매도 맺어보지 못한 나에게는
하나의 무서운 진리가 아닐 수 없다.
하물며 나의 집, 나의 민족, 나의 나라를 생각할 때는

---

15) 「춘일청사」, (『농민생활』, 1935. 4).

더욱 그러하지 않은가?[16)]

이 수필에서는 봄이 주는 생명력과, 그 생명을 온전히 누리지 못하는 현실이 뚜렷하게 대비되고 있다. 이러한 상황에서 조국을 잃은 슬픔이 더욱 애잔하게 드러나며, 이를 극복하기 위한 민족의식 고취가 한흑구 초기 문학 작품의 기본 정조를 형성한다.

한흑구 문학정신의 이러한 기저에는 1930년대 『신한민보』에서 활동한 경험이 중요한 밑바탕이 되었다. 『신한민보』는 1909년 미국 샌프란시스코에서 창간된 주간 신문으로, 국민회와 대한인국민회의 기관지 역할을 수행하였다. 이 신문은 민족의 단결과 국권 회복을 강조하며 대한민국 임시정부를 적극적으로 지원하고, 재정적 후원을 제공하였으며, 미주 한인들의 동향, 국내외 소식, 임시정부 활동 등을 폭넓게 다루었다. 이로 인해 일제의 검열 및 압수 대상이 되었으며, 한국인의 항일정신을 고취하는 데에 기여하였다.

한흑구는 1930년 2월 23일자 『신한민보』에 「Auld Lang Syne」과 「My Jhan」이라는 외국 시를 소개하며 잃어버린 조국을 상기시키고 독립 의지를 고취시켰고, 1934년 1월 4일자

16) 「봄비」, 『동아일보』. 1960. (『동해산문』, 30쪽).

『신한민보』에 발표한 「내 집」에서는 조국 회복에 대한 의지를 강하게 표출하였다. 이러한 작품들은 단순한 문학 작품을 넘어 민족의식과 독립에 대한 열망을 담고 있으며, 이는 『신한민보』가 지닌 민족주의적 성격과 부합하였다. 이러한 초기 문학 활동은 이후 그의 수필에서도 지속적으로 드러나는 민족의식과 조국에 대한 그리움의 원천이 되었다.

1934년 한흑구는 모친의 위독으로 귀국하여 평양에 머물며 지역 잡지 활동을 하게 된다. 『백광』은 한흑구가 1934년 귀국하여 평양에 머무르던 시기, 창간과 발행을 주도한 종합지로서, 당시 평양의 전근대적 현실을 개선하고자 하는 지식인의 의지가 담겨 있었다. 이 잡지는 『대평양』과 함께 평양의 문화적 수준을 제고하는 데 기여하였다. 『백광』에 실린 수필 「봄의 초조(焦燥)」는 앞서 시 「춘일정사」에서 보여진 것처럼, 봄이라는 계절이 지닌 대비적 의미를 통해 잃어버린 조국에 대한 감정을 선명하게 드러낸다. 이 작품은 일제강점기 수필 가운데 민족의식과 예술적 형상화가 조화를 이룬 대표적 작품으로 평가된다.

「봄의 초조」

"봄이 오는 것이 반가운 한편 무섭다.

(…)

봄마다 봄마다 처녀와 총각은 집을 나가고, 겨우내 찬밥도 못 먹고 끼니를 굶던 젊은 색시는 늙은 부모와 그 지아비와 옷 벗은 빨가숭이 어린애를 버리고 눈물과 한숨의 겨울을 원망하며 꽃 피는 봄을 찾아, 걸어보지도 못한 살길을 더듬어 도망한다.

(…)

이 땅에 또다시 봄이 온다.

봄이 오는 것을 무서워하리만큼 나의 신경은 너무나 과민되었을까?

봄은 또다시 새로운 초조를 싣고 오지 않느냐?"[17]

이 수필에서 봄은 생명력을 상징하는 동시에, 보릿고개를 연상케 하는 고통의 계절로 기능한다. 일제의 억압 속에서, 봄은 희망의 계절임에도 불구하고 민족이 삶의 터전을 잃고 생존을 위해 떠나야 하는 현실을 역설적으로 보여주는 시공간으로 작용한다. 한흑구는 이처럼 봄을 단순한 계절적 낭만의 대상으로 바라보지 않고, 민족의 고통과 현실을 반영하는 '초조'의 시간으로 형상화함으로써, 지식인으로서의 고뇌와 민족적 자각을 드러낸다.

---

17) 「봄의 초조」, 「한흑구문학선집」, 아시아, 334~336쪽.

이와 같이 한흑구는 『동광』, 『대평양』, 『농민생활』, 『백민』, 『신한민보』 등과 같은 다양한 매체 활동을 통해 자신의 민족의식을 강렬하게 표현하였다. 그는 조국 상실의 아픔과 민족 정체성에 대한 깊은 고민을 기반으로 하여, 자연과 계절을 활용해 암울한 시대적 현실을 우회적으로 형상화하였고, 민족의지 및 독립에 대한 뜨거운 열망을 작품 속에 투영하였다. 이러한 맥락에서 한흑구는 '닭 울음소리'를 민족의 희망을 상징적으로 표현하는 소재로 자주 활용하였다.

「잠깰 때」

"'꼬끼오!' 닭 우는 소리
꿈은 꿈이언만,
잠 깨어 침대 위에 앉았으니,
외로운 이 아침, 잊었던 고향 생각이네."[18]

여기서 '닭 울음'은 단순한 새벽의 신호가 아니라, 고향에 대한 향수를 불러일으키고 새로운 아침, 곧 희망을 상징하는 은유적 장치로 사용된다.

---

18) 「잠깰 때」, (1930. 8. 15. 시카고에서), 『동광』 32호, 1932. 4.

「닭울음」

"오늘 아침에도 나는 닭의 울음을 듣고서 피곤한 잠을 깨었다. 가만히 누워서, 자주 들리어 오는 기다란 닭의 울음을 들으면서, 나는 어쩐지 새로운 광명의 날이 밝아오는 듯한 유쾌함을 느끼었다.

실은, 오늘이 두 번째 맞이하는 해방 2주년의 국경일인 것이다.

(…)

오늘도 닭의 울음을 들으며 일어나자, 흐릿한 하늘을 우러러, 우리의 새로운 희망이 빨리 이루어지기를 하느님께 기도하였다.

(…)

미국 뉴욕시의 브로드웨이를 물밀 듯이 행진하는 병사들을 노래한 시인 휘트먼을 생각하면서, 나는 열심히 젊은 병사들의 기운찬 행진을 바라보았다."[19]

이 수필에서는 시 「잠깰 때」에서 등장한 '닭 울음'이라는 상징을 재등장시켜, 해방의 감격과 새로운 희망을 환기시키는 장치로 기능하게 한다. 특히 한흑구가 해방의 기쁨 속에서 미국

---

19) 「닭울음」, 『예술조선』, 1946. 『동해산문』, 51쪽.

뉴욕 브로드웨이에서 행진하는 병사들의 모습을 노래한 휘트먼의 시를 연상했다는 점은, 그가 휘트먼의 문학 세계와 사상에 깊은 영향을 받았음을 시사한다.

실제로 휘트먼은『풀잎』(Leaves of Grass, 1855년 초판) 서문에서 "시인의 증거는 시인이 국가에 헌신하는 만큼 국가가 시인을 포용해주는가에 달려 있다"고 언급하며, 시인과 사회가 상호의존적인 관계임을 역설한 바 있다. 이처럼 휘트먼의 사상적 궤적을 공유한 한흑구는 작품 전반에서 민족의식을 고취하고, 젊은 세대에게 역동적인 기상을 부여함으로써 민족 정체성 확립에 힘썼다.

닭 울음소리를 통해 희망을 되새기듯이, 한흑구는 '봄'이라는 계절이 지닌 생명력을 젊음과 연결시킨다. '달래'를 통해 봄을 육감적으로 묘사하거나, 달래를 맛보며 벌판에서 그것을 채취하는 소녀들을 연상하는 장면은 봄의 역동성과 생명력을 효과적으로 부각시킨다.

「화단의 봄」

"어느덧 대동강의 다 풀리어 나갔다고 생각하였더니, 추녀 끝에 주렁주렁 매달렸던 꽃음들이 다 스러졌다. (…)

무엇보다도 봄을 가장 육감적으로 알려 준 것은 달래이다.

마늘같이 냄새는 많지 않아, 매운 듯한, 달래만이 갖고 있는 맛을 씹으면서, 채 녹지 않은 벌판에 나가서 달래를 캐는 처녀 애들을 연상해 보았다. (…)

그러나 꽃씨도 자기 키의 열 배 이상의 깊은 땅속에 묻히면, 그만 자라나오지 못하고, 썩어서 죽고 만다는 사실도 알아낼 수 있었다."[20]

이 장면은 젊은이들이 봄의 기운을 받아 민족의 미래를 개척해 나가기를 염원하는 작가의 역사 인식이 반영된 것이다. 한흑구는 피지 못하는 꽃씨처럼 열 배 이상의 깊은 땅속에 묻히지 않기 위해서는 젊은이들 스스로 굳건한 민족적 정체성을 확립하고 영원한 삶의 터전을 수호해야 한다는 신념을 작품 속에 투영하기도 했다.

한편, 한흑구는 미국 체류 중 이민자들의 애환을 다룬 작품도 다수 발표하였다. 「이방인의 노래」, 「이민일기」 등에서는 해외 한인들의 정체성 혼란과 민족적 연대 의식을, 「갑판 위에서」와 같은 작품에서는 일제강점기 이민 노동자들의 소외된 삶을, 「환대의 집」에서는 전쟁 이후 난민과 사회적 약자를 포용해야 한다는 기독교적 윤리 의식을 담아냈다. 그는 식민지 시

---

20) 「화단의 봄」, 『문예독본』, 1947 (『동해산문』, 74쪽).

대 집을 잃었던 경험을 바탕으로 '집'을 단순한 사적 공간이 아니라, 조국과 민족의 상징으로 인식하며, 집의 유지와 존속이 인간의 삶과 밀접하게 연관되어 있음을 강조한다.

1934년『신한민보』에 실린「내 집」에서 "내 집은 기둥이 흔들리고, 마당은 잡초로 가득하다"고 묘사한 장면은, 식민지 시기 조국을 잃은 한인들의 고통을 '집'이라는 상징을 통해 드러낸 대표적인 예라 할 수 있다.

이러한 작가 의식은 해방 이후에도 지속되어, 다음과 같은 수필들에 반복적으로 나타난다.

> 「집」
>
> "'우리 집'이 갖고 있는 그 아늑한 정, 그 무한대한 힘이 언제나 길이 '우리 집'에 깃들이고, '우리 집'에 보금자리를 마련해 줄 것이다.
>
> '우리의 집', 이는 언제나 우리가 정답게 부를 수 있는 영원한 '우리 집'이 되어야 할 것이다."[21]

이 작품에서는 식민지 시대를 거쳐 해방을 맞이한 이후에도, '우리 집'이 지닌 따뜻함과 평안함이 영원히 지속되기를 바

---

21)「집」,『동아일보』, 1956.(『동해산문』, 62쪽).

라는 작가의 염원이 고스란히 표현된다. 이상과 같이 한흑구가 해방 이전에 활동했던 다양한 매체들과 창작된 문학 작품들을 통해 볼 때, 그의 문학은 '시'의 정신과 '민족주의' 의식에 뿌리를 두고 있음을 확인할 수 있다.

3. 사유하는 자연물과 관조적 세계

1948년 1월, 한흑구는 「미국문학의 진수」라는 글을 『백민』에 발표하였다. 『백민』의 필진은 대부분 '청년문학가협회' 출신으로, 백철, 이헌구, 김동리, 조연현, 조지훈, 정비석, 최정희, 임옥인, 김광섭, 서정주 등이 참여하였다. 이들은 좌우의 통일과 자주적 민족국가 건설을 지향하며, 조선 민족의 혼과 얼을 강조하고 자주적인 민족성 확립을 주장하였다. 이러한 분위기는 한흑구에게 영향을 미쳤으며, 그는 미국 생활에서 얻은 새로운 사상과 감각을 소개하고자 해당 글을 『백민』에 게재하였다.

> "미국문학의 특징은 영국의 조이스나 버지니아 울프의 소위 '의식의 흐름'의 내향적인 수법과는 반대의 방향을 걸어가고 있다고 할 수 있으니, 그것은 즉 외향적 수법인 행동성 성격을 표현하는 수법이다. (…) 이러한 시대적 경향인 외면적 문학의 발

생은 현대 미국의 사회가 욕구하는 새로운 문학의 요소인지도 모른다. (…) 미국적인 개인주의 사상은 이상주의 운동으로 동향하였고, 또한 실용주의 사상으로 전개되었다. (…) 듀이는 행동론에서 자아를 아래와 같이 설명하였다. 내가 '사고'하고 또한 내가 '행동한다'고 하는 것의 '자신'이 즉 자아이다. 나는 이러한 사고와 행동의 소유자인 것이다."[22)]

위의 글에서는 해방 이후 미국 문화가 유입되던 상황 속에서, 민족주의적 기반 위에서 미국의 실용주의 사상을 수용하고자 했던 한흑구의 태도를 엿볼 수 있다. 그는 존 듀이와 같은 실용주의 사상이 단지 사고에 머무르지 않고 행동으로 나아간다는 점을 강조하며, 사고와 행동 간의 연계성을 중시하였다. 이러한 사상은 이후 그의 수필에서 주변 사물을 통해 실천 의지를 드러내는 방식으로 나타난다. '나무'를 소재로 한 수필에서 이러한 경향은 뚜렷하게 드러난다.

「나무」

"밤에는 잎마다 맑은 이슬을 머금고, 흘러가는 달빛과 별 밝

---

22) 『한흑구문학선집』, 아시아, 494~499쪽.

은 밤을 이야기하고, 떨어지는 별똥들을 헤아리면서 한두 마디 역사의 기록을 암송하는 시인과 같은 나무

(…)

나는 나무를 사랑한다.
성자와 같은 나무.
아름다운 여인과 같은 나무.
끝없는 사랑을 지닌 어머니의 품과 같은 나무.
묵상하는 시인과 같은 나무.

나는 나무를 사랑한다."[23]

나무는 움직이지 않으며 사유하지 않는 식물이지만, 한흑구는 나무를 이야기하고 헤아리고 암송하는 '행동하는 존재'로 인식한다. 그는 나무를 성자, 여인, 어머니, 시인에 비유하며, 사랑과 아름다움을 베푸는 주체로 바라본다. 이와 같은 사물에 대한 사유는 『동아일보』에 실린 수필 「보리」, 「눈」, 「감」, 「비가 옵니다」 등에서도 확인할 수 있다.

「눈」

23) 「나무」. 『문화』, 1946. (『동해산문』, 11~14쪽).

한 이파리씩 내리던 눈이 펑펑 하늘을 덮고 쏟아진다.

뺨을 때리고 스치는 눈도 그리 찬 것 같지 않다.

사실, 눈은 찬 것이 아닌가 보다.

산과 들을 덮어주고, 그 속에서 꿈틀거리고 있는 모든 생명을 따듯하게 감싸주는 커다란 이불 같은 사명을 지니고 있는 것이 눈이 아닐까?

(…)

지금.

오늘의 사명을 다 마친 듯이, 눈은 소리 없이 내리고, 소리 없이 그친다.[24)]

이 수필에서는 겨울에 내리는 눈을 생명을 따뜻하게 감싸주는 '행동의 존재'로 바라보는 작가의 태도가 분명히 드러난다. 이처럼 해방 이후 한흑구는 자연물을 생명과 희망의 상징으로 인식하고, 그것들을 사유하고 실천하는 존재로 묘사하였다. 나아가 그는 자연의 생명체를 통해 인생을 되돌아보고, 관조적 삶의 태도를 취한다.

"십 년 전, 이십 년 전, 삼십 년 전의 그 어린 시절과 그 아늑

---

24) 「눈」, 『동아일보』, 1955. 12. 18 (『동해산문』, 20쪽).

한 고향의 향내와, 그 따뜻하던 부모님의 품속을, 지금 이 귀뚜라미의 소리와 함께 더듬어가고 있다.

우리도 다, 저 귀뚜라미와도 같이, 안타까이 울면서 우리에게 주어진 인생을 더듬어가고 있는 것이 아닌가…

이렇게 괴롭고, 외로운 인생을 참되고, 착하고, 아름답게 살 수 있는 사람은 몇이나 될 것인가.

귀뚜라미는 지금도 차갑고, 깊어가는, 가을밤을 처량하게 울고 있다."[25)]

이처럼 해방 전에는 자연과 사물을 당대 현실과 대비시키며 강렬한 민족의지를 강조했던 한흑구는, 해방 이후에는 익숙한 자연물과 사물을 통해 인생의 의미를 되짚고, 존재의 변화와 시간의 유한성을 탐색하며 인생에 대해 관조하는 방향으로 사유의 전환을 보여준다.

『동해산문』에 실린 「새벽」에서는 "새벽은 희망이기도 하고, 어제의 흔적이 사라지는 순간이기도 하다"는 표현을 통해 시간의 유한성을 인식하며, 1955년 『동아일보』에 발표된 「보리」에서는 "보리는 쓰러져도 다시 일어난다. 그것은 인간도 마찬가지다"라는 서술을 통해 인간의 회복 가능성과 저항 의지를 자

---

25) 「귀뚜라미 소리를 들으며」, 『동아일보』, 1956 (『동해산문』, 99쪽).

연물에 투영한다.

다음은 『동해산문』에 수록된 수필 「감」에 나타난 사유다.

> "나무는 집의 옷이다."
>
> 이러한 말을 들은 지는 벌써 오래되었지만, 나무 한 그루 없는 집은 어딘가 허전해 보이고, 마치 발가숭이처럼 보이기도 한다.
>
> 사실, 나무는 넓은 벌판을 옷 입히고, 시내와 골짜기를 옷 입히고 있다고 해도 과언이 아니다.
>
> 그렇게 본다면 나무와 온갖 초목은 크게 보아 온 지구를 옷 입히고 있는, 일곱 빛깔 무지개와도 같은 하나의 커다란 옷이라고 할 수 있다.
>
> 이 옷은 형형색색의 무늬와 신비스러운 빛깔을 지닌 하나의 커다란 옷이 아니고 무엇이랴!
>
> (…)
>
> 우리 집 울안에는 아직도 몽둥이와 돌을 견뎌낸 몇 알의 감이 푸른 하늘 한복판에 매달려 있다.
>
> 모든 쓴맛과 떫은맛이 사라지고, 어린아이부터 어른과 노인까지 모두가 좋아할 단감이 아직도 매달려 있다.[26)]

---

26) 『동아일보』, 1956 (『동해산문』, 55쪽).

이 작품은 나무를 단지 식물로 보는 것이 아니라 인간에게 옷과 같은 존재로 인식하고 있으며, 나무가 인간의 삶을 둘러싸고 감싸주는 존재라는 자연철학적 통찰을 보여준다. 또한 풍파를 견딘 후에 남은 단감은, 인생의 말미에 이르러 원숙한 인격과 너그러움을 획득한 존재의 비유이기도 하다.

이후 한흑구는 『현대문학』, 『월간문학』, 『수필문학』 등 다양한 잡지에 꾸준히 작품을 발표하며, 해방 전과는 달리 수필문학 창작에 더욱 집중하는 모습을 보인다. 『현대문학』은 '문화의 핵심은 문학'이라는 기치 아래 '한국 현대문학의 건설'을 목표로 했으며, 한흑구는 이 잡지에 단편소설 「보릿고개」와 수필 「제비」, 「코스모스」, 「석류」 등을 발표하며 산문 창작에 힘썼다.

> "온 여름의 뜨거운 태양과 가을의 된서리 속에서 과피가 터질 때까지 정열을 간직하고, 또 터져나온 그 기개의 참되고, 아름다운 결정이여.
>
> 나는 책상 위에 쪼개 놓은 석류알들을 두루두루 바라보고 있다."[27]

이 작품에서는 석류라는 자연물을 통해, 자연에 내재된 정열

27) 「석류」, 『현대문학』, 1972 (『인생산문』, 35쪽).

과 생명의 결실을 찬양하는 작가의 태도가 드러난다. 이처럼 해방 이후 한흑구의 수필문학은 자연물에 대한 태도가 보다 깊은 관조와 찬미로 확장되었음을 보여준다.

> "비가 옵니다.
>
> 참 좋은 비입니다.
>
> 춥고, 어둡고, 짓궂게 비 오는 날에, 모든 생명이 솟아납니다. 뻗어나고, 자랍니다.
>
> 발자국 하나도 없는, 비 오는 길 위를 맨발로 한번 걸어보시오.
>
> 마음속까지도 시원할 겝니다."[28)]

눈이 세상을 덮으며 생명을 감싸듯, 비 또한 생명을 불러일으키는 존재로 표현되며, 자연과 인간의 감각이 만나는 지점에서 작가의 사유는 살아난다. 『인생산문』에 수록된 「코스모스」에서도 이와 같은 자연에 대한 사색이 이어진다.

> "순진스러운 소녀와 같은 코스모스. 아, 참, 그렇게 맑고, 깨끗하고, 아름다움이 어디 또 있으랴!
>
> 더구나, 맑고, 높은 한국의 가을 하늘 아래서 피어나는 꽃이여.

---

28) 「비가 옵니다」, 『동아일보』, 1956. (『동해산문』, 24쪽).

모든 꽃은 다 시들고, 말라서 보기도 흉하게 떨어지지만, 코스모스는 꽃잎이 마르지 않고, 한 잎, 한 잎 깨끗하게 떨어진다. (…)

아름다워라!

그 맑고, 깨끗하고, 향긋한 코스모스여, 부디 이 강산을 모두 덮어주렴."[29]

코스모스가 시든 후에도 흉하지 않게 꽃잎을 정결하게 떨구는 모습은, 노년에도 인간 존재가 자신의 품위를 지킬 수 있음을 상징한다. 이는 한흑구가 자연물에 인간의 삶을 투영하고, 철학적 사유로 승화시키는 방식의 정점이라 할 수 있다.

그는 1970년 이후『월간문학』에「책」,「나의 필명의 유래」등을 발표하였고,『수필문학』창간호에「한여름 대낮의 움직임과 고요」를 발표하면서, 전문 수필 문단의 형성에 기여하였다.『월간문학』은 한국문인협회의 기관지로 문화공보부의 재정 지원을 받아 창간된 문예 중심 월간 잡지였고,『수필문학』은 수필을 문단 외부로 간주하던 당시 문단 상황에서 수필 문단을 형성하고, 수필 문학을 활성화하기 위해 창간된 것이었다. 이후에도『대구매일신문』,『조선일보』,『영남일보』,『시문학』등에

29)「코스모스」,『현대문학』, 1971. (『인생산문』, 27~28쪽).

수필을 발표하며 활동을 이어갔다. 「숲과 못가의 새소리」, 「봄의 화단」, 「신록의 동화사」, 「새해를 바라보며」 등은 자연을 중심으로 인간 존재를 관조하는 그의 대표적인 후기 수필이다.

『인생산문』 수록 수필 「들 밖에 벼 향기 드높을 때」에서는 농부의 땀과 노고를 통해 벼가 자라나는 과정을 시적으로 묘사하며, 동시에 농약과 비료로 인해 생물 다양성이 사라져가는 현실에 대한 안타까움을 표현한다.

> "내가 어렸을 때에, 논 위에 그렇게 많던 논메뚜기 한 마리 볼 수 없고, 붕어 한 마리도 논바닥에 엎디어 있지 않다. 화학 비료를 너무나 많이 주고, 농약을 너무나 많이 쓰기 때문인가. 삼팔 이북에 두고 온 내 고향과 어린 시절의 낭만과 꿈을 되찾을 길이 없다."[30]

자연 파괴로 인해 사라진 생명체와 고향의 낭만을 연결시키며, 인간의 이기심이 어떻게 자연의 조화를 무너뜨리는지를 성찰하고 있다. 당시 70년대의 시대적 상황에서 작가가 느끼는 안타까움을 반영한 작품인 것이다. 이처럼 『인생산문』에서는 급변하는 한국 사회의 시대적 흐름 속에서 자연과 함께 하

---

30) 「들 밖에 벼 향기 드높을 때」, 『수필문학』, 1973. (『인생산문』, 21~23쪽).

는 인간의 본연의 자세의 중요성에 대한 인식을 보여주는데, 작품 「차창풍경」에서 "어떠한 진보나 비약이라 할지라도 자기의 본래적인 생명과 정신을 떠나서는 이루어질 수 없다"고 언급한 대목은, 사회가 급격하게 변화하더라도 '백의민족'이라는 고유한 민족적 정체성은 굳건히 지켜나가야 하며, 이는 본래적인 생명 정신과 연결됨을 강조한 것이다.

한편, 이 시기 한흑구의 수필에는 자연과 함께하며 인생의 의미를 되짚는 관조적 태도가 분명히 드러난다. 수필 「노목을 우러러보며」에서 그는 다음과 같이 말한다.

「노목을 우러러 보며」

나도 죽고, 저 노목도 언젠가는 다 죽어야 한다.

그러나 저 노목은 다 썩어서 구멍이 뚫리고, 다람쥐가 드나들어도, 그냥 속임수 하나도 없이, 서늘한 그늘만 드리우는 사명 하나만을 갖고서도 저렇게 오래 살 수가 있다.

그러한 저 노목이 나는 자꾸만 쳐다보이고 우러러보인다.

나는 일종의 외경심마저 느껴 본다.[31)]

31) 「노목을 우러러보며」, 『수필문학』, 1974. 10(『인생산문』, 18쪽).

이 수필에서 노목은 자연의 장엄함과 존재의 순환을 상징하며, 작가는 거기서 인생의 존엄성과 죽음 이후의 의미까지 사유하게 된다. 인간은 죽으면 소멸되지만, 노목은 죽음 이후에도 생명과 교류하며 그늘을 드리우는 '존재의 품'이 된다. 이러한 자연에 대한 외경은 곧 삶에 대한 깊은 경건함으로 이어진다. 수필 「길」에서는 이렇게 말한다.

> "그 많은 사람이 다 이 오불꼬부랑 길을 밟아서 지나갔다는 것은, 필경 사람의 마음은 누구나 다 한결같다는 것을 말해주는 것 같이 생각되었다."[32)]

길이라는 공간은 수많은 개인이 거쳐 갔던 인생의 흔적을 간직한 장소이며, 이는 곧 보편적 인간 감정의 상징이 된다. 시간이 지나도 남아 있는 길은 유한한 인간의 존재와 대비되어, 변하지 않는 자연의 지속성과 가치를 부각시킨다.

한흑구는 기차를 타고 국토를 둘러보며 수필적 사유를 지속하였다. 「오월의 중앙선」에서는 자연 속에서 인간 존재의 의미를 성찰하는 작가의 방식이 잘 드러난다.

---

32) 「길」, 앞의 책, 47쪽.

「오월의 중앙선」

기차가 움직이고, 산과, 벌과, 시냇물이 흘러넘치는 풍광을 차창으로 내다볼 수 있는 것이 얼마나 상쾌하지 모르겠다. 동행인도 없고, 이야기의 상대자도 없는 나에게는, 파노라마와 같이 내 눈앞에 전개되는 모든 풍물이 말 없이 이야기의 상대자들이다.

그들은 나에게 모든 것을 진실하게 속삭여주고, 말해준다. 조금도 거짓이거나 부정한 태도를 보여주지 않고, 그 참된 뜻만 말해준다.

참으로 아름다운 그들이다.

그들이 소리없이 말해주는 모든 이야기를 다 알아들을 수는 없으나, 내가 알아들을 수 있는 것들은 참으로 아름다운 이야기요, 진리인 것이다.[33)]

자연은 인간처럼 말을 하지 않지만, 거짓 없고 일관된 방식으로 진리를 속삭인다. 이는 자연만이 전할 수 있는 생명의 목소리이며, 인간은 자연을 통해 삶의 본질에 접근할 수 있다는

---

33)「오월의 중앙선」, 『수필문학』, 1972 (『인생산문』, 81쪽).

한흑구의 신념이 반영된 문장이다. 이처럼 한흑구는 자연을 단순한 묘사 대상으로 여기지 않고, 인간의 삶과 철학을 투영하는 공간으로 활용하였다. 그의 자연 인식은 노동, 신앙, 역사적 체험과 결합되며, 존재의 본질에 대한 통합적 성찰로 나아간다. 이러한 문학적 태도는 수필뿐 아니라 시와 소설에서도 일관되게 나타나며, 한흑구 문학 전체가 지닌 철학적 사유 구조 형성에 결정적인 역할을 한다.

해방 이후 그의 창작 활동은, 해방 전 민족주의 성향의 시 중심 문학에서 벗어나, 다양한 문인들과의 교류 속에서 수필 창작에 집중하는 방향으로 전개되었다. 『대구매일신문』, 『조선일보』, 『영남일보』, 『시문학』 등 신문과 잡지를 통해 자연물을 중심으로 한 관조적 세계관을 정립해갔으며, 이러한 성과는 『동해산문』과 『인생산문』이라는 두 권의 수필집으로 집약되었다.

『동해산문』은 자연물을 통해 시적 정서와 표현을 기반으로 작가의 사유와 행동을 드러낸 전기 수필들을, 『인생산문』은 보다 깊어진 사색과 관조적 태도를 담은 후기 수필들을 수록하고 있다.

결론적으로, 한흑구의 수필 활동은 그가 참여한 매체적 환경과 긴밀하게 연관되어 있으며, 민족주의적 정서를 출발점으로 삼아 자연과 계절을 활용하여 암울한 현실을 우회적으로 드러내고, 이후 자연과 함께하는 관조적 삶으로 전환되었나. 이처럼 그의 수필은 단순한 감상적 글쓰기를 넘어 철학적 사유와 사회적 인식을 담아내는 문학 장르로서의 가능성을 제시하였음을 알 수 있다. 이러한 이유로 한흑구는 한국 현대 문학에서 수필의 문학적 정체성을 확립한 대표적인 작가로 평가된다.

4. 결론

본 연구는 한흑구 수필문학의 사유 구조를 매체와 시대적 변화 양상을 중심으로 분석함으로써, 그의 수필에 내재된 철학적 성찰과 문학적 정체성을 재조명하고자 하였다. 1930년대 일제강점기의 억압적 시대 상황 속에서 한흑구는 『동광』, 『신한민보』, 『농민생활』 등 민족주의적 성격이 강한 매체를 기반으로 시와 수필을 발표하며, 자연과 계절을 통해 조국 상실의 비극과 독립에 대한 열망을 문학적으로 형상화하였다. 이 시기의 그의 수필은 '봄', '닭 울음', '집' 등 자연물과 일상적 소재를 통해 민족의 고통을 우회적으로 드러내고, 공동체의 연대와 희망을 일깨우는 역할을 수행하였다.

해방 이후에는 『백민』, 『동아일보』, 『현대문학』, 『수필문학』 등 다양한 문예지를 기반으로 문인들과의 교류를 확대하며 수필 창작에 집중하였다. 이 시기의 한흑구는 단순한 민족주의적 정서에서 벗어나 자연물에 대한 사유를 통해 인생의 유한성과 존재의 의미를 성찰하는 관조적 태도를 형성하였다. '나무', '보리', '눈', '감' 등 자연 사물에 대한 묘사는 단순한 감상의 차원을 넘어서 철학적 · 존재론적 사유의 장으로 기능하며, 인간과 자연, 사회의 조화를 강조하는 실천적 사유로 이어진다.

특히 『동해산문』과 『인생산문』에 집약된 그의 수필은 시의 정신과 연결된 직관적 인식과 철학적 사유의 결합이라는 점에서 수필 장르의 문학적 가능성과 예술성을 확립한 중요한 성과라 할 수 있다. 나아가 그는 일관된 문학적 태도를 통해 수필이 시, 소설, 평론 등과 동등한 문학 장르로 자리매김할 수 있음을 실천적으로 입증하였다.

이상의 논의를 통해 한흑구는 한국 현대문학사에서 수필문학의 정체성을 구축한 대표적인 작가로 평가될 수 있으며, 그의 작품은 매체의 시대적 맥락과 긴밀하게 호응하며 변화해 온 문학사의 한 흐름을 반영하는 귀중한 문학사적 자료로서의 가치 또한 지닌다.

참고문헌

한흑구, 『문학선집』, 아시아, 2009.

『동광』, 『조광』. 『신인문학』, 『조선문단』, 『신사조』, 『동아일보』

『동해산문』, 『인생산문』

김시헌, 「한흑구의 수필세계」, 『수필문학』, 통권 90호. 1980.

김경일, 「식민지 시기 신여성의 미국 체험과 문화 수용」, 『한국문화연구』, 2006.

김진경, 「한흑구의 수필연구」, 이화여대 석사논문, 1991.

김형규, 「식민지 시기 해외 이주 체험 형상에 나타난 공동체성의 구성 양상」, 『현대소설연구』, 2011.

박유영, 「한흑구 수필연구」, 동국대 석사논문, 2000.

방민호 · 이경재 · 한명수 · 박현수 · 인미영 · 안서현, 『한흑구의 삶과 문학』, 아시아, 2022.

방민호 · 박진임 · 서주희 · 신재기 · 김시헌 · 김미영 · 이희정, 『일제강점기 한국 영문학과 수필문학의 개척자』, 아시아, 2024.

오창익, 「한흑구의 수필세계」, 이화여대 석사논문, 1982.

우미영, 「식민지 시대 이주자의 자기 인식과 미국」, 『한국근대문학연구』, 2008.

______, 「서양 체험을 통한 신여성의 자기 구성 방식」, 『여성문학연구』, 2004.

이희정, 「식민지 시기 미국유학 체험과 자기 인식 –한흑구 문학을 중심으로」, 『세계문학비교연구』, 2014

한흑구 수필관의 형성 과정과 창작에의 실천

김종헌

김종헌

- 1964년 경북 선산 출생. 동시인, 문학평론가, 대구교육대학교 연구교수.
- 경북대학교 및 동 대학원, 대구대학교 대학원 문학박사.
- 『아동문학평론』 동시부문 신인상(2000), 『수필미학』 평론부문 신인상(2014), 계간 『동시발전소』 편집주간.
- 동시집 『뚝심』 · 『한여름 눈사람』, 수필집 『생각의 버퍼링』, 평론집 『동심의 표정 동시의 미학』 · 『우리아동문학의 탐색』 · 『포스트휴먼 시대 아동문학의 윤리』 · 『욕망과 결핍의 변주』

한흑구 수필관의 형성 과정과 창작에의 실천

김종헌 (아동문학평론가, 대구교육대학교 연구교수)

시작하며

2000년에 접어들면서 한흑구의 수필에 대한 연구가 학계와 문단에서 동시에 이루어져[1] 축적되는 추세이다. 이렇게 그의 수필 연구가 양적 차원에서 늘고 있지만 여전히 체계적인 연구는 미흡한 형편이다. 아직 그의 작품 전모를 알 수 있는 연보도 제대로 갈무리되지 않은 형편이다. 이처럼 그의 수필에 대한

---

1) 학계에서는 김진경의 「한흑구 수필 연구–노장 사상적 측면에서」(『인문과학연구 · 19호』, 1991)를 시작으로 박정숙의 「이양하 · 한흑구의 수필 연구」(성신여대 박사학위논문, 2000)와 이영조의 「한국 현대 수필론 연구」(배제대 박사학위논문, 2007) 등이 그 시작이다. 한편 문단에서는 박양근이 『수필학 · 10』(2002)에 발표한 「한흑구의 수필론과 수필세계」에서 시작되었다. 2009년에 민충환이 『한흑구 문학 선집』(아시아)을 엮었고, 한흑구문학기념사업추진위원회에서 『한흑구 문학 연구서1–한흑구의 삶과 문학』(2022)과 『한흑구 문학 연구서2–일제강점기 한국 영문학과 수필문학의 개척자』(2024)를 펴내면서 어느 정도 그의 문학에 대한 조명이 이루어졌다.

연구가 미진한 것은 여러 가지 이유가 있겠지만 한흑구의 문학이 일제강점기에 시에서 출발한 탓도 있고, 수필 장르의 특성상 문학 주변으로 밀려난 탓도 있을 것이다.

한흑구는『동광』,『우라키』,『조선문단』,『대평양』등의 잡지와『대한민보』등의 일간지에 시, 소설, 평론, 수필 등 다양한 장르의 글을 발표하였다. 일제강점기에 시와 소설을 다수 발표하면서 문단에 나왔지만, 해방 이후 포항으로 보금자리를 옮긴 뒤에는『백민』,『문예』,『예술조선』,『현대문학』,『월간문학』등 잡지를 비롯하여『동아일보』,『경향신문』,『대구매일신문』등 일간지에 수필을 더 많이 발표하였다. 한흑구의 첫 수필은『동광』(1931)에 발표한「젊은 시절」이다. 또 그는 수필에 대한 평문「수필문학론-ESSAY 연구」을『조선중앙일보』(1934년 7월 2일~5일)에 4회 연재하면서 수필 이론의 정립에도 노력을 기울였다. 이후 여러 편의 수필 이론을 발표하면서, 현대 수필을 서구의 수필처럼 높은 문학적 가치가 있는[2] 반열에 올려놓고자 애를 썼다. 또 1948년 포항에 정착한 이후 그는 〈흐름회〉를 창립(1968)하여 지역 문단 형성에 이바지하였다. 특히 〈경북수필동인회〉(1985년 영남수필문학회로 개칭)

---

2) 한흑구,「수필의 형식과 정신」,『월간문학』, 1971.;『동해산문』(234쪽)에서 재인용. 1971년에 발행한『동해산문』은 해방 이후부터 1970년대까지 작성한 수필을 모은 책이고,『인생산문』은 그 이후의 작품을 묶은 수필집이다.

회원으로 활동하는 등 수필 문학의 발전에 힘을 보탰다.

한흑구의 수필관은 「수필문학론 ESSAY 연구」, 「文藝獨語錄(其一)」, 「文藝獨語錄(其二)」, 「수필문학론 -ESSAY 형식의 고찰」, 「수필론」, 「수필의 형식과 정신」, 「直觀力과 靈感-主題考」 등에서 살펴볼 수 있다. 이들 평문 중 「수필론」, 「수필의 형식과 정신」은 『동해산문』(1971)에 재수록 되었고, 「直觀力과 靈感-主題考」는 『포항문학』 창간호(1981)에 갈무리되어 있다. 2024년 '한흑구문학연구서2'를 내면서 신재기가 논문 「한흑구 수필론 연구」의 부록으로 「수필문학론ESSAY 연구」, 「수필문학론 -ESSAY 형식의 고찰」 등 두 편을 정리해 두었다. 그러나 「文藝獨語錄(其一)」, 「文藝獨語錄(其二)」는 아직 제대로 정리되지 않고 있다.[3]

한편 그의 수필 작품은 1970년대에 출간한 『동해산문』(일지사, 1971)과 『인생산문』(일지사, 1974) 등에 갈무리되어 있으나, 일간지 등에 발표한 작품 다수가 아직 그 목록 정리도 제대로 되지 않은 처지이다. 우선 그의 작품을 발굴하여 갈무리

3) 한흑구의 수필 평문이 발표된 지면은 다음과 같다. 「수필문학론-ESSAY 연구」(韓世光, 『조선중앙일보』, 1934.7.2.~5), 「文藝獨語錄 其一」(韓黑鷗, 『신인문학』, 청조사, 1935.4), 「文藝獨語錄 其二」(韓黑鷗, 『신인문학』, 청조사, 1935.5), 「수필문학론-ESSAY 형식의 고찰」(韓黑鷗, 『백민』, 1948.11), 「수필론」(『현대문학』, 1967.10), 「수필의 형식과 정신」(『월간문학』, 1971.3), 「직관력과 영감-主題考」(韓黑鷗, 『한국수필』, 1975. 가을).

하는 작업이 우선되어야 할 것이다. 그러나 이 작업은 과제로 남겨두고 여기서는 정리된 작품을 통해서 한흑구 수필의 특징을 살펴보고자 한다. 이를 위해서 그가 발표한 수필 이론을 시간 순서대로 읽으면서 수필관이 정립된 과정을 살펴볼 것이다. 그리고 그의 작품을 견주어 읽음으로써 한흑구 수필의 특징을 파악하고자 한다. 아울러 필자가 이 글을 쓰면서 매일신문(전 대구매일신문)에 발표된 한흑구의 수필 일부분을 찾았는데, 미흡하나마 그 목록을 부록으로 첨부하고자 한다. 척박한 그의 수필 연구에 작은 보탬이 되었으면 하는 바람이다.

작가의 인격과 철학

한흑구는 일제강점기부터 수필에 대한 여러 편의 평문을 발표하였다. 내용 면에서는 작가의 경험에 대한 관조적 사색을 주장하고 형식 면에서는 시적 표현을 강조한다. 1934년에 발표한 「隨筆文學論-ESSAY 硏究」에서 그는 '인생에 대한 일반 학식과 사색력'을 주장하였고, 이어 발표한 「文藝獨語錄 其二」(1935)에서 '미의 표현, 예술적 가치'를 주장한다. 그리고 해방 이후 「수필문학론-ESSAY 형식의 고찰」에서는 '어데까지나 詩에 가까운 문학의 형식인 同時에 가장 아름다운 산문의 하나'를 수필의 기본 특징으로 삼았다. 수필의 형식과 내용에 대한 이러한 주장은 이후 발표하는 평론에 여러 번 반복된다. '문장에서는 어디까지나 문학적이어야 할 것, 하나의 예술적인 문학작품이 되어야 할 것'(「수필론」, 1967), '수필은 시의 정신으로 창작되어야'(「수필의 형식과 정신」, 1971)라는 등의 논의가 그렇다. 이들 평론에 나타난 시적 표현과 문학적 혹은 예술적 가치 등의 개념이 명확하지는 않다. 그러나 반복하는 과정에서 그의 수필관이 구체화 되고 있으며, 미세하지만 변화가 있음을 알 수 있다.

한흑구가 「수필문학론-ESSAY 연구」를 조선중앙일보에 연재한 때가 1934년 7월이다. 이듬해인 1935년에는 『신인문학』 4월호와 5월호에 「文藝獨語錄」 其一과 其二를 각각 발표한다. 전자는 수필이론에 대한 평문이고 후자는 평문의 형식을 띤 수필이다. 이렇게 그가 평론과 수필에서 수필론을 처음 제기한 1930년대는 조선 문단에서 서양의 에세이(essay) 개념을 수용하면서 수필 장르의 독자성에 대한 논의가 활발하던 시기였다. 특히 1933~1934년, 그리고 1938~1939년 두 시기에 집중적으로 수필에 대한 이론적 검토가 이루어졌는데, 조선 문단에서 '수필계'라 명명될[4] 정도로 수필의 창작과 이론

---

4) 김현주, 『한국 근대 산문의 계보학』, 소명, 2004. 155쪽

적인 논쟁이 한창이었다.

그러니까 한흑구는 조선에서 수필 문단이 형성되던 초창기에 현대 수필의 방향을 고민하였다. 그의 첫 평론인「수필문학론-ESSAY 연구」는 제목뿐만 아니라 그 전개 방법이 논문의 형식을 띠고 있다. 그러나 정치한 논증의 과정을 거치지 않고 개념을 단정적으로 제시한 평문이다. 이 평론에서 주목해 볼 것은 'Essay'와 우리 말 '수필'에 대한 개념이다.

> 에쎄이「ESSAY」를 동양에서는 수필이라고 譯한다. 隨想文이니 感想文이니 즉 感錄, 默想錄, 雜感錄이니 하는 모든 散文形式이 다 이 에쎄이의 部分에 類屬한 것이다. 綜合的 名稱으로「隨筆」이라고 命名하는 것이 適合한 듯하다. 에쎄이가 最初로 出現 한 것은 佛蘭西의 著述家 몬테인의 'ESSAI'를 1580년에 出刊한 것으로써 비롯한다. 'ESSAI' 或은 'ESSAY'라는 말은 作家가 생각하는 무엇을「보혀주고자 하는」意味「말하고자 하는」意味 等이다.
>
> (중략)
>
> 에쎄이는 한 散文形式이다. 그러나 그 散文에 잇서서 매우 情的이며 主觀的인 것이 거의 抒情詩에 갓가웁다.
>
> 그리고 內容에 잇서서 一定한 規定이 업슴으로 事物에 대하든지 作者의 觀照하는 바를 主觀的 立場에서 서술한다. 論文

(THeSIS)의 形式과 相反하는 點은 -論文은 客觀的 論法을 이용하는데 反하야 에쎄이는 主觀的 論法을 이용한다. 卽 論文은 科學的 論法으로 敍述되고 에쎄이는 文學的 -藝術的 論法으로 敍述된다. (중략) 그러나 에쎄이를 定義하는 데는 세 가지의 特徵을 列擧할 수 잇스니 (1) 作家 自身의 人格과 哲學이 出衆하야 그의 觀照力이 讀者를 指導할 만 할 것 (2) 이는 散文體인 것 (3) 무엇보다 藝術的 價値를 가질 것 等을 생각할 수 잇다.

(중략)

가장 簡單히 英文學上에서 에쎄이의 發達史를 輪廓하면 먼저 十六世紀 中葉(1597)에 처음으로 出現한 프랜시스 빼콘의 에쎄이로부터 始作할 수 잇다. (중략) 單獨一人의 에쎄이스트 빼콘은 그 時代의 社會相 道德 政治 宗敎 等의 問題를 題材로 하야 五十八篇의 에쎄이를 저술하얏섯다. (중략) 特히 그의 에쎄이는 歸納的 論理法으로 敍述되엿다 하야 그를 科學的 藝術家의 第一人者라고 불으게 되엿다. 그러나 그 스타일에 잇서서는 主觀的이며 매우 簡潔한 것이 詩的인 때문에 今日까지도 만히 愛讀되고 잇다.

-「隨筆文學論 - ESSAY 硏究」(1934. 강조 필자)

위에서 보듯이 그는 수필을 '몬테인의 ESSAI'와 '빼콘의 에쎄이'를 인용하면서 그 유래와 속성을 정의한다. 그는 에세이를 우리 말 수필로 번역함에 별다른 이견이 없다고 보았다. 에세이에 대한 이러한 해석은 그것을 문학평론 혹은 논문과 다른 차원에서 이해한 것이다. Essay가 주관적 문학적 논법을 이용하는 것을 강조하면서 예술적인 서술을 기반으로 하는 산문임을 분명히 하였다. 그러면서 '관조력, 산문체, 예술적 가치'를 강조한다. 즉 한흑구는 에세이를 작가의 인격과 철학이 드러난 산문으로 예술적 가치가 있는 글로 정의한다. 영국 베이컨의 에세이가 당대 사회상이나 도덕, 정치, 그리고 종교 등의 문제를 다룬 것으로 그 성격이 다르지만, 그 스타일이 주관적이며 간결하고 시적인 특징이 있기에 과학적 논법으로 서술된 논문과 달리 수필적 요소가 강하다고 결론지었다. 즉 베이컨의 에세이가 귀납적 논리로 서술되어 과학적이지만, 당대는 물론이고 지금까지 애독되는 이유가 주관적이고 시적이기 때문이라는 주장이다. 이런 인식은 1930년대 김광섭이 「수필문학 소고」(『문학』, 1934.1)에서 수필을 생활과 인간을 드러내는 보편적 휴머니즘의 영역 안에 배치한[5] 그것과 유사하다.

한흑구가 당시에 김광섭의 이 평론을 읽었는지는 알 수 없다. 그러나 한흑구의 평문이 1933년 11월 『조선문학』에서 주

5) 김현주, 『한국 근대 산문의 계보학』, 소명, 2004. 162쪽.

최한 「수필에 문학에 관하야」라는 토론회 이후에, 그리고 김광섭의 「수필문학 소고」가 발표된 직후에 나온 글이라는 점을 고려하면 당대의 수필 논쟁의 주요 쟁점을 인식하고 있었을 개연성이 크다. 당시 수필 논쟁은 김기림을 중심으로 수필이 풍자적 스타일과 비판적 정신을 내포한다는 주장과 김광섭의 생활과 인간을 드러내는 문학으로 자기 고백적 경향이어야 한다는 주장이 맞섰다. 이런 당대의 논쟁에서 한흑구는 수필을 풍자와 비판적 성격보다는 대상을 해석하여 작가 자신을 드러내는 독백의 글쓰기로 수용한 것임을 알 수 있다. 이런 논지는 다음에서 확인 할 수 있다.

> 新聞紙上에서는 「自由鍾」「地方論壇」 等의 讀者欄이 잇서 만흔 졂은이들의 執筆이 잇섯다. 이때에 論究되든 것은 거의 舊式結婚事에 對한 것 舊式結婚한 夫婦의 離婚 可否 自由戀愛 等 新舊思想에 對한 道德 倫理 等 一般社會制度에 對한 論爭을 主題로 하얏다. 이는 하낫 過渡期의 졂은이들의 意圖 잇는 社會改革的 한때의 情熱이라고 할 수 잇다.
>
> 最近에 와서 新聞學藝欄 雜誌에 볼만한 에쎄이가 멧 구석 있다. 例하면 李光秀 氏의 「病語錄」「졂은 朝鮮人의 所願」「내가 屬한 類型」「默想錄」「一事一語」 等等은 모다 에쎄이로써의 形式과 內容을 完備한 것이라고 생각한다.

『東光』誌에 山翁 氏의 에쎄이나 李允宰 氏 등의 에쎄이 등은 社會一般的 價値가 있는 것이라고 記憶한다. 그리고 梁柱東 氏의 에쎄이나 故 崔曙海 氏의 「血痕」 豫頭에 실니인 에쎄이 등은 한번 닑어서 이저버리지 안는 藝術的 價値가 있는 것들이라고 생각한다.

요사이 新聞 學藝欄이나 雜誌에 실니는 新進作家들의 에쎄이도 價値 잇는 것이 적지 안타고 생각하나 에쎄이스트의 人生에 對한 一般學識과 思索力이 出衆해야 할 것이다.

–「隨筆文學論 – ESSAY 研究」(1934. 강조 필자)

이 글에서 한흑구가 당대 신문이나 잡지에 실린 에세이를 평가한 부분에서 그의 수필관이 짐작된다. 그는 구체적으로 이광수와 최해서의 작품을 예시하면서 이들의 작품을 예술적 가치를 지닌 작품으로 평가하였다. 주제가 사회적인 것일지라도 '의도'에 의한 한때의 주장이 아니라, 작가의 인생에 대한 일반적인 학식과 사고력이 출중해야 한다는 논리이다. 이는 앞에서 언급한 수필가의 태도와 연결된다. 즉 대상의 본질을 바라보는 작가의 관조적 태도와 주관적 입장에서 인생 전체에 대한 사색이 있어야 한다는 것이다. 그러니까 수필은 소재의 선택이 중요한 것이 아니고 또 '의도'된 '열정'을 표현하는 것이 아니라는 것이다. 그 소재를 해석하는 과정에서 작가의 태도가 중요하며 작가의 인격과 철학이 드러나는 글이어야 한다는 논리이다. 이러한 수필관은 「文藝獨語錄」과 「在米 6年間 追憶片片」 등 실제 그의 수필 작품에서 엿볼 수 있다.

「文藝獨語錄」 其一과 其二는 위의 평문을 발표한 직후인 1935년에 쓴 에세이다. '獨語'는 혼잣말이라는 사전적인 뜻을 가지고 있는데, 제목이 주는 의미가 반어적이다. 즉 문예에 대해서 혼잣말로 중얼거린 기록이라는 의미인데, 인간의 일상에 대한 작가의 철학이 담겨야 한다는 그의 수필관을 의식한 제목으로 짐작된다. 그래서 이 글은 평론이라기보다는 문예와 문단 현상에 대한 작가의 주관(주장)을 간결하게 쓴 수필로 보는 것이 타당하다. 「文藝獨語錄(其一)」에는 「文藝思想의 潮流」, 「朝鮮의 詩人」, 「女性美의 觀念的 調和」, 「빼스 音 時代」, 「人間美」, 「孤獨伴呂」[6], 「빠이론」, 「空이든지 萬이든지」[7] 등 짧은 글 8편이 실려 있다. 이중 「文藝思想의 潮流」은 문예사조의 변화에 대한 설명적인 글이고 나머지는 모두 당대 사회문화적 현상에 대한 주관적인 평가이거나 당대 문학에 대한 평가와 방향을 제시한 글이다. 특히 「朝鮮의 詩人」에서는 시인의 시작 태도를

6) 呂는 侶의 오기인 듯.

7) 萬은 滿의 오기인 듯.

언급한 글인데 '순간순간의 감정적 노래'보다는 '우주를 초월하고 시간을 초월하여 영원히 살 진리의 노래'를 당부하고 있다. 또 「빠이론」에서는 바이런의 시가 워즈워드나 롱펠, 하이네 등과 차별적이라고 예찬하였다. 즉 바이런의 시는 '인생의 정열을 노래하였고 청춘의 아름다운 생명을 노래'하였다는 점을 높이 평가하였다. 또 「文藝獨語錄(其二)」에 있는 「詩는 文學의 母體」, 「綜合的 美」, 「情의 民族」, 「시인과 소설가」 등 4편도 이와 비슷하다. 이런 경향은 일제강점기인 1939년에 『문장』에 발표한 「灰焰」[8]에서도 확인된다. 프랑스의 시가 그림과 같은 회화성으로 바뀌고 있는 것을 소개한 글이다. 그리고 현대시에서 운율이 망각 되고 회화적 조각적 경향으로 달음질치고 있다는 것을 지적한다. 이런 현상을 화자는 '시인들이 문학의 예술적 신 영역을 개척하고자 하는 초조함 때문'이라고 보았다. 이처럼 한흑구의 수필은 작가의 철학과 일반 학식을 바탕으로 현상(소재)을 설명하는 특성을 지닌다. 이는 하나의 주제를 설명하면서 자신의 주장을 펼치는 점에서는 해방 이후 그가 주창한 硬隨筆에[9] 가깝다. 이처럼 소재에 대한 지식을

8) 한흑구, 「灰焰」, 『문장』(제1권 6집), 1939.7.181~183.

9) 한흑구, 「수필문학론-ESSAY 형식의 고찰」(『백민』, 1948.11); 신재기, 「한흑구 수필론 연구」(『일제강점기 한국 영문학과 수필문학의 개척자』, 아시아, 2024)에서 재인용, 234쪽.

바탕으로 의미를 해석하고 있기에 그의 평문에서 밝힌 세 가지 수필의 특징 중 그 첫 번째에 해당하는 편이다. 즉 '작가의 인격과 철학을 바탕으로 독자를 지도할 만한 관조력을 갖춘' 글이다. 그 외 다른 글은 경험한 사실을 소재로 하여 그것을 해석하면서 자기의 사색을 드러낸다. 이들 수필은 사회변화와 당대 현실에 대한 화자의 사색이 깔려 있다. 「빼스 音 時代」가 이런 유형의 대표적 작품이다. 문명의 발달로 인간의 귀가 소리(音)에 예민해진 실태를 소재로 한 에세이인데, 그 내용은 도시인의 귀가 촌사람들보다 소리에 예민해져 있다는 것이다. 도시인의 귀가 과거와 달리 버스 음 같은 낮은 소리에 익숙해져 있는데 '울트라 하이소프라노' 같은 소방자동차의 소리는 비상식적이라 평가한다. 「女性美의 觀念的 調和」, 「人間美」와 「孤獨伴呂」 등도 비슷하다. 즉 '경험-사색-의미 해석'으로 이어지는 형식을 띠고 있는데 이것은 현상에 대한 작가의 성찰을 기반으로 한 생활의 발견이다.

「在米 6年間 追憶 片片」은 1936년에 『신인문단』에 발표한 글이다. 앞에서 살펴본 「文藝獨語錄」이 자아의 일반적 상식이나 일상을 소재로 관조적 사색을 드러낸 글이라면, 이 수필은 작가의 경험에서 얻은 삶의 철학을 독백조로 서술한 글이다. 화자는 도미 유학 시절 시카고에 있던 소설가 전영택으로부터 받은 편지를 소개하면서 고학의 고달픈 현실에서도 시적 생활을 실행할 수 있는 곳이 미국대륙이라고 결심한다. 힘든 고학 생활을 하면서도 막심 고리키나 타고르, 휘트먼 등 세계적인 대작가를 떠올리며 문학의 길로 들어설 자신을 돌아보고 있다. 시카고 노스파크 대학 영문학과를 다닌 그는 처음에는 영어시를 써서 조선심을 표현해 보겠다는 생각을 하였으나 조선 사람이 되기를 원했고 조선의 작가가 되기를 결심하는 과정을 솔직하게 밝히고 있다.

> 그것은 英文으로 創作을 힘쓰는 동안 朝鮮文 創作이 退來할 것이라는 것을 깨달었다. 實로 이것은 나의 머리를 괴롭히었으나 必境 나는 朝鮮사람이 되기를 願했고 朝鮮의 作家가 되기를 決心하고 英文工夫도 朝鮮人的 態度로써 하기로 생각하였다.[10)]

조선인적 태도로 영문학을 전공하고, 조선 작가가 되겠다는 고백은 식민지 조선의 유학생으로서 자아를 드러낸 부분이다. 이는 화자가 필라델피아의 탬플대학에 다닐 때의 경험에서의 미를 해석하는 방식이다. 그 대학의 국제학생회 주최로 열린 강연회에서 조선 유학생 대표로 연사가 된 화자는 연단에 올

---

10) 한흑구, 「在米 6年間 追憶 片片」, 『신인문단』, 1936. 117~118쪽.

라 머리를 숙이고 한동안 서 있음으로써 자신의 감정을 청중에게 전달하였다. 그리고 '나는 할 말이 없다. 내가 할 말이 너머나 많기 때문에 이곳에서 이십 분간 동안에 할 말이 없다'라는 첫 마디로 일제의 침략을 받고 있는 조선의 정서를 대변하였다. 유학 시절 고학의 어려움과 그 속에서 문학인이 되기를 바라는 화자, 그리고 식민지 조선인으로서의 태도 등을 구체적으로 다루어 내면의 정서를 드러냈다. 이처럼 '경험-해석-의미'의 방법으로 청자에게 자아의 내면을 고백하듯이 표현하였다. 이런 글쓰기 태도는 '에쎄이스트의 人生에 對한 一般學識과 思索力이 出衆해야' 한다는 그의 수필론과 상당 부분 일치한다.

그러나 일제강점기 그의 수필은 초기 수필론에 전적으로 부합하지 않는다. 「文藝獨語錄」이나 「在米 6年間 追憶 片片」 등의 수필은 일상을 바탕으로 감상적인 작가의 태도를 표현한 것이라 보기는 어렵다. 물론 이런 태도를 그가 말하는 '주관적 관조적 사색'으로 이해할 수 있으나 감상적이라기보다는 객관적인 논점으로 쓴 수필로 보아야 할 것이다. 즉 화자의 사색이 현실에 대한 비판적 시각과 맞물려 있다. 이 부분은 그가 밝힌 수필론과 상충된다. 이는 해방 이후 그가 수필을 형식적 에세이(硬隨筆)와 비형식적 에세이(軟隨筆)로 대별했을 때의 경수필에 해당한다고 보아야 한다. 즉 수필의 소재를 그 時代의 社會

相으로 하더라도 그 스타일은 주관적이며 간략하여야 한다는 수필론과는 어느 정도 일치하지만, 시적 혹은 예술적 가치가 있어야 한다는 주장과는 거리가 있다. 이런 문제는 '에쎄이는 文學的 -藝術的 論法으로 敍述'되어야 한다면서 베이컨의 에세이가 '主觀的이며 매우 簡潔한 것이 詩的인 때문에'에 논문과 다른 차원에 있는 수필에 귀속시킬 때부터 나타난 한계로 보인다. 또 다른 이유는 당대 수필이 젊은 작가들을 중심으로 '일반 사회 제도에 대한 논쟁을 주제로' 하여 '의도'된 주장을 펼치는 것으로 보고, 이것이 작가의 학식과 인격과 무관하게 '열정'으로만 이어지는 현실을 경계하기 때문으로도 보인다.

정리하면 일제강점기에 한흑구의 수필관은 인생에 대한 일반 학식과 사색력으로 작가의 인격과 철학을 담아야 한다는 것에 경도 되었다는 비판을 면하기 어렵다. 즉 당시 그의 수필관은 1930년대 수필 논쟁을 거쳐 그 개념이 보편적 휴머니즘과 독백의 형식으로 구축되는 연장에 있었다고 볼 수 있다.

시적 표현

한편 한흑구는 여러 편의 평문에서 수필이 주관적 문학 형식을 가지고 있는 시와 상통한다는 점을 강조한다. 수필이 주관적 문학 형식이기에 시와 상통한다는 추상적인 논리를 반복한다. 그런데 이 시적 수필에 대한 언급은 그가 수필론을 처음 정립할 때인 1935년경부터 시작한다.

> 시는 문학의 최초요. 시는 문학의 모체이다. 古代時代로부터 物語를 詩로써 表現하다가 散文이 生起였다. 散文은 卽 詩의 產兒이다. 산문이 盛熱하야 詩와 分立한 現代에 있어서도 散文은 詩的表現을 그 中心으로 하는 것으로써 그 生命을 삼는다. 특히 現代小說家들은 詩的文句를 小說 속에 짜 넣으려고 하고 또는 詩 그대로를 小說에 많이 引用하는 傾向은 英國에 있어 D.H.로렌스, 쩸스 쪼이, 올더스 헉슬리 等이다. 어떠한 建物이든지 非現實的인 線과 彫刻의 模型을 表現하지안는 建物이 없다. 이 非現實的인듯한 線과 彫刻은 곧 美의 表現이며 建物이 갖고 있는 藝術的 價値이다. 小說에 있어 詩的 文句가 引用되는 것은 建築에 있어 線과 彫刻이 引用되는 것과 같다고 生角한다.
>
> －「詩는 文學의 母體」에서(강조 필자)[11]

「文藝獨語錄(其二)」(1935.5)은 문예사상과 미에 대한 지식을 순서 없이 나열한 글이다. 위에 인용한 글은 여기에 실려 있

11) 한흑구, 「文藝獨語錄 其二」, 『신인문학』, 1935.5. 111쪽.

는「詩는 文學의 母體」의 일부분이다. 한흑구는 여러 편의 평론과 수필에서 시적 수필을 반복해서 주장하는데 어느 한 편의 평문에서도 '시적'에 대한 자세한 논증을 하지 않고 설명적으로 단정하고 있다. 따라서 시적이라는 의미를 유추해서 해석할 수밖에 없는데,[12] 이 글에서 그 단초를 찾을 수 있다. 글의 요지는 '산문은 시적 표현'인데 소설에 그대로 인용한 시는 마치 건물에서 비현실적인 선과 조각이 미의 표현인 것과 같다는 것이다. 즉 그가 말하는 '시적'은 표현 방법의 하나이고 그것은 예술적 가치를 만드는 수단이 된다.

이는 그가 평문「隨筆文學論-ESSAY 硏究」에서 수필의 세 번째 특징으로 제시한 '무엇보다 藝術的 價値를 가질 것'을 뒷받침하는 논거이기도 하다. 해방 이후 발표한 평문「수필문학론-ESSAY 형식의 고찰」에서 '수필이 주관적 형식의 문학이라면 그것은 주관적 문학 형식을 갖고 있는 시와 상통'한다고 한 것이나 1967년에 발표한「수필론」에서 내용은 철학적이어야 하지만 문장은 어디까지나 문학적이어야 할 것을[13] 주장한 것 등도 모두 이와 같은 논지의 연장이다. 결국 그가 말하는 '시적'은 문학적 혹은 예술적 표현을 염두에 둔 것으로 볼 수

12) 신재기,「한흑구 수필론 연구」,『일제강점기 한국 영문학과 수필문학의 개척자』, 아시아, 2024. 213쪽.

13) 한흑구,「수필론」,『동해산문』, 219쪽.

있다. 여기서 '시적'의 의미는 시의 정신(esprit)이라는 의미보다는 '시적 문구, 시적 표현'에 가까운 의미이다. 그 방법의 하나는 '줄이면 한 편의 시가 될' 수 있는 간결한 표현이고 다른 하나는 시를 직접 인용하는 것이다.

이런 유형은 해방 이후에 쓴 수필에서 흔히 볼 수 있다. 대상을 해석하는 데 적합한 시를 인용하거나 비유로 대상을 묘사하여 생생하게 드러낸다. 「새벽」(『새벽』, 1958)은[14] 빛을 생명에 기운을 주는 힘으로 인식하고 가시적인 현상 너머에 있는 아름다움의 의미를 찾은 작품인데, 동이 트는 새벽의 아름다움을 표현하기 위해 퍼시 셸리의 시를 인용하였다. 또 「나무」(『문화』, 1946), 「눈」(『동아일보』, 1955) 등은[15] 수필 전체가 시의 형식으로 표현한 작품이다.

> ㉠세상은 온통 하루살이 벌레들의 무늬로 물들이고 있는 듯하다.
>
> ㉡눈은 다 같이 흰 이불로 따뜻하게 덮어준다.
>
> ㉢지금,
>
> 이 희고, 맑고, 깨끗하고, 다뜻한 이불 위로 불긋한 겨울 해

14) 한흑구, 「새벽」, 『동해산문』, 득수, 2023. 18쪽.

15) 한흑구, 「눈」, 『동해산문』, 득수, 2023. 20~22쪽.

가 천천히 흰 언덕을 넘어가고 있다.

㉣깃으로 찾아가는 까마귀들의 떼는, 흰 이불 위에 유달리도 더 검어 보인다.

수필 「눈」에서 가려 뽑은 문장들이다. 이 작품은 눈이 산과 들을 차별 없이 덮어주어 생명을 감싸주는 모성애에 비유하여 보편적인 상식 속에 간의 삶을 영위하는 인간의 태도에 그려낸 작품이다. ㉠은 눈이 내리는 모습을 하루살이 벌레를 통해서 그 모양을 형상화하였다. ㉡은 눈이 자연을 덮어준다는 사실을 이불에 비유하여 따뜻함을 드러냈고 ㉢과 ㉣은 문체는 산문 형식인데 쉼표(,) 찍어 희고 따뜻한 눈의 이미지를 부각하였고, 또 시각적 심상을 활용하여 눈이 내린 풍경을 선명하게 묘사하고 있다. 이러한 표현은 조금만 더 줄이면 시가 될 수 있는 여지가 있는 표현 방법이다. 이들 표현에서 대상에 대한 주관적 직관력으로 인생의 철학적 인식을 엿보인다. 이러한 '시적'에 대한 의미를 더욱 정치하게 풀어낸 평론이 1971년에 발표한 「수필의 형식과 정신」[16]이다.

수필에서 예술적 가치의 중요성은 그가 수필 평론을 처음 발표할 때부터 언급된 사실이지만 구체적 논증 없이 추상적으로

---

16) 한흑구, 「수필의 형식과 정신」, 『동해수필』, 231~232쪽.

전개되었다. 그런데 이 평문에서 시의 정신으로 좀 더 구체화 시킨다.

1. 먼저 수필은 시의 정신으로 창작되어야 한다.

2. 시는 작자의 주관적 직관력과 사색적인 인생철학에서 이루어지는 것과 같이, 수필도 작자의 주관적 인생철학에서 이루어지는 하나의 산문적인 작품이다.

3. 수필은 하나의 산문적인 정신으로 창작되어야 할 것이며, 줄이면 한 편의 시가 되어야 할 것이다.

4. 시에서 철학이 중심이 되어야 하는 것과 같이, 수필에서도 철학이 그 내용이 되어야 할 것이다.

5. 철학적인 아이디어가 없는 작품은 문학도, 음악도, 회화도 될 수 없을 것이고, 하나의 예술적 작품으로서 가치가 없을 것이다.

–「수필의 형식과 정신」에서(강조 필자)

위에서 보듯이 한흑구는 시적 수필의 귀착점을 예술적 작품에 두고 있다. 인용 글에서 필자가 강조한 부분은 시의 특징 혹은 시 정신을 의미하는 단어들이다. 이를 근거로 시적 특징을 요약하면 '시는 주관적 직관력과 사색적 인생철학을 요약적으로 표현한 예술적 가치를 지닌 작품'이다. 시를 작가 자신의 전인격적(全人格的) 체험에서 스스로 체득한 정서를 표현하는 것으로 인식하고 그와 같은 맥락에서 수필도 이해하고 있다. 그렇다면 그가 주장한 '시적'은 '직관력, 사색적, 철학적' 등으로 발견한 자아를 '시의 정신'에 담아야 하고 그 표현은 '예술적'이라는 의미이다. 여기서 문제가 되는 것은 '시의 정신과 산문적인 작품'이라는 것이다. 시 정신은 정서적 감동을 함축과 생략으로 표현하는 형식적 특성이 있다. 이에 비해 산문은 설명과 객관적 서술이 필요한 글쓰기이다. 따라서 시 정신과 산문적 작품을 한 자리에 놓고 이해하는 것은 모순이다. 그러나 수필을 산문이 아니라 '줄이면 시가 되는 산문적'이라는 서술에서 보듯이 그가 주장하는 시적 표현은 수필을 시의 기법으로 창작한다는 형식적인 특징을 의미한다.

한편 수필의 내용은 사색을 통한 주관의 궁극에 이르는(작자의 주관적 직관력과 사색적인 인생철학에서 이루어지는) 글쓰기라는 말이다. 즉 한흑구가 주장하는 시적 수필은 시의 형식적 특징을 바탕으로 한 산문적인 글이다. 그러니까 시적 수필은 대상에 대한 느낌을 운율, 이미지 등을 포함한 묘사와 설명의 서술을 특징으로 한 문학작품이다. 이렇게 한흑구는 수필이 주관적 문학 형식을 가지고 있는 시와 상통한다는 점을 반복한다. 이런 논의는 1971년에 발표한「수필의 형식과 정신」에서는 웹스터 사전에서 'essay'의 어의를 찾아 좀 더 자세하게 전개된다.

"하나의 문학적인 작법으로, 어떤 면에서 무엇인가 제한된 범위 안에서 하나의 주제를 개인적(주관적) 관점에서 취급하는 것."

위에서 설명한 것을 읽어보면 다음과 같은 수필의 작성 과정의 요소적인 형식과 내용적인 정신의 필요성이 내포되어 있는 것을 알 수 있다.

첫째, '문학적 작법'이라는 것은, 수필은 하나의 문학적인 작품이라는 뜻이 될 것이며, 또한 문학적인 작품이 되기 이해서는 하나의 예술적인 문학 형식으로 창작되어야 한다는 뜻을 가지고 있다.

둘째, "제한된 범위 안에서 하나의 주제를 취급하는 것이다." 라고 한 것은 분명히 하나의 주제로 하나의 문학적인 작품을 창작한다는 의미이다. (중략)

셋째, "하나의 주제를 개인적(주관적) 관점에서 취급하는 것이다"라고 한 것은 수필 창작 정신은 시에서와 마찬가지로 개인의 주관적인 입장에서 창작된다는 뜻이다.

–「수필의 형식과 정신」[17]에서(강조 필자)

이 글에서 한흑구는 주제와 문학의 개념을 중심에 둔다. 즉 'essay'를 '제한된 범위 안에서 하나의 주제를 취급하는 문학적 작법'으로 이해한다, 문학적 작법이란 곧 예술적인 문학 형식으로 창작되어야 한다는 의미로 받아들인다. 또 하나의 주제를 드러내는 데 있어 개인적인 관점에서 창작되어야 한다는 점은 철학적 수필과 연결된다. 그리고 수필가는 대상을 시인의 태도로 대해야 한다는 논리이다. 여기서 그는 수필을 예술작품으로 인정하고 주제의 문학 그리고 시와 같은 주관성의 내적 의미를 짚어냈다. 이것들을 가로지르는 핵심이 주관적인 정서이다. 이런 점을 종합하면 그가 주장한 시적 수필의 개념을 이해할 수 있다.

해방 이후 포항으로 이사 온 후 발표한 수필에서 대상을 관조적 사색적으로 인식하고 주관적 정서를 시적으로 표현한 작품이 많다. 『동해산문』에 수록된 수필 「나무」, 「눈」, 「비가 옵니다」, 「봄비」, 「진달래」, 「감」 등의 작품이 그렇고, 『인생산문』에 수록된 「노목을 우러러보며」, 「코스모스」, 「석류」, 「봄의 화단」, 「흙」 등이 그렇다. 이들 작품의 첫 번째 형식적 특징으로

---

17) 한흑구, 「수필의 형식과 정신」, 『동해산문』, 227~228쪽.

자유로운 문단 구분을 들 수 있다. 마치 시의 행갈이 하듯이 문단을 구분하고 있다. 두 번째 특징은 본문에 많은 시를 인용하고 있다는 것이다. 이로써 대상에 대한 감정을 이미지화하거나 간결하게 표현하고 있다. 세 번째 특징은 이러한 방법을 활용하여 소재에 대한 주관적 정서를 드러낼 때 평소 그가 읽은 책이나 좋아하는 작가의 작품에서 한 구절을 인용하여 자기의 정서를 투영하는 방식이다. 작품 「나무」는 중학교 때 아버지로부터 받은 편지에서 나무를 사랑하게 된 계기를 얻었고, 삶의 지혜를 얻은 화자의 모습을 담고 있다. 산꼭대기에 있기에 높이 쳐다보이는 소나무보다는 '사람의 발이 미치지 않는 깊은 산골짜기 시냇가에 힘차게 자라는 나무들은 사람의 눈에 띄지 않으나, 후일에는 좋은 재목이 된다'는 선친의 말을 되새기며 나무에서 성자의 모습도 보고 끝없는 사랑을 지닌 어머니의 품을 느끼기도 한다. 자연을 소재로 하여 감상적인 정서보다는 대상에서 삶의 철학을 사색하는 글쓰기 태도를 보여주고 있다. 「비가 옵니다」도 그 표현 방법이 비슷하다. 밤새 내리는 비를 보고 '하나의 찰나에서 무한한 영겁을 안을 수 있는 것이 사람의 마음'이라는 철학적 의미를 읽고 있다.

반면 「봄비」는 다른 작가의 시를 부분적으로 옮겨놓고 그것과 소재를 번갈아 감상하면서 자기 정서를 드러낸 작품이다. 이 작품을 통해서 그가 시를 인용한 효과를 살펴보자. 바닷가에 서서 소리 없이 떨어지는 봄비를 본 화자는 그 눈앞에 보이는 풍경을 보면서 중학교 시절 읽었던 주요한의 시를 떠올린다. 본문에 인용한 시구는 이렇다.

㉠봄비가 옵니다.
봄비가 옵니다.
나무가 새싹을 내려고
봄비가 옵니다.

㉡비라도 봄비니
맞아나 둘까.
행여나 내 마음에
새싹이 나도.

㉢비가 옵니다. 밤은 고요히 짓을 버리고비는 뜰 우에 속삭입니다몰래 지껄이는 병아리같이. 으지러진 달이 실낱같고 별에서도 봄이 흐를 듯이따뜻한 바람이 불더니오늘은 이 어둔 밤을 비가 옵니다. 비가 옵니다. 다정한 손님같이 비가 옵니다. 창을 열고 맞으려 하여도보이지 않게 속삭이며 비가 옵니다. 비가 옵니다. 뜰 우에 창 밖에 지붕에남모를 기쁜 소식을나의 가슴에 전하는 비가 옵니다.

– 주요한「빗소리」,『아름다운 새벽』(1924)[18]

㉣봄비에 바람 치여 실같이 휘날린다
종일 두고 뿌리어도 그칠 줄 모르노네
묵은 밭 새옷 입으리니 오실 대로 오시라

목마른 가지가지 단물이 오르도록
마음껏 뿌리소서 스미어 들으소서
말랐던 뿌리에서도 새싹 날까 합니다.

산에도 나리나니 들에도 뿌리나니
산과 들에 오시는 비 내 집에는 안 오시랴
아이야 새밭 갈아라 꽃 심을까 하노라

개구리 잠깨어라 버들개지 너도 오라
나비도 꿀벌도 온갖 생물 다 나오라
단 봄비 조선에 오나니 마중하러 갈거나

18) 주요한, 위의 책에서 재인용.

— 주요한, 「봄비」, 『아름다운 새벽』(1924)[19)]

㉠과 ㉡은 한흑구 수필 「봄비」에 인용되어 있는 시구이고, ㉢과 ㉣은 주요한의 시이다. 그는 수필에서 ㉠을 먼저 인용한 후에 '심각한 어떤 진리를 무섭도록 깨우쳐 주는 것' 같다고 해석하였다. 그런데 인용한 시가 원분과 상단 부분 다를 뿐 아니라 부분적인 인용에 그쳤기에 한흑구의 이런 해석이 선뜻 이해되지 않는다. 주요한의 『아름다운 새벽』에는 봄비를 소재로 한 시가 두 편 있다. 「빗소리」(㉢)와 「봄비」(㉣)가 그것인데 '비가 옵니다'라며 인용한 시는 주요한의 「빗소리」와 유사하고, 「봄비」라고 작품 이름을 분명히 밝히고 인용한 시는 주요한의 「봄비」를 가리키는 듯하다. 그런데 표현에 차이가 나는 것은 그가 중학 시절에 읽은 시를 재현하는 과정에서 기억에 의존했기 때문으로 보인다. 따라서 그가 '일제시대에 쓴 시인만큼, 3 1 정신의 새로움을 불러일으키려는 에스프리(esprit, 정신)도 있었을 것'이라고 해석한 부분은 주요한의 원본 시를 읽어야 그 속에 담긴 사상과 정서가 전해온다. 이는 주요한의 시 「빗소리」 원문을 읽을 때 가능하다. '이 어둔 밤-남모를 기쁜 소식'은 일제강점기라는 시대적 배경을 염두에 두면 조국 독

---

19) 주요한 시 선집 『불놀이』(미래사, 1996)에서 재인용.

립에 대한 화자의 의지로 읽혀진다. 이 부분을 한흑구가 짚어 낸 것이다. 그러나 그는 지금 바닷가에 내리는 비를 보면서 이러한 '정치적 한계'에 머물지 않고 그것에서 벗어나 시의 가치를 탐구한다. 그것은 '봄비-새싹-생명'으로 이어지는 평범한 현상을 자연적 질서 혹은 삶의 진리로 깨닫는다. 이 수필의 창작 과정을 풀어보면 이렇다. '봄비(경험)-주요한 시(기억)'으로 봄비의 정서를 탐구한 뒤 일제강점기 민족 정서가 담긴 시 정신을 살피고, 다시 '봄비(경험)-생명(사색)'으로 생명 탄생이라는 진리, 즉 작가의 인생철학을 담아냈다. 이는 소재를 해석함에 있어 '수필도 작자의 주관적 인생철학에서 이루어지는 하나의 산문적인 작품'이기에 시의 정신으로 창작되어야 한다는 그의 수필론을 실천한 사례라 할 수 있다. 이는 ㉡에서 더 분명해진다. '새싹'을 우리의 정신에 필요한 요소로 보고 있다. 사물에 대한 관조를 중심으로 화자의 정서를 드러내고 그 속에서 삶의 진실을 발견하는 방법은 서정 수필의 전형이다. 여기에 그는 시적표현을 보태고 있다. 즉 수필을 창작할 때 다른 작가의 시구를 빌려와 지금 현실에 맞게 해석하면서 대상을 바라본다. 이는 정서 전달과 의미 전달을 동시에 하려는 표현 미학이다. 시로 보면 산문적이고 산문으로 보면 시적이다.

관조적 · 사색적 태도와 주제

한편 한흑구 수필의 내적 특징은 자연 속에서 인생의 진실과 아름다움을 찾는 것이다. 이때 화자는 대상을 관조적으로 바라보며 성찰하는 태도를 보인다. 이는 오늘날의 서정 수필과 맥이 닿아 있다. 우리 수필 문단에서 서정 수필은 1930년대 수필 논쟁을 거치면서 비허구적 서정적 산문으로 구축되었다. 즉 수필에서 풍자와 비판의 역할을 배제하고, 그것을 비평의 영역으로 이월시키면서 서정 수필로 정리해 간 것이다. 한흑구의 수필이 이런 당대 논리를 따른 것으로 보인다. 이는 1930년대 후반에 그가 발표한 여러 편의 수필에서도 확인된다. 수필 「산사일지」(『신인문학』, 1936.10), 「잡초」와 「엽서통신」(『사해공론』, 1937), 「외염」(『문장』, 1939.7), 「재터리」(『사해공론』, 1939.1), 「菜圃」(『조광』, 1941.10), 「農村春想」(『조광』, 1942.4) 등은 대부분 일상의 사소한 일을 소재로 선택하여 삶을 성찰하고 그 속에서 새로운 생활의 태도를 발견한 작품들이다.

㉠내가 村으로 와서브터 갖이게된 한가지 生理的 習慣이라는 것은 밤 세時에 __여서 닭의 울음을 귀담고 담배를 한대식 태워 버리는 그것이다.

말하자면 나는 잠이 줄어지는것이라고 생각한다.

(생략)

요사이 읽어 보든 書冊가운데서 이러한 文句를 읽은 것을 記憶한다. ㉡「모든 文明은 잠에서 왔다. 사람이 思索할수 있는 時間은 잠자려고 寢臺우에 들어 누었을때와 꿈의 世界에서 超現實의 온갓것을 幻覺的으로 創造하고 破壞하고 冒險하고 또한 豫感하고 追憶하고……. 다시 잠에서 깨우처 寢臺우에 누어서 그날의 하로를 計劃하는 그곧에서 되여진것이 모든 文明의 建設을 꾀하게 한 機會이다. 文明은 이와같이 잠을 中心으로한 寢臺우의 그짧은 時間에서만 創造된것이요 人間이 奔走히 活動하고 있는 그時間에서 創造된것이 아니고 잠에서 잠이 世界의 文明을 創造하였다……」

(중략)

㉢나는 村으로 나옴으로 말미아마 비로소 主人없는 蒼空과 大地와 숲과 맑은 시내와 새벽 달과 저녁별을 所有할수있게 되였다.

이와같이 村으로 移住하게된 나의 生活은 千萬원의 財産을 주고도 바꿀수 없는 새로운 自然의 世界를 所有하게 된 것이다.

이제 나의 書室에서 窓門우서 나의 눈과 속싸기하는 저녁별이나 나의 뺨을 어루만지여주는 보름달을 나에게서 빼서갈者가 없을것이다.

㉣낡디낡은 冊한卷과 神農氏時代의 목굽은 허_한자루 그러고 석냥箱子로 만들은 배꼽 나온 재터리 하나로써 나의 世界의 無限한 領域우으로 無數한 곤두벌러지의 想隊가 進軍하여 끗없을 뿐이다.

–「재터리」 부분(강조 필자)

촌으로 이사 온 화자는 새벽닭 울음소리에 잠을 깬다. 잠에 대한 인간의 습관과 문명의 관계를 생각하던 화자는 발명가 에디슨의 잠에 대한 일화를 떠올린다. 그리고 문명의 창조는 분주하게 활동하는 시간에 창조되는 것이 아니라 잠에서 깨어난 짧은 시간에 이루어진다고 생각한다. 이를 증명이라도 하듯이 예전에 읽은 문구와 에디슨의 사례를 소개한다. 그리고 소박한 살림살이로 생활하는 자아를 돌아본다. ㉠은 경험을 설명적으로 제시하였고 ㉡은 경험한 것 중에서 기억한 내용을 인용하고 있다. ㉢은 경험에서 깨달은 인식이고 ㉣은 지금까지의 경험과 인식을 바탕으로 삶의 태도에 대한 의미를 부여하고 있다. 여기서 작가 개인의 인격과 철학관을 읽을 수 있다. 낡은 책과 목이 굽은 호미 한 자루 그리고 성냥 상자와 재떨이 하나로 무한한 세계로 나아갈 수 있을 것으로 사유한 대목이 그렇다. 이것은 일반 인생 문제를 주제로 하여 작가의 철학적 사고와 사색적 태도가 출중하여야 한다는 그의 수필론과 일치한다. 한편 그 문체가 묘사와 형상화보다는 설명적이지만 주관적인 서정성을 바탕으로 하고 있다.

한편 『동해산문』에 수록된 수필 「나무」, 「눈」, 「비가 옵니다」, 「봄비」, 「진달래」, 「감」 등의 작품과 『인생산문』에 있는 「노목을 우러러보며」, 「코스모스」, 「석류」, 「봄의 화단」, 「흙」 등도 이런 면을 보인다. 그는 한 편의 수필 속에 삶의 철학을 때로는 이지적으로 또 때로는 정서적으로 담아냈다. 이는 대상에 대한 정서와 분위기를 보여주는 시적 표현과 대상에 대한 의미 전달을 분명히 하는 산문 사이에 있는 글쓰기이다. 내용은 주관적 서정을 바탕으로 하지만 그 문체는 필요에 따라 다양하다. 묘사와 형상화로 이미지를 전달하기도 하고 또 설명적으로 풀어놓기도 한다. 그것은 그가 수필에서 '시적'을 언급한 만큼 '주제'도 강조한 그의 수필관과 영향이 있다. 「수필론」에서 '내용에서는 어디까지나 철학적이어야 하지만, 문장에서는 어디까지나 문학적이어야 할 것'이라든가 '수필도 그것이 가진 주제를 어디까지나 문학적으로 표현해야 할 것'[20] 등에서 시적 의미를 강조하고 있다. 동시에 그는 '인생을 논하거나, 자연을 노래하거나 거기에는 작가 자신이 말하고자 하는 주제가 있어야'[21] 할 것을

20) 한흑구, 「수필론」, 『현대문학』, 1967.10.; 『동해산문』, 224~225쪽. 재인용.

21) 한흑구, 「수필론」, 위의 책. 224~225쪽. 재인용

언급하면서 수필이 주제의 문학임을 강조한다. 이어 「수필의 형식과 정신」에서 '제한된 범위 안에서 하나의 주제를 하나의 주제를 개인적(주관적)인 관점에서 취급하는 것'[22]임을 주장한다. 그리고 1975년 평문 「直觀力과 靈感-主題考」에서 '모든 예술작품에는 주제가 담겨져' 있어야 한다며 예술작품에서 주제의 중요성을 반복하고 있다. '글쓰는 사람은 항상 그의 작품의 주제를 그의 인생관이나 철학적인 사색에서 선택하게 될 것'이라며 그 주제는 美와 眞에 있음을 강조한다. 이처럼 그의 수필관은 인간과 지식을 동시에 표현하는 글로써 지성과 감성의 융합에 있다.

그런데 여기서 눈여겨 볼 대목은 '붓이 가는 대로의 형식으로 산문화한 것이 수필의 일반적인 형식'이라며 어떤 고정된 형식으로 쓰는 것이 아니라 특별한 형식의 제한 없이 자유로운 글쓰기[23]라 주장한 부분이다.

> 이렇게 시언, 시필을 '붓이 가는 대로'의 형식으로 산문화한 것이 수필의 일반적인 형식이라 할 수 있다. 따라서, 어떤 고정된 형식에 맞추어 쓰는 것이 아니고 가장 자유롭게, 시나 소

---

22) 한흑구, 위의 글. 위의 책, 228~229쪽. 재인용.

23) 한흑구, 위의 책, 214쪽. 재인용

설과 같은 특별한 형식의 제한이 없이, 붓이 가는 대로 쓸 수 있는 것이다.

–「수필론」[24]에서(강조 필자)

'붓이 가는 대로의 형식'이라는 말은 어떤 고정된 형식이 필요 없다는 논리이다. 이것은 같은 글 뒷부분에서 다시 이어지는 설명에서 그 의미가 분명하게 드러난다.

수필은 '붓이 가는 대로', 자유롭게 일정한 형식이 없이 쓸 수 있다고 할 수 있다. 그러나, 그것은 형식이 없는 형식으로 쓰는 것이며, 이 형식은 어디까지나 작가 자신이 갖고 있는 성격과 품격의 표현으로 구현되는 것이다.

–「수필론」[25]에서(강조 필자)

인용한 두 부분에서 '자유롭게'와 '형식이 없는 형식'이 다소 혼란스럽다. 그러니까 형식이 없다는 말은 시나 소설같이 일

24) 한흑구, 위의 책, 214쪽. 재인용

25) 한흑구, 위의 책, 224~225쪽. 재인용.

정한 정형이 없다는 의미인데, 그것은 작가의 성격과 품격으로 구현되어야 한다는 것이다. 여기서 작가의 성격과 품격이 문제가 되는데, 그 의미가 모호하다. 그가 발표한 여러 가지 평론을 참고하면 이는 작가가 대상을 사색하면서 인생철학이 담겨야 함을 의미한다. 이로써 사회적인 이슈에 대한 의도된 열정이 아닌 삶을 성찰하는 자세를 요구한 것이다. 한편 「수필의 형식과 정신」에서는 형식의 필요성에 대해 꽃꽂이를 예로 들어 설명하고 있다. 꽃이 꽂히지 않는 꽃별과 꽃병 없이 꽃다발만 놓인 것은 있을 수 없다는 비유로 수필의 형식을 강조한다.

> '수필'이라고 누가 먼저 번역했는지는 알 수 없으나, 이것을 우리말로 다시 고쳐서 '붓이 가는 대로'라고 이름을 붙이는 이들도 있다. 그러나, '붓이 가는 대로', 제멋대로 자유롭게 쓸 수 있다고 해도, 하나의 예술적인 형식을 갖추어서 표현되어야만 하나의 문학 작품이라고 할 수 있을 것이다.
>
> 이렇게 생각하면, 수필은 작가의 독특한 문장 표현 방식으로 이루어질 수 있는, 고정적인 형식이 없는 형식으로 창작되는 것이라고 생각할 수 있다.
>
> -「수필의 형식과 정신」[26]에서(강조 필자)

26) 한흑구, 「수필의 형식과 정신」, 『동해산문』, 229~230쪽.

이 글에서는 수필도 형식을 갖추어야 하는 문학임을 분명히 밝히고 있다. 즉 '수필은 작가의 독특한 문장 표현 방식으로 이루어질 수 있는, 고정적인 형식이 없는 형식으로 창작되는 것'이라는 것이다. 「수필론」에서 언급한 작가의 성격과 품격으로 구현되어야 한다는 것보다는 매우 구체적이다. 이는 꽃꽂이가 꽃병과 꽃의 종류 등을 선택하는 개인의 재능에 따라 다르듯이 수필도 개인 작가의 역량에 달려있다는 의미이다. 즉 꽃의 종류에 따라 꽃병을 자유롭게 선택할 수 있는 것과 같이 수필의 소재와 주제에 따라서 그 형식을 자유롭게 선택할 수 있다는 해석이 가능하다. 곧 그가 말하는 수필의 자유로운 형식은 가장 예술적인 작품의 창작을 위해 그 범위가 무한대로 허용된다는 것이다. 이는 '붓 가는 대로'를 제 멋대로 자유롭게 쓸 수 있다고 해석한 것과 차별적인 태도이다. 수필도 예술적인 형식을 갖출 때 하나의 문학작품이 된다는 논리이다.

수필의 형식에 대한 이런 주장은 「直觀力과 靈感-主題考」에서도 되풀이된다. '수필에는 고정된 형식이 없다고 하지만 붓이 가는 대로 제 멋대로 쓴다고 하면 그것은 산문이 될 것이고 문학적 작품이 될 수 없을 것'이란 점이 그렇다. 이 글에서도 그는 여전히 예술로서의 수필을 주장한다. 그 가운데 작가의 인생관이나 대상에 대한 철학적 사색을 통한 작가의 성격과 품격이 드러나는 수필이 된다는 주장이다. 이처럼 그는 시차를 두고 수필 이론을 반복하면서 조금씩 보완해 가고 있다. 결국 그의 수필관은 작가의 사색을 주제로 표현하는 데 있어 적절한 형식을 찾아 예술적(시적)으로 표현하는 글이어야 한다는 논리이다.

한흑구의 이런 수필관은 「산사일지」라든지, 「문단교우록」이나 그 외 시를 인용한 「이육사의 청포도」나 「부드러운 여름밤」 등 수많은 작품에 나타난다. 1936년 『신인문학』(10월호)에 발표한 「산사일지」는 그 형식이 다소 이색적이다. 이 수필은 장면 묘사와 인물 간의 대화를 통한 서사의 진행 그 기법이 소설적인 특징을 지니고 있다. 이런 면은 수필의 무형식을 '형식 없음'으로 보는 것이 아니라 '가장 자유로운 형식'으로 해석한 대표적인 사례이다. 또 이것은 '예술적'을 강조한 그의 수필론과 상통한다. 그런가 하면 수필 「문단 교우록」은 자연을 대상으로 한 관념적·관조적 성격과 달리 회고적 서술로 전개된다. 경험에서 기억을 호출하여 함께 어울렸던 작가의 취향과 당대 문단의 성향 그리고 시대와 불화를 겪는 작가의 고뇌를 드러내는 분석적 글쓰기이다. 이는 서정 수필이나 평문과 같은 객관적 글쓰기가 아니다. 다른 작가와 만남에서 작품에 대한 에스프리(시 정신)의 의미를 새기고 당대 문학과 그 작가의 문학관을 해석하는 글쓰기이다. 부분적이기는 하지만 이들 수필에는 작가로서 삶의 태도와 세계관 등이 드러나 있다. 특히 경험에 대한 장면 묘사와 설명을 한 뒤에 그로부터 깨달은 인식을 의미화하는 글쓰기 태도가 그러하다. 그런데 이들 교우록은 1970년대에 쓴 것으로 과거 경험에서 기억을 호출하여 해석에 방점을 둔 글쓰기이다. 해석은 의미를 찾는 과정으로 대상에 대한 감상적 정서를 드러내는 것과 차별적이다.

이론과 창작의 실천

이 글은 그의 수필론을 발표한 순서대로 읽으면서 이론이 보완된 부분을 찾아냈고, 또 그것이 작품에 어떻게 나타나 있는가를 살펴본 것이다. 이는 그가 시와 소설이 아닌 평론과 수필을 처음 발표한 시기가 당시 조선에서 수필 문학의 개념이 구축되던 시기였기에 근대 수필에 대한 그의 인식을 살펴보기 위해서였다. 한편으로는 이러한 그의 수필관이 수필 창작에 어떻게 영향을 끼쳤는지 그 영향 관계를 살펴서 그의 수필 작품의 특징을 찾을 수 있을 것이라는 기대 때문이었다.

한흑구는 근대 수필의 구축 과정에서 수필론과 수필을 동시에 발표하였다. 그리고 수필 창작을 함에 있어 자신의 수필론을 적용하려 애를 쓴 작가이다. 작품 군데군데 나타난 시적 표현과 소재에 대해 사색과 성찰로 새롭게 삶을 발견하고 철학적 의미를 담아낸 것에서 이를 확인하였다. 그는 에세이를 우리 수필로 수용하면서 초기에는 경수필을 중심에 둔 주제의 문학으로 이해하였다. 그러다가 해방 이후 발표한 「수필문학론-ESSAY 형식의 고찰」(1948)에서 FORMAL 에세이와 INFORMAL 에세이 그 형식을 구분하면서 경수필과 연수필 개념을 도입한다. 이때 INFORMAL 에세이는 FAMILIAR 에세이와 같은 개념으로 이해하고, 베이컨의 에세이를 작가 주관에 의해 쓰인 글로 이해한다. 여기서 시의 주관적 경향과 수필이 상통한다는 논지를 펼친다. 그러면서 이것을 시에 가까운 문학의 형식으로 이해하였다. 이후 「수필의 형식과 정신」(1971)에서도 수필의 시 정신을 언급한다. 이때 김광섭, 피천득, 김시헌의 수필론 일부를 인용하면서 그 근거로 삼는다. 김광섭의 「수필문학 소고」는 1938년에 나온 글이지만 수필을 시대적 변화나 사회적 상황과는 무관한 문학으로 이해하였다. 즉 생활을 바탕으로 한 전인격적 표현으로서 인간 사회 어디에나 존재하는 보편적인 문학 형식으로 정의하였다. 또 피천득의 「수필」은 1969년에 발표한 글인데 오늘날 우리가 말하는 대상에 대한 주체의 감정과 사유를 전제로 하는 서정 수필의 개념을 정착시킨 글이다. 그리고 김시헌의 글 「책머리」는 『수필문학』 2집의 머리말인데 1972년에 발표된 것이다. 피천득의 수필론과 큰 차이가 없으며 '수필은 호젓하면서도 군색하지 않고, 멋이 있으면서도 방탕하지 않고, 소박하면서도 우둔

하지 않다'며 매우 추상적인 정의를 내리고 있다.

이러한 견해를 종합하면 한흑구는 1930년대 이후 우리 수필이 김광섭-김진섭-피천득으로 이어오면서 정착된 비허구적인 서정 산문이라는 정의에 편승하여 자신의 수필론을 펼쳤다. 또 그의 수필은 자연을 소재로 하면서 그 속에서 인생과 우주의 법칙을 찾기 위해 성찰하는 태도와 시적 수필을 위한 표현 등이 특징인 것을 확인하였다. 그러나 그의 수필론에서 아쉬운 점은 초기에 영문학의 에세이를 수용하면서 경수필과 연수필로 구분하고 베이컨의 수필과 몽테뉴 수필의 차이점을 언급해 놓고도 수필이 시대정신을 가진 비판의 한 축이라는 점을 정의하지 못한 것이다. 무엇보다 근대 수필론이 정착되는 과정에서 시나브로 그것을 수용하면서 시류에 편승한 점 등은 한계로 남는다. 또 그의 수필론에서 자주 거론된 시적 수필의 의미가 명확하지 않다는 점도 한계로 지적된다.

한편 그의 수필론이 불완전한 이론처럼 보이지만 수필을 문학의 반열에서 이해하고 창작으로 실천에 옮긴 점은 높이 살 부분이다. 이런 의지는 그의 수필집 『동해산문』(1971)의 머리말에 잘 나타나 있다. '구미의 수필 문학과 같이 완벽한 전통과 광휘 있는 수필 문학을 수립할 수 있으리라'는 기대는 그의 수필 창작을 추동한 힘이다. 또 두 번째 수필집인 『인생산문』(1974)의 머리말에서도 그의 수필관을 짐작할 수 있는 대목이 있다. '자연 속에서 인생의 형상을 찾아보기도 하고, 인생 속에서 자연의 심상을 그려보려고 노력'했다는 것이 그것이다. 결국 그의 수필은 서정 수필로 안착한 셈이다.

지금까지 이러한 그의 수필론과 작품을 비교하면서 읽고 한흑구 수필의 특징을 조금이나마 살펴보았다. 그러나 필자의 역량으로는 그의 방대한 수필을 이해하기가 버거웠다. 이 점을 조금이라도 보완하고자 새로 찾은 그의 작품 목록을 첨부한다. 그의 작품이 전체적으로 갈무리되기를 기대하며 못다 한 부분은 다음 과제로 미룬다.

참고문헌

김진경, 「한흑구 수필 연구–노장 사상적 측면에서」, 『인문과학연구 · 19호』, 1991.
김현주, 『한국 근대 산문의 계보학』, 소명, 2004.
민충환, 『한흑구 문학 선집』, 아시아, 2009.
박양근, 「한흑구의 수필론과 수필세계」, 『수필학 · 10』, 2002.
박정숙, 「이양하 · 한흑구의 수필 연구」, 성신여대 박사학위논문, 2000.
이영조, 「한국 현대 수필론 연구」, 배제대 박사학위논문, 2007.
신재기, 「한흑구 수필론 연구」, 『일제강점기 한국 영문학과 수필문학의 개척자』, 아시아, 2024.
손춘익, 「한흑구, 동해에 숨어 산 검은 갈매기」, 『깊은 밤 램프에 불을 켜고』, 책만드는집, 1996.
한흑구문학기념사업추진위원회, 『한흑구 문학 연구서1–한흑구의 삶과 문학』, 2022.
한흑구문학기념사업추진위원회, 『한흑구 문학 연구서2–일제강점기 한국 영문학과 수필문학의 개척자』, 2024.
한세광, 「수필문학론–ESSAY 연구」, 『조선중앙일보』, 1934.7.2.~5.
한흑구, 「文藝獨語錄 其一」, 『신인문학』, 청조사, 1935.4.
한흑구, 「文藝獨語錄 其二」, 『신인문학』, 청조사, 1935.5.
한흑구, 「수필문학론–ESSAY 형식의 고찰」, 『백민』, 1948.11.
한흑구, 「수필론」, 『현대문학』, 1967.10.
한흑구, 「수필의 형식과 정신」, 『월간문학』, 1971.3.
한흑구, 「직관력과 영감–主題考」, 『한국수필』, 1975. 가을.
한흑구, 『동해산문』, 득수, 2023.
한흑구, 『인생산문』, 득수, 2023.

부록

한흑구 수필 목록

(매일신문 영남일보 1970~1978)

한흑구	(每日春秋)世界는 舞臺	수필	매일신문	1970.02.18
한흑구	(每日春秋)三月의 東海	수필	매일신문	1970.03.03
한흑구	(每日春秋)멋에 對하여	수필	매일신문	1970.03.10
한흑구	(每日春秋)봄비	수필	매일신문	1970.03.18
한흑구 · 수필가 손춘익 · 동화작가	(藝道六旬_끝)스승과 愛弟子의 대화 —데뷰作文 "황혼의 悲歌"	인터뷰	매일신문	1970.03.20
한흑구	(每日春秋)南太平洋의 寶島	수필	매일신문	1970.03.28
한흑구	(每日春秋)病과 苦難의 意義	수필	매일신문	1970.04.01
한흑구	(每日春秋)節約하는 生活	수필	매일신문	1970.04.10
한흑구	(每日春秋)慶州의 國寶	수필	매일신문	1970.04.17
한흑구	(每日春秋)善德女王의 지혜	수필	매일신문	1970.04.26
한흑구	(每日春秋)五月을 바라보며	수필	매일신문	1970.04.30
한흑구	(歲暮隨感①)새	수필	매일신문	1970.12.22
한흑구	(隨想)눈	수필	매일신문	1971.01.21
한흑구	(隨想)산	수필	매일신문	1971.05.29
한흑구	納涼一味③_냉면	칼럼	매일신문	1971.06.17
한흑구	(隨想)나무 其二(上)	수필	매일신문	1971.07.22
한흑구	(隨想)나무 其二(下)	수필	매일신문	1971.07.23
한흑구	코스모스	수필	매일신문	1971.10.16
한흑구	(새해 수필) 石榴	수필	매일신문	1972.01.07
한흑구(글) 박영달(사진)	(봄의 숨결②)느티나무에 연분홍 血管들이	사진수필	매일신문	1972.02.23
한흑구(글) 박영달(사진)	(봄의 숨결④)바다는 더운 입김을 뿜어 내는가	사진수필	매일신문	1972.02.26
한흑구(글) 박영달(사진)	(봄의 숨결⑧)독장수 아낙네 길이 바쁘다	사진수필	매일신문	1972.03.04
한흑구(글) 박영달(사진)	(봄의 숨결_끝)흙날라 길 고치고	사진수필	매일신문	1972.03.09

포항 흐름회	향토문단1_포항 흐름회	기사	매일신문	1972.06.10
한흑구	(隨想)가을의 숲속을 거닐며	수필	매일신문	1972.10.15
경북 수필동인회	영남문화3_경북 수필동인회	기사	매일신문	1972.11.14
한흑구	봄의 花壇	수필	매일신문	1973.03.11
한흑구	新綠의 同華寺	수필	매일신문	1973.06.17
한흑구 임헌영	활기띠는 「隨筆文學」	대담	매일신문	1973.07.11
한흑구	들 밖에 벼향기 드높을 때	수필	매일신문	1973.09.18
한흑구	(隨想) 흙	수필	매일신문	1974.04.23
한흑구	落葉과의 對話	수필	매일신문	1974.12.01
다시 隨筆 붐	다시 隨筆 붐	기사	매일신문	1977.07.02
김녹촌	가을에 생각나는 사람들2_時執 출렁이는 쪽빛 東海	칼럼	매일신문	1978.09.15
한흑구(전 포항 실업전문 교수)	가을에 생각나는 사람들7_철새는 다시 故鄕 부르고	칼럼	매일신문	1978.09.22
한흑구	盛夏一筆①_학생시절의 봉사활동은~	칼럼	영남일보	1977.08.04
한흑구	나의 첫 작품15_수필가 한흑구 씨	기사	영남일보	1974.09.06
한흑구	나의 문학 나의 인생	기사	영남일보	1976.06.16

특별 자료

1936년 가을, 평양 문인 좌담

양주동 이효석 이석훈 김영석
한태천 유창선 안일성 한흑구

한흑구의 문학적 약전(略傳), 그의 명작 수필과 포항의 현장

이대환

1936년 가을, 평양 문인 좌담[1)]

장소 : 기자림(箕子林) 봉황각(鳳凰閣)

시일 : 1936년[2)] 10월 27일 오후 5시

출석 인사 : 양주동(梁柱東) 이효석(李孝石) 이석훈(李石薰)
김영석(金永石) 한태천(韓泰泉) 유창선(劉昌宣)

본사 측 : 사회 안일성(安日成) 속기 한흑구(韓黑鷗)[3)]

편집자주

1) 원제는 「평양 문인 좌담회」이다.

2) 원문에는 '소화 11년'으로 표기됨.

3) 평양 최초의 문예중심 월간 종합지 《백광》 창간에 산파역을 맡았던 26세 한흑구는 창간호 발행을 준비하는 이 좌담에서 토의에 주도적으로 참여하면서 속기를 맡고 있다.

작가의 사망과 전향(轉向)

일성 : 여러분 모처럼 다 출석하여 주셔서 매우 감사합니다. 이제부터 좌담회를 시작하겠습니다. 맨 처음으로 토의하려는 것은 이광수 씨의 문인생활 25주년 기념으로 보아 우리의 문단사(文壇史)를 25주년으로 한다면 그동안 사망한 작가, 전향한 작가 등이 많을 터인데 그들에 대하여 순서대로 말씀해 주십시오.

(잠깐 장내에는 엄숙한 기분이 떠돌았다.)

영석 : 나도향(羅稻香), 최서해(崔曙海), 심훈(沈熏) 씨 등이지요.

태천 : 자살한 이장희(李章熙) 씨.

흑구 : 시인 남궁벽(南宮璧) 씨.

일성 : 사망한 작가 중에 문학사적 공적을 끼친 작품은 무엇일까요?

흑구 : 최서해 씨의 소설은 남을 만한 것이 많다고 생각합니다. 북국(北國)의 이민문학이라고 할 만한 작품이 많지요.

창선 : 김소월(金素月) 씨의 민요시도 문학사에 오르겠지요.

주동 : 나의 친구 고(故) 이장희(李章熙) 군도 미상불 재주가 있었지요. 높은 예술관도 가지셨는데 조서(早逝)하여서 참 아까웠습니다. 그의 유고집도 나온다더니 안 나오고…….

석훈 : 이인식(李仁植) 씨의 신소설도 크게 평가되어야겠지요.

태천 : 나도향 씨의 재주 참 아까웠습니다.

흑구 : 그렇습니다. 그의 작품으로 남을 만한 작품은 무엇일까요?

태천 : 아마 『환희(幻戱)』가 아닐까요?

영석 : 그 작품은 내가 어렸을 때 읽고 많이 감명 받은 것입니다.

주동 : 좌우간, 열아홉 살 때 그만한 장편을 구상한 것은 놀랍습니다. 일찍이 세상을 떠났기 때문에 그의 천재(天才)가 낭만주의에서 정지하고 만 것을 매우 애석하게 생각합니다. 좀 더 진경(進境)이 있을 만한 작가적 소질과 열정이 있었는데요.
마지막, 동경에 와서 있는 동안에도 삼순구식(三旬九食)에 피를 토하면서도 역작을 계속하여 쓰고 있었습니다. 그가 도미국을 좋아했지요. 그래서 우리 자취하는 하숙에도 종종 놀러 와서 도미국을 끓여달라고 하였지요. 그때는 이미 좋아하던 술도 못 먹을 때입니다.

일성 : 심훈 씨의 『상록수(常綠樹)』는 어떻게 생각하십니까?

주동 : 벌써 오래-, 그때는 심훈이 아니라 심대섭(沈大燮)의 이름인데 어느 잡지에 발표하였던 희곡 『선술집』이 좋더군요.
촌에서 〈남사당패〉(연극단)를 꾸몄을 때 그 작품을 연출한 적이 있습니다.

영석 : 저는 통독은 못 하였으나 (『상록수』) 듣건대 부인들이

매우 환영하는 모양입니다.

석훈 : 모윤숙(毛允淑) 씨가 첫 회부터 마지막까지 읽었는데 별로 농촌에 관한 신통한 대목이 없다고 말했습니다.

주동 : 귀농운동에 이데올로기겠지요.

효석 : 김랑운(金浪雲) 씨의 작품은 많이 모르겠으나 동아일보엔가 기재되었던 『잃었던 연인(戀人)』은 소설로서 특색이 있었지요.

일성 : 최서해 씨의 작품으로는 무엇이 제일 낫다고 생각하십니까?

흑구 : 아마 「탈출기」이겠지요. '이빨 자국 난 귤 껍데기를' 등의 묘사 있는 -

태천 : 그렇습니다.

주동 : 서해는 자기의 전반생(前半生)의 심각한 체험을 제재로 하여서 그 당시 심각한 필법으로 많은 환영을 받았

는데 정리된 세계관을 수립하지 못하였기 때문에 문학사적으로 아주 초보의 이를테면 소재뿐의 문학뿐이었습니다.

그러나 물론 획시기(劃時期)는 획시기였지요.

일성 : 그러면 전향한 작가로서는?

영석 : 김기진(金基鎭), 이영희(李英熙) 씨 등이지요.

주동 : 근자에, 프로문사 대부분이 전향하였다고 생각하여도 좋겠지요.

팔봉(八峯), 회월(懷月), 백철(白鐵) 제씨 이하 –

태천 : 그러나 이기영(李箕永), 송영(宋影), 임화(林和) 제씨는 아직 진(陳)을 지키고 있다고 생각합니다.

일성 : 김동인(金東仁) 씨도 전향이라고 하겠지요.

영석 : 직업적으로 그렇다고 하겠지요?

일성 : 그렇겠지요.

영석 : 예를 들면 소설에서 야담(野談)으로 –

태천 : 김억(金億) 씨는 또 유행가(流行家)로 –

주동 : 저는 말썽 없는 향가 연구로 전향하고 (일동 대소)

영석 : 옆에 두고도 몰랐구만요! (웃음)

흑구 : 주요한(朱耀翰) 씨가 전향하신 이야기를 하시는 이가 없구만요. (사이)
그러나 김동인 씨가 어디에선가 말하기를 – 소설을 이해하는 독자가 적음으로 야담으로써 대중독자를 얻은 후에 그들을 대상으로 소설의 독자수준에까지 올리겠다, 그런 고로 야담에서부터 다시 출발하신다고 하였지요.
동인 씨가 만년에는 다시 건전한 소설의 붓을 들 것이라고 믿고, 주요한 씨가 주산판을 버리고 다시 시단에 나오실 것이라고 저는 믿고 있습니다.

주동 : 문학도 한 버릇이니까! (웃음)

태천 : 나는 좀 어려울 줄(김동인 씨에 관하여) 아는데요. 야담독자를 끌고 문예독자에게로 갈려고 하는 그동안에는 상업주의로 돌아서서 독자에게 영합하려는 타락에 빠질 염려가 있습니다.

주동 : 요컨대 그것도 작가의 문예관과 개성의 문제이겠지요. 물론 시대적 영합도 있겠지요만은. 나도 역시 태천 씨의 의견과 같이 일단 통속소설에 재미를 보기 시작한 사람은 예술소설로 돌아오기는 틀렸다고 봅니다. (웃음)

평론계에 대하여

일성 : 이제는 평론계에 대한 말씀을 하십시다.

주동 : 평론계는 7, 8년 전 팔봉, 회월 제씨가 활약하던 시절이 제일 화려하였고 요새는 여러 사람이 떠들기는 많이 하여도 요점은 도리어 그때보다 떨어지지 않았는가 합니다.

효석 : 다 각각 시대적 의미가 있겠지요.

창선 : 백철 씨가 상당히 활약하지요.

흑구 : 그렇다고 할 수 있지요.

주동 : 그러면 백철 씨의 수다(數多)한 논점의 요지는 요컨대 무엇입니까?

흑구 : 무엇이라고 단언하여서 지적할 수는 없으나 최근의 세계문학의 사조를 보면 문학이 정치적 이용에서 해탈(解脫)하여서 다시 문학의 본질적 의의인 인간탐구로의 복귀운동이 성행하고 있다고 볼 수 있습니다.
어느 나라를 막론하고 특수정치의 헤게모니로 해서 언론의 부자유를 당하고 있는 만큼 문화옹호의 작가대회 등이 열리는 것이 아니겠습니까.
이런 의미에서 앙드레 지드의 인간탐구문학에의 주의(主義)와 같이 백철 씨도 순문학(純文學)의 사명인 인간탐구의 길을 주창하고 있다고 생각합니다.
문학은 문학인 만큼 문학의 본질적 사명을 다 하여야지요.

주동 : 아 그럼 그렇게 (백철 씨가) 180도의 전향을 하였던가요. (웃음) 문학을 존중히 하고 예술에서 인간성을 어디까지나 깊이 파고 들어가야 하겠다는 것은 당초의 절충주의자로 지목 받던 나 같은 사람이 주창하였고 다들 반대를 하였었는데요.

영석 : 그러면 백(白), 양(梁) 양(兩)씨는 필경 같구려!

주동 : 아니요, 다르지요. 백철은 문학구분론(文學九分論)인데 내가 도리어 문학칠분(文學七分), 정치삼분(政治三分)입니다. 위치가 서로 바뀌었지요. (웃음)

효석 : 그러나 씨가(백철) 재래(在來)의 세계관을 버린 것은 아니겠지요.

일성 : 그것은 그만하고 해외문학파에 대하여도 말씀해주십시오.

흑구 : 글쎄요. 해외문학파라고 하기까지 파작성(派作成)의 성질이 될까요.

영석 : 저는 그런 성질까지는 가졌다고 생각하지 않습니다.

주동 : 그분들의 지금까지의 공적은 문단 '번역계(係)'입니다. 나도 그러한 의미에서는 조이스, 헉슬리 등을 소개했으므로 완전히 해외문학파입니다. (일동대소) 영석 씨도 D.H.로렌스를 연구발표하였으니 역시 그 일원이구요. (웃음)

흑구 : 극연용(劇演用, 극연:극예술연구회)의 해외각본을 번역하기 위해서 모였었고, 또 그 공적은 크다고 할 수 있겠지요.
(*'극연'이란 '극예술연구회'를 가리킨다.)

주동 : 극연의 업적은 크다고 봅니다. 그것조차도 이데올로기적으로 육박적(肉迫的) 검토를 하는 이가 있더군요. (웃음)

소설에 대하여

일성 : 조선의 소설은 외국에 비하여 떨어졌다고 생각하십니까?

효석 : 그 뭐 진보되었다고야 어떻게 말할 수가 있어요? 문제는 수준이겠지요.

석훈 : 아직 퍽 유치하지요.

효석 : 이전보다는 수준이 높아졌지요.

영석 : 저는 장편과 단편을 구분하고 싶은데요. 단편에 있어서는 외국문학을 좀 따라갈 만한 작품이 있다고 생각하지마는 장편에 있어서는 무척 떨어졌다고 생각합니다.

효석 : 외국소설에는 예술적과 통속적의 구별이 있는데 조선 장편에야 어디 그런 게 있나요.

영석 : 저도 그와 같은 의미로 말한 것입니다.

주동 : 외국소설의 걸작에는 나뭇잎사귀가 흔들리는 모양을 34혈(頁, *34페이지)로 묘사한 것이 있는데 조선서야 어디 신문잡지에서 그런 소설을 내 주나요. (웃음) 그러나 조선 소설도 과히 깔볼 것은 아니라고 생각합니다. (일동 웃음)

외국 일류작가의 것도 시시한 것은 시시하더군요. (일동대소)
괜히 구문(歐文)으로 쓴 것이면 덮어놓고 숭배하는 것은 경계할 필요가 있습니다.

효석 : 양 선생님은 잎사귀가 바람에 흔들리는 묘사를 34혈로나 쓴다는 것을 좋은 문학이라고 생각하십니까?

주동 : 암 그렇지요. 호부(好否)는 몰라도 그림을 보더라도 원시인의 그림은 간단하고 근대적 그림은 점점 자세하고 복잡하더군요.
하기는 요새 피카소 같은 화가는 도리어 복잡에 싫증이 나서 원시예술의 단순성을 배우는 것 같은 것도 있습니다. 그러나 그것은 복잡을 지난 단순이지요. 나도 그러기에 시는 영시를 배운 후에 한시를 배울 필요는 있다고 생각합니다.

효석 : 장편은 요컨대 수법 문제이지요. 단순 속에 복잡이 있어야지요.
나는 요새 표현의 단순화, 수법의 간결을 늘 생각하고 있는데 나뭇잎사귀가 흔들리는 것을 34혈 쓰는 것을 1

혈에 간결히 써가지고 34혈의 것을 족히 암시할 만한 표현이야말로 소설에 있어서의 고도의 수법이라고 생각합니다.

석훈 : 저도 동감입니다.

흑구 : 소설은 시가 아닌 이상 표현의 구극(究極)을 위하여서는 얼마든지 작고 세세한 부분에까지 길고 넓고, 깊게 쓸 수 있다는 것이 현대소설의 주창이지요. 예를 들면 24시간 동안에 일어난 일을 7, 8백혈로써 표현하고도 끝 다하지 못한 제임스 조이스의『율리시스』같은 소설입니다.

영석 : 한시의 수법(효석 씨에게)을 찾아가신단 말씀입니까?

효석 : 그렇지요. 표현적인 점에 있어서 한시에도 배울 점이 많지요.

주동 : 그럼 선생도 나와 같이 시를 쓰십시다. (일동 웃음)
소설이란 원래 수다스럽게 지껄이는 이야기입니다. 그런데 최근 발표한「인간산문(人間散文)」도 꽤 수다하더

군요. (일동 웃음) 시로 하자면 한마디 있던데. 왈, '아! 산문적 인간이여!' (일동대소)

효석 : 그러나 그 작품 속에서 내 지론을 시험한 것이 아닙니다. 인간의 산문적인 것을 말하기 위해서 의식적으로 수다스럽게 썼지요.

주동 : 나도 그 점을 알기에 해작(該作)을 우수하다고 봅니다. (일동 웃음)

태천 : 아까 영석 씨의 말씀 가운데 단편작품으로는 조선 작품에는 세계적 수준에 가까운 것이 있다고 하셨는데 이를테면 어떤 작품일까요?

영석 : 글쎄요. 여러분은 어떻게 생각하시는지… 조선 소설계에 있어서 – 소설을 자기의 체험에서 사실적으로 또는 노골적으로 창작하여야 한다고 할 것 같으면 외국의 작가들과 같이 대담하고 노골적인 작가는 별로 없는 것 같습니다.

그런 점으로 보아서 조선의 작가로서 소설가다운 사람은 먼저 김동인 씨라고 생각합니다.

비평가의 말은 어떻든지, 그의 「발가락이 닮았다」는 가장 대담하고 사실적인 시대적 표현을 가진 작품이라고 저는 생각합니다. 그의 작품 중에는 세계적 수준에 겨눌 만한 단편이 적지 않다고 생각합니다.

창선 : 저는 소설은 잘 모르지마는 저, 주요섭(朱耀燮) 씨가 쓴 「사랑손님」이 높이 평가될까 합니다.

태천 : 나는 예술적 작품으로서 이효석 씨의 「들」 같은 것은 결코 외국작품에 떨어지지 않는 작품이라고 생각합니다.

일성 : 나는 김동인 씨의 「감자」도 현재 작가에 비해서 결코 -

석훈 : 나는 이효석 씨의 「돈(豚)」이 오히려 나은 것 같은데요.

주동 : 남들은 이렇다 저렇다 하지마는 나는 이광수 씨의 제작(諸作)을 훌륭하다고 생각합니다.

그와는 다른 의미로 현빙허(玄憑墟) 씨의 옛날 《백조(白潮)》에 실렸던 「운수 좋은 날」이라는 단편은 외국어로 번역하여도 괜찮으리라고 생각합니다.

이무영(李無影) 씨의 어떤 작(作)이나 기영 씨의 작(作)

도 좋은 것이지요. 그러나 요컨대 이상(以上) 제작(諸作)도 고추장이 고추장으로 세계적 수준에 오른다는 것이겠습니다. 조선 작품이 세계적으로 진출하려면 조선의 상품이 세계적으로 진출하는 날입니다.

흑구 : 저는 반대입니다. 인도의 카레(음식 이름)가 세계시장을 정복하였습니까? (웃음) 그러나 인도의 시성(詩聖) 타고르와 나이두 여사의 작품은 세계적이 아닙니까?

효석 : 세계적 수준과 진출은 문제가 다르지 않습니까.? 세계적 진출은 언어문제인데 타고르와 나이두 여사가 유명해진 것은 영어로 쓴 까닭이겠지요.

주동 : 영어가 세계에서 지배적인 것은 무릇 19세기 후반 영국상품이 세계에서 지배적이었던 까닭입니다.

흑구 : 상품주의(商品主義)입니다그려! (웃음) 영어로 쓰지 않은 중국의 이백(李白)의 시는 어찌하여 세계적으로 유명해졌습니까?

효석 : 영어나 기대어(其代語)로 번역했기에 그렇지요. 구미인

(歐米人)이 한문을 읽어가지고 이백을 이해할 가능성이 적지요.

야담(野談)도 문학인가

일성 : 그것은 그만하고 –

근자에 야담이 퍽 성행하는데 거기에 대하여 좀 말씀해 보시지요.

영석 : 저는 없는 것보다는 나은 줄 압니다.

창선 : 글쎄요 역사를 전공하는 이만큼 조선역사를 재미있게 대중들에게 보급시키는 점에서 유익하다고 생각합니다.

주동 : 문학론은 아니구만요? (일동 웃음)

효석 : 문학과 비문학으로 크게 잡으면 문학권내에 들 수 있겠지마는 최근에 고도화(高度化)한 문학으로 본다면 문제외(問題外)이겠습니다.

주동 : 선생은 '고도'라는 문자를 좋아하시는군! (일동 웃음) 그러고 아마 야담을 못 쓰시는 게지! 그러나 논지는 동감입니다.

석훈 : 저도 시시하다는 데 동감입니다. (일동대소)

시단은 왜 부진인가

일성 : 근자에는 시단이 자못 적막하고 침체한 감이 있는데, 거기에는 여러 가지 이유가 있겠지요?

주동 : 우선, 내가 안 쓰니까! (일동대소)

창선 : 저도 별로 안 쓰는데요. (웃음)

석훈 : 그 대신 새로 쓰는 사람이 많이 나왔더만요. (웃음) 종래에 저널리즘에서 시를 위하여 너무 많은 혈(頁)을 주다가 근자에 와서는 그렇지 않기 때문에 현상적으로는 부진으로 보입니다마는, 사실에 있어서는 질량(質量) 공(共)히 진보되었다고 봅니다.

창선 : 사실시(事實詩)는 발표할 기관이 없어요.

태천 : 시는 원래 고답적이니까 대중들에게 통속적이 아니어서 환영을 덜 받기 때문에 시의 뜻을 버린 사람도 많지 않을까요.

흑구 : 무엇보다도 가장 중대한 원인은 재래의 선배시인들이 모두 경제적 문제로 시단에서 종적을 감춘 탓이겠지요. '한밤에 홀로이 일어나 묵상하던' 시인도 잠잠하고, '암흑한 밤중에 난무하는 백골들과 숨 쉬는 목내이(木乃伊)'를 고함쳐 물리치려던 시인도 저널리스트가 되고, 이 땅 위에 '아름다운 새벽'을 먼저 일어나 고(告)하던 시인도 상인이 되고, 이 땅 위에 '바벨탑을 쌓아 올리려던' 시인도 먼지 묻은 고서만 털고, '하품을 치는 조선의 시가(詩歌)에게 새로운 햇발을 보내자'고 고함치고 '앞강변에 홀로이 나가 돌팔매를 친다'던 그 시인도 지금은 무엇을 하고 있습니까?

주동 : 그러나 우리 시인 정지용(鄭芝溶) 군이 있지 않습니까? 그이만은 확실히 세계적 수준 위에 설 만한 천재입니다. 내가 누구보다도 씨의 감각과 말을 우수하다고 논

한 것을 나의 비평의 광영(光榮)이라고 생각합니다.

효석 : 김기림(金起林), 백석(白石) 등 다 우수하고, 최근에는 신인 가운데 주목할 만한 사람이 많지요.

흑구 : 김해강(金海剛), 유치환(柳致環), 송순일(宋順鎰) 씨 등의 시도 매우 좋다고 생각합니다.

창선 : 신석정(辛夕汀) 씨의 신비로운 맛과, 이응수(李應洙) 씨의 철학적 취미도 퍽 좋습니다.

여류문인에 대하여

일성 : 여류문인에 대하여는 말씀치 않았는데 말씀하시지요.

주동 : 역량으로는 박화성(朴花城), 재주로는 강경애(姜敬愛). 기타는 부지다우– (일동 웃음)

일성 : 장덕조(張德祚) 씨의 소설은?

주동 : 「양말」은 참 잘 썼더군요.

영석 : 김말봉(金末峯) 씨도 괜찮지요.

일성 : 모윤숙(毛允淑) 씨의 시는?

주동 : 가다가 재치가 보이는데 많이 고쳐야 하겠더군요.

석훈 : 그분의 소질은 퍽 시인적이라고 생각합니다.

흑구 : 그분의 감각도 퍽 센티한 것이 많으나, 오히려 딜리케이트(delicate)한 방면으로 더욱 발전하였으면 훌륭하리라고 생각합니다. 여자로는 그분이 가장 시인적이지요.

효석 : 최정희(崔貞熙) 씨도 건강을 회복하면 매우 좋은 작품을 쓰시겠지요.

창선 : 김오'남'(金午'男') 씨도 시조를 잘 쓰시지요.

흑구 : 그분도 여자인가요. (일동대소)

문단의 주춧돌[4)]

일성 : 조선문단의 공로자로서 생각할 분들을 말씀해 보십시오.

흑구 : 말을 통일하시고 감정을 통일하신 데 선구이신 춘원(春園), 육당(六堂) 선생. 거친 땅 위에 '아름다운 새벽'을 고(告)하시던 요한 선생, 이러한 땅 위에 바벨탑을 쌓기에 첫 주춧돌을 삼가 놓으신 무애(無涯) 제(諸) 선생이며, 소설의 육탄대장 동인(東仁) 선생 등이겠지요.

주동 : 춘원(春園), 육당(六堂), 상섭(想涉), 동인(東仁), 요한, 노산(鷺山), 안서(岸曙), 파인(巴人), 서해(曙海), 팔봉(八峰), 민촌(民村), 설야(雪野) 등등.
그러나 백년 후엔 상전(桑田)이 벽해(碧海)일지도 모릅니다.

영석 : 왜 무애 자신은 빼십니까?

주동 : 인제 한 말은 농담은 아닙니다. (일동 웃음)

---

4) 원문에는 '지치돌'이라 표기됨.

일성 : 영석 씨의 말씀도 농담은 아니라고 생각합니다.

문단의 올 날

일성 : 조선문단의 장래를 비관하십니까? 혹은 낙관하십니까?

영석 : 비관할 것 같으면 이 좌석에 오지부터 않았겠지요.

흑구 : 조선의 문학은 발전할 길밖에 없지요. 애란(愛蘭 *아일랜드)문학의 그것과 같이.

태천 : 침체기만 있었으니 황금시대도 오겠지요.

창선 : 문화발전의 역사적 법칙으로 보아서 문학의 호전기(好轉期)가 오겠지요.

석훈 : 낙관칠분(樂觀七分)에 비관삼분(悲觀三分)이요 무애식(無涯式)이요.

주동 : 원고료가 올라가면 낙관하구요 잘 안 주면 비관하지요.
(일동 웃음)
왜냐하면 원고료액은 곧 독자에 정비례하기 때문입니다. 문제는 조선말과 글의 운명과 관련되는데 나는 낙관하려고 애쓰는 자입니다.

극단에 대하여

일성 : 마지막으로 극단 일반에 대하여 말씀하여 봅시다.

태천 : 조선의 극작가라면 유치진(柳致眞) 씨 외에 더 생각나지 않습니다.
그의 걸작『소』는 세계시장에 내어놓아도….

흑구 : 하필 '시장'으로 내어놓나?

창선 : 소니까. (일동대소)

태천 : 결코 손색이 없으리라고 믿습니다.

효석 : 한태천 씨의 『토성(土城)낭』을 최근에 읽고 언어의 정리에 약간의 미급(未及)이 있으나 매우 우수한 작품이라고 생각하였습니다.

태천 : 아- 참 부끄러운 습작입니다. 『토성(土城)낭』은 뼈만 들추어 놓은 해골입니다.

인제 뼈와 살과 피가 있는 작품을 제작하렵니다.

주동 : 『소』, 『토성(土城)낭』, 다 우수한 작(作)이라는 데 동감입니다.

그런데 더 훌륭한 극장이 없는 것은 매우 섭섭한 일입니다.

태천 : 일전(日前) 상경하여 협연공연을 참관하였는데 김일영(金一影) 씨의 무대장치, 이화삼(李化三) 씨의 천재적 연기를 보고, 이만하면 안심하고 극작가가 붓을 들 수 있고, 지금 희곡에 관심 없는 문인들도 많이 극작에 참여하리라고 생각합니다. 그러면 조선극예술도 퍽 화려해지겠지요.

흑구 : 금년, 미국극계에서는 '문학은 극장에서부터'라는 슬로

건을 내세우고 오닐 씨 등 대활약입니다.

신진작가는?

일성 : 신진으로는 누구누구를 유망하다고 생각하십니까? 이번은 마지막으로 말합시다.

효석 : 널리 읽지 못하여 샅샅이 모르겠으나 언제인가, 신백수(申百秀) 씨의 작품을 읽고 역량이 상당하다고 생각하였습니다.

석훈 : 한적선(韓笛仙) 씨가 매우 유망하다고 생각합니다.

흑구 : 신진과 기성을 무엇으로 구별할 수 있습니까? 매우 힘들지요.

주동 : 그렇지요. 그것은 그만둡시다.

일성 : 그러면 이것으로 끝맺겠습니다. 매우 지루하신데 수고들 많이 하셨습니다.

주동 : 지금 몇 시요?

효석 : 10시 27분.

일동 : 아이구 벌써.

《백광(白光)》 창간호, 1937년 1월

한흑구의 문학적 약전(略傳), 그의 명작 수필과 포항의 현장

이대환 (소설가)

1. 한흑구의 문학적 약전: 평양에서 포항까지

한흑구(韓黑鷗)의 삶과 문학은 일제강점기의 평양, 대공황기의 미주 대륙, 해방공간의 서울, 그리고 '대한민국 30년 시대'의 포항에 새겨져 있다. 평양에서 태어나고 성장하여 스무 살의 1929년부터 꼬박 5년간 미국에서 유학한 문학인이 해방공간의 세 해 동안을 서울에서 활약하고는 사고무친의 낯선 고장인 포항까지 내려와서 은둔의 모범생으로 정착하게 되었다. 그래서 '한흑구의 명수필과 포항'의 상관성을 깊이 이해하려면

이대환
1980년(대학 4학년) 국제PEN클럽 한국본부 주관 장편소설 현상 공모 당선. 1989년 《현대문학》 지령 400호 기념 장편소설 공모 당선. 소설집『조그만 깃발 하나』,『생선 창자 속으로 들어간 詩』, 장편소설『말뚝이의 그림자』,『새벽, 동틀 녘』,『겨울의 집』,『슬로우 불릿』,『붉은 고래』,『큰돈과 콘돔』,『총구에 핀 꽃』, 평전『박태준 평전』등.

'포항사람 한흑구'로 거듭나는 '한흑구 약전'부터 미리 알아둬야 한다.

내가 태어난 고향인 평양은 가장 아름다운 금수산(錦繡山)을 북쪽에 두고, 모란봉, 을밀대(乙密臺)는 그 일부분이요, 서남쪽에는 분지(盆地)와 같은 창광산(蒼光山)과 서기산(瑞氣山)이 있다. 부벽루(浮碧樓)에 오르면 커다란 현판(懸板)이 '제일강산(第一江山)'이라고 큰 글자로 씌어져 걸려있는 것을 볼 수가 있다.

중학시절에 나는 새벽마다 모란봉을 산책하는 것으로 새벽 일과를 삼았었다. 두 손에 아령을 쥐고 뛰기도 하고, 대동강(大同江) 물에 냉수마찰도 하였다.

서문(西門) 안에서 살고 있던 나의 산책 코스는 서편 길로 모란봉을 올라가곤 했다. 서문여고, 숭의여고, 정의여고가 서 있는 길 복판을 뚫고, 만수대(萬壽臺)를 넘어서 서평양에서 들어오는 큰길을 건너 토성을 끼고 칠성문을 지나 을밀대로 오르는 것이었다.

서평양에서 들어오는 큰 전찻길에는 어두운 새벽길에 채소 과실들을 손구루마에 싣고 장 보러오는 사람들로 메꾸었었다. 을밀대가 가까워 오면 기자림(箕子林)의 송림(松林)이 우거져 있었고 길가에는 몇십 년을 묵은 벚꽃나무들이 줄을 지어서 나란히 서 있었다.

을밀대는 큰 돌로 성을 20미터쯤 쌓아 올리고 그 위에 세운 정각(亭閣)이어서 웅장하기 짝이 없었다. 기둥만 서 있고, 벽이 없어서 일명 사허정(四虛亭)이라고 불렀다. 이곳에서 북쪽으로 바라보이는 봉우리가 모란봉이고, 봉우리 아래로 북쪽으로 나가는 현무문(玄武門)이 있고, 봉우리 위에는 최승대(最勝臺)가 높이 서 있었다. 이곳에서 술을 즐기던 주객들로부터 방랑객 김립 시인(金笠 詩人)이 술을 얻어 마셨다는 이야기도 전해온다.

위의 글은 '포항사람 한흑구'가 예순아홉 살(1978년)에 쓴 수필 「모란봉의 봄」 일부분이다. 글로 쓴 평양 안내지도라 불러도 손색없을 「모란봉의 봄」은 '평양사람 한흑구'를 고스란히 펼쳐놓은 증거물 같기도 하다.

한흑구는 1909년 평양에서 태어났다. 본명은 세광(世光)이다. 아버지 한승곤은 평양 산정현교회의 최초 조선인 목사였다. 세광이 일곱 살이었을 때 아버지는 중국 상하이를 거쳐 미국으로 망명을 떠났다. 그 기억을 뒷날의 '포항사람 한흑구'는 수필 「여름이 오면」에서 이렇게 기록해 놓는다.

내가 일곱 살 난 겨울, 함박눈이 내리는 어느 날, 지게꾼 한 분이 와서 큰 가방 하나를 싣고 가버렸다. 어머님이 혼자 앉아

서 소리 없이 울고 계시기에,

"어머니, 왜 울어?"

하고 물었더니,

"아버님은 멀리 청국 상해로 가신다……."

"상해가 뭐야?"

어렸을 적에 어머님과의 이 대화를, 나는 육십이 넘은 오늘까지도 늘 잊지를 못한다.

미국 로스앤젤레스에 당도한 한승곤은 농장에서 노동하는 적응 기간을 거쳐 한인교회의 목회자로서 도산 안창호가 이끄는 흥사단에 77번 단우로 입단했다. 안창호, 조만식, 한승곤은 평양에서 동지적 인연으로 맺어진 인물들이었다. 안창호가 독립운동의 길을 따라 상하이로, 해삼위(블라디보스토크)로, 서울로 분주히 뛰어다닌 시기에 한승곤은 미국에서 흥사단 이사부장을 맡고 있었다.

어쩌면 한세광은 아버지의 문재(文才)를 이어받았는지 모른다.

1881년 평양에서 태어나 어려서 한문을 익히고 사서삼경의 유학을 배우며 성장한 한승곤은 1903년 스물두 살 때 숭실중학교에 들어가 4년간 신학문을 공부하면서 성리학적 세계관을 벗고 '거듭나는 삶'의 은총을 받듯이 기독교에 입문하게 되었다. 산정현교회에서 전도와 재정의 중책을 맡은 한승곤은 전도의 일차적 관건이 문맹 탈출이라는 사실을 깨달았다. 우리나라 사람들이 성경, 성서를 우리글로 읽을 수 있어야 했다. 그는 국어 맞춤법 교과서 『국어철자첩경』을 집필하고 출간했다. "한문에 능통한 사람들조차도 국문을 바로 쓸 수 없는 사람이 많음을 한탄하여 저술한다"라는 뜻을 명백히 밝혔다. 이 책은 높은 평가를 받는다. 또한 그는 산정현교회 최초의 조선인 목사가 되어 1910년 5월 『셩신츙만』을 초집(抄輯)해 출간했다. 역시 순수한 우리글 구어체 문장으로 일관한 이 책은 한국인이 최초로 쓰고 엮은 성령론으로, 그때 전도의 가이드북으로 애용되어 이듬해 재판을 찍었다. 정원경은 『처음 읽는 평양신학교 성령론』(그리심, 2022)에서 한승곤의 『셩신츙만』을 다음과 같이 평가한다.

> 『셩신츙만』의 전체적인 구성은 첫째는 성령의 사역, 둘째는 성령의 위(位), 셋째는 성령을 받는 방법, 넷째는 성령 충만을 계속 받아야 하는 이유는 거룩한 삶을 통하여 교회 봉사인 전도를 하기 위함이라고 말하고 있다.
>
> 저자인 한승곤의 해박한 성경 지식과 글의 운율로 인하여 자칫 지루해지거나 딱딱해질 수 있는 신학적 지식을 특유의 운율에 맞추어서 대화 형식의 구어체로 무겁지 않게 풀어서 설명하

고 있다. 그래서 당시의 독자들은 특별히 신학적 지식이 없더라도 성령에 대한 이해가 쉬웠을 것이다.

한세광은 아버지가 있어도 아버지가 없는 어린아이로 소학교(숭덕학교) 시절을 보내고 5년제 숭인학교에 들어갔다. 두 손에 아령을 쥐고 금수산 모란봉으로 달려 오르고 대동강에서 냉수마찰을 하며 체력을 기리는 소년에게는 어느덧 집에 계시는 아버지보다 더 크게 영향력을 끼치는 아버지가 존재하고 있었다. 그 아버지는 미국에서 날아오는 아버지의 편지였다. 이것은 그의 명수필로 남은「나무」에도 가장 선명한 나이테처럼 남게 된다.

> "너는 십일홍의 들꽃이 되지 말고, 송림이 되었다가 후일에 나라의 큰 재목이 되어라."
>
> 이것은 내가 중학 시절에 멀리 미국에 망명 중이시던 아버님이 편지마다 쓰시던 구절이다.

소년 한세광은 산정현교회의 미국인 선교사가 건네주는 영국, 미국 작가들의 작품을 원서로 읽기도 하며 드디어 사춘기 시절에 흔히 그러듯 좌우명을 결정해 책상 앞에 붙여두고 문학청년의 문지방을 넘어서게 된다. 포항에서 회갑 무렵에 한흑구의 이름으로 쓴 수필 「나의 좌우명」에 등장한다.

> 내가 중학 시절에 찰스 램의 수필에서 “High thinking, plain living”이라는 구절을 읽고, 나의 좌우명으로 삼았다.
>
> “고상한 이상, 평범한 생활”이라는 이 구절을 책상 위 벽에 써서 붙이고 아침저녁으로 늘 쳐다보면서 학창 시절을 보냈다.
>
> 그때부터 일생을 두고 나의 좌우명이 된 이 금언은, 이젠 벽 위에 써 붙이지 않아도 나의 마음속 한복판에 새겨져 있는 것 같다.

좌우명을 결정한 소년은 문학동인 ‘혜성’을 결성했다. 그의 나이 열여섯 살이었다. 아버지의 문재(文才)를 물려받았건 나라를 빼앗긴 소년의 조숙한 정신이었건 그것은 그의 일생이 걸어가야 하는, 어떤 강요도 없는 가운데 오로지 스스로 선택한 운명의 길에 들어선 사건이었다. 다만, 그때 강렬한 자극은 있었다. 1971년 여름, 포항수산대학 교수로 재직하는 예순두 살의 그는 수필 「파인(巴人)과 최정희」에서 잊을 수 없는 그것을 더듬어낸다.

> 지금 생각해도 파인의 『국경의 밤』은 한국의 신시단뿐만 아니라, 문단 전체에 광휘 있는 혜성의 출현과 같았다. 『국경의 밤』

의 서문은 서시로 대신했고,

그 서시는 오랜 장맛비 뒤에 비치는 태양과도 같았다.

그의 『국경의 밤』은 시단에 나타난 하나의 빛나는 혜성이었고, 잔잔한 호수에 던진 큰 돌과 같은 것이었다. 그때 내 고향의 문학 소년들이 '혜성' 동인회를 만들게 되었고, 그들이 다 문단에 출세한 일도 기억에 남아 있다.

기독교 잡지 《진생》에 최초로 활자화된 시 두 편을 발표하고 문학에 정진하면서 숭인학교를 졸업한 한세광은 경성(서울)으로 올라왔다.(평양 사람들도 부산 사람들처럼 경성 가는 것을 '올라간다'라고 말했다.) 보성전문학교 상과에 입학한 것이었다. 상경 기념이었다고나 할까. 그는 이번에는 최초로 활자화된 산문을 발표한다. 1928년 4월 15일 동아일보에 '세광'이란 이름으로 실린 「인력거꾼(人力車군)」이 그것이다. 짧은 산문이지만, 그의 산문 쓰는 능력, 서사를 꾸려내는 능력이 돋보이고 뜨거운 민족의식이 드러나는 작품이다.

"무거운 몸뚱이에 긴 다리를 뻗치고 허리를 꺾어지라는 듯 뒤로 젖히고는 무어라 중얼대며 몽둥이로 땀 배인 뒤를 막 미는 고로 무어라고 대답할 수도 없고 그냥 이곳을 빠져나가려다가 이 노인을 부딪쳐 쓰러트리었구려!"

인력거꾼은 한 손에 인력거 채를 잡고 이렇게 말하고는 양인과 군중을 번갈아 둘러본다. 군중은 인력거꾼–노인–양인을 번갈아 볼 뿐이요 웃지도 않고 말도 없이 섰을 뿐이다. 양인은 인력거 위에 앉아 긴 몽둥이로 앞을 가리키며 무어라고 중얼댄다.

서울에서 산문 능력도 보여준 문학청년 한세광은 1929년 2월 보성전문학교를 그만뒀다. 서울을 떠났다. 평양도 떠났다. 과수댁 처지의 어머니와 누이동생을 작별했다. 아버지의 부름을 받은 것이었다. 아직은 일본이 미국과 틀어지기 전이었다. 조선총독부가 발급한 그의 여권에 성(姓)은 영어로 'Hahn'이라 적혀 있었다. 평양–경성–부산–시모노세키–요코하마–샌프란시스코, 이 여정이다. 한반도를 종단하고 대한해협을 건너 일본열도의 절반쯤을 더듬은 다음에 1만5천톤급 대형 여객선에 올라 망망대해 태평양을 가로지르는, 꼬박 한 달을 바쳐야 하는 새 삶의 머나먼 길. 이 길 위에서 그는 마침내 '흑구'로 거듭나게 된다.

"비가 오거나, 바람이 불거나, 옛것을 버리고 새 대륙을 찾아서 대양을 건너는 검은 갈매기 한 마리, 어딘가 나의 신세와 같다."

이런 구절을 일기에 쓰다가 문득 나의 필명으로 사용하기로 생각했다. '흑구(黑鷗)'라고 하면, 흰 갈매기들만 보던 사람들이 혹시 역설적이라고 생각하지 않을까 하고도 염려했으나 그것은 아무 문제도 되지 않는다고 생각했다. 나는 조국도 잃어버리고 세상을 끝없이 방랑하여야 하는 갈매기와도 같은 신세였기 때문이었다.

'흑색'은 서양에서는 '죽음'과 '상실'과 '상표(喪表)'를 상징하는 것이었다. 나는 그런 것들을 상관하지 않고, 다만 외로운 색, 어느 색에도 물이 들지 않는 굳센 색, 죽어도 나라를 사랑하는 부표(符表)의 색이라는 생각에서 '흑'자를 택하기로 했다.

태평양 바다 위에서 필명을 결정한 조선의 한 문학청년은 태평양 중간 기항지인 하와이를 경유해 샌프란시스코에 당도했다. 재미동포 단체인 대한인국민회에서 발간하는 신한민보가 그의 도미 소식을 보도했다. 성명은 여전히 한세광이었다. 그의 영혼에 새겨둔 필명 '흑구'는 앞으로 5년이나 더 지난 뒤에야 드디어 처음으로 《신한민보》에 등장하게 된다.

아버지와 아들, 한승곤과 한흑구, 이들 부자의 13년 만의 재회는 시카고에서 이뤄졌다. 그때 한승곤은 시카고 옥데일 에비뉴에 위치한 한인교회의 목사로서 흥사단 살림살이와 조직을 챙기고 있었다. 부자간에 존재하는 13년 세월은 그야말로 아버지가 아들을 몰라볼 지경의 머나먼 시간적인 거리였다. 아들이 스무 살이었을 때 헤어졌다면 서른세 살의 아들을 아버지는 얼른 알아볼 수 있지만, 해어질 때는 겨우 일곱 살이었던 어린 아들이 바야흐로 스무 살 청년에 이르렀으니…….

한세광은 시카고의 지리에 익숙해지듯 낯선 세계에 순탄하게 적응하는 가운데 무엇보다 영어공부에 정열을 바쳐야 했다. 대학 입학의 준비 단계로 루이스 인스티튜트에 들어갔다. 물론 시 창작의 왕성한 정열을 아끼지 않았다. 1929년 가을 학기를 맞아 시카고 노스파크대학 영문학과에 입학한 무렵, 그는 이미 한세광이란 이름으로《신한민보》에 시를 발표하는 시인이 되었다.

노스파크대학은 스웨덴 이민자들이 설립한 대학이었다. 동양인 신입생 한세광은 대학신문에 창작 영시를 발표하고, 한국 시인 양주동과 노자영의 시 그리고 조선시대의 시조를 영역해 소개했다. 그의 영시는 주목을 받았다. 학장이 한세광을 신설하는 학내 시인클럽 창립회원으로 추천했다. 한명수는『흑구 한세광의 영시들』(2024, 부르크)에서 다음과 같이 밝혀주고 있다.

> 한세광은 1929년 10월 25일 노스 파크 대학 신문에 처음으로 창작 영시「You and I」,「My Native Home」,「In The Midnight」3편과 한국 시인 노자영의 시를 번역한「The

Rose Flower」, 일본 작가 도쿠토미 로카(德富蘆花)의 시를 번역한「Clouds」, 그리고 현대 일본 민요를 번역한「I Am A Withered Grass」 3편 등 모두 6편의 영시를 발표하였다. 이어서 11월 13일 Korean Poems 2편을 번역 발표하였다. (중략) 1930년 1월 17일에는 영어로 쓴 산문「Hahn Contributes Korean Story」를 발표하였고, 같은 해 4월 16일에는「My Eternal Home, Korea」와「Moon And Bell」 등 2편을 발표하였다. 1931년 1월 28일에는「You Will Meet Them」을 발표하였다. 한세광은 North Park College News에 모두 11편의 영시와 1편의 영역 산문을 발표하였다.

다음의 시는, 한세광이 노스파크대학신문에 발표한 영시들 가운데 한 편과 그 번역이다.

My Eternal Home, Korea

The sun rises and shines,
Where people sing the essence of Asia;
Calm is the sky with harmless clouds above shrines.

My eternal home, Korea!

Across the river thy soft breeze blows
Sweet with scents of ricefields far away;
From mountain lake the stream flows
With delights to the ocean on its way.

Thou are the "Land of Morning Calm."
My beloved, eternal home, Korea!
But now, thou hearest the wailing from the farm,
And also from every youthful heart of Korea.

And yet thy bright lamps thou bear,
Still burning and brightening the night;
Dawning of the East is drawing near,
Chillness and darkness will be gone with the night.

O my beloved, "The Land of Morning Calm."
O my eternal home, Korea!

나의 영원한 고향, 조선이여

태양이 뜨고 빛난다,
사람들이 아시아의 정수를 노래하는 곳에서.
거룩한 땅 위 무해한 구름을 품은 하늘은 고요하다.
나의 영원한 고향, 조선이여!

강 건너 부드러운 바람이 불어오고
저 멀리 논밭에서 풍겨오는 향기가 달콤하다.
산호(山湖)에서 흘러내리는 물은
즐거움과 함께 바다로 나아간다.

너는 "고요한 아침의 나라"
나의 사랑하는, 영원한 고향, 조선이여!
하지만 지금, 너는 농가에서 울부짖는 소리를 듣고,
조선의 젊은 가슴이 울부짖는 소리를 듣는다.

그래도 그대가 품은 밝은 등불은
여전히 타오르며 밤을 밝히는구나.
동쪽 하늘은 밝아오고,
추위와 어둠은 밤과 함께 사라질 것이다.

오, 나의 사랑하는, "고요한 아침의 나라여."

오, 나의 영원한 고향, 조선이여!

다음의 시조는, 한세광이 영역해 노스파크대학 신문에 발표한 시조 중 한 편이다. 기생 신분이었으나 조선 시대의 손꼽히는 여류시인으로 남은 계량의 작품이다.

이화우(梨花雨) 흩뿌릴 제 울며 잡고 이별한 임

추풍낙엽(秋風落葉)에 저도 날 생각는가

천 리에 외로운 꿈만 오락가락 하노매.

Spendthrift peach blossoms were raining down,

When after weeping embraces my lover departed.

Now in the Autumn wind the leaves drift,

And I wonder if he, too, is thinking

Thousands of miles away of the same lonesome dream

Which alone lingers, when all else is gone.

한세광이 발표한 시편은 비록 소액이지만 원고료를 불러왔다. 이것은 그의 생활에 조그만 도움이 되었다. 대공황의 먹구름이 미국을 덮쳐오는 그때, 그는 고학으로 대학을 다니고 있었다. 백화점이나 식당에서 4시간이든 6시간이든 시급제로 일하지 않으면 안 되는 상황이었다. 그러나 그의 가슴과 영혼은 타오르는 불덩이를 간직하고 있었다. 그것은 최소한 셋이었다. 첫째는 식민지 극복의 민족의식과 대한독립 의지, 둘째는 창작열, 셋째는 영문학 학구열. 첫째는 1930년 봄에 흥사단 단우 258번으로 입단하게 되고 그의 시와 산문에서 정신적 근간이 되어 있었다. 둘째는 미국 유학 5년간 한글 시 200편과 영시 100편의 창작을 낳고, 셋째는 월트 휘트먼, 칼 샌드버그, 바이런 같은 저명한 시인들을 비롯해 미국 흑인문학에 대한 남다른 애착과 국내 소개로 이어졌다. 한세광은 1933년 12월 14일 《신한민보》에 최초로 필명 '흑구'를 올려 '흑구시집편초'라는 제목으로 자선 시편의 연재를 시작하면서 이렇게 털어놓는다.

> 재미 5년간 고학생활을 하며 여가에 나는 약 이백 편의 시와 백 편의 영문 시를 썼었다.

그는 '고학생활'의 '여가'라고 했으나 그 여가는 취미의 여가가 아니었다. 치열한 창작열과 학구열의 시간이었다. 《신인문학》 1936년 3월호에 한흑구라는 이름으로 발표한 「재미 6년간 추억 편편」에서 그는 이렇게 돌아본다.

> 노스파크대학 영문과에 적을 두고 밤낮 영어를 배우고 도미 초년부터 영어시를 지어 조선심(朝鮮心)을 표현해 보겠다는 결심에서 매일 5시간씩 노동을 하던 몸으로써 밤 세시까지 영시(英詩)의 라임을 맞추기 위하여 자전을 다 치던 때는 1930년이었다.

한흑구는 1930년대 대공황기 미국 흑인의 처지와 식민지 지배를 당하는 조선인의 처지가 근본적으로 다를 것이 없다는 인식으로 미국 흑인문학을 조선 문단에 올려놓은 문학인이었다. 《동광》 1932년 2월호에 한세광의 이름으로 발표한 그의 첫 평론「미국 니그로 시인 연구」, 이것은 한국문학사에 최초로 등장한 미국 흑인문학으로 존재하고 있다. 그는 이렇게 밝혀뒀다.

> 밥그릇을 옆구리에 끼고 공장으로 가는 그들(흑인)이나 호텔 문간에서 손님을 맞아들이는 그들이나 또는 책을 끼고 대학으로 가는 그들을 볼 때마다 그들의 내적 생활을 표현한 그들의 예술이 알고 싶었다. 무엇보다 먼저 그들의 심정을 노래한 시가와 민요를 찾아보았다.

순정한 가슴과 영혼에 뜨거운 정열을 간직한 청년시인에게 어찌 이성을 향한 사랑이 머물지 않을 수 있겠는가. 한세광은 노스파크대학 시인클럽 페가수스의 동인으로 함께했던 스웨덴 출신의 여학생 루스 알바와 첫사랑의 인연을 맺었다. 도서관에 앉아 고향 생각에 젖은 청년시인에게 푸른 눈동자를 반짝이는 금발의 여학생이 먼저 다가와 말을 걸고 손을 내밀었다. 아주 뒷날, 예순다섯 살의 새해를 맞은 한흑구는 포항시 동빈동 서재에 앉아 바로 그때 그 장면을 고스란히 백하게 된다. 《신동아》 1975년 2월호에 실린 「순정의 학우 알바」가 그것이다.

> 나이 스무 살에 여자의 손, 더구나 처녀의 손, 또한 외국여자의 손을 처음으로 잡아보았기 때문이었다. 어색한 표정을 짓고 있는 나를 보고 그는 타이르듯이 부드럽게 말했다.
>
> "미스터 한은 객지에 오시니 외로우시지요? 아까부터 미스터 한이 앉아 있는 모양을 유심히 바라보고 있었는데 퍽 외로워하는 것 같아요. 고향 생각이 나죠? 네?"
>
> 처음엔 무어라고 대답해야 좋을지 알 수가 없었다. 그러나 솔직하게 "그렇습니다. 고향 생각도 나고 외롭기도 해요."라고 대답하면서 마치 내가 정글 속에서 혼자 살다가 돌아온 타잔과 같은 느낌을 가져보기도 하였다. 그는 곧 나의 대답을 듣고 나

자 이렇게 나를 위로하였다.

이 회고의 글에서 포항의 늙은 한흑구는 루스 알바를 '순정의 학우'라 불렀다. 하지만 결혼도 하지 않았던 평양의 한흑구는 루스 알바를 '첫사랑'이라 불렀다. 《부인공론》 1936년 7월호 「슬펐던 이별」에 불러들인 루스 알바는 첫사랑의 연인이었다.

> 나는 그가 그처럼 떠나간 후에야 비로소 여자에 대한 사랑이 어떠하다는 것을 느끼게 되었다. 그러나 그때는 이미 그가 나의 눈앞을 떠나서 멀리 눈 내리는 북쪽 나라 서전에 가 있었고, 나도 첫사랑의 불행이라는 것을 체험해 보았다.

1931년 여름, 루스 알바는 목사 아버지가 스웨덴으로 복귀하게 되니 부모를 따라 고국으로 돌아갔다. 한세광은 가슴에 구멍이 뚫렸다. 때마침 아버지 한승곤이 흥사단 자금을 마련하기 위해 캐나다로 상업을 하러 간다고 했다. 그는 주저 없이 동행했다. 어차피 대학 졸업장을 받고 귀국하여 식민지 관청에 취직하겠다고 유학의 장도에 오른 것은 아니었다. 방랑과 같은 여행, 그럴 수만 있다면 미국 대륙을 하염없이 방랑한 월트 휘트먼의 걸음걸이로 떠돌아다니고 싶었다. 아버지와 캐나다 토론트에서 한 달을 보내고 미국으로 돌아오는 그의 발길은 시카고로 향하지 않았다. 루스 알바가 떠나버린 노스파크대학으로 돌아갈 마음이 아니었다. 그해 가을을 볼티모어에서 고학으로 야간 대학을 청강한 그는 1932년 새해를 맞아 필라델피아에 가방을 풀었다. 그리고 아버지의 주선으로 템플대학 신문학과에 장학생으로 들어갔다. 변함없는 고학이었다. 날마다 김블형제백화점 점원으로 시간제 노동을 바쳐야 했다. 대공황의 미국에서 하느님의 은총을 받은 것이라고, 그는 생각했다.

필라델피아 템플대학 신문학과 3학년 한세광은 의연하게 자리를 잡았다. 조선 경성에서 발행되는 잡지에 시, 소설, 산문을 발표하면서 서서히 문명을 알려 나가고, 미주 조선인 문단의 중요한 구성원으로 대우받고 있었다, 지역사회와 대학에서도 주목을 받았다. 겨울방학을 앞둔 한흑구는 코스모폴리탄클럽(Cosmopolitan Club)의 초청을 받았다. 1932년 12월 11일, 인터내셔널 인스티튜트(International Institute). 무엇을 할 것인가. 그는 〈코리안 나이트〉라는 현수막을 걸었다. 강론의 제목은 묵중했다. 조선의 정치와 문화사, 조선인이 본 만주 문제. 그리고 조선 민요에 대한 강연도 넣었다.

필라델피아에 봄기운이 감돌고 있었다. 한흑구는 필라델피아 지방회의 회장, 코스모폴리탄클럽 부회장으로 선임됐다.

템플대학, 필라델피아 한인 커뮤니티에서 주목받는 존재로 떠올랐다. 그는 필라델피아 지방회의 의장, 코스모폴리탄클럽 부회장을 맡게 되었다. 토론회, 시국강연회 같은 행사를 주관했다. 연사로 초청받기도 했다.

그러한 새봄의 들머리였다. 한세광은 필라델피아역에 나가 있었다. 정확히 1933년 2월 3일 오후 3시 20분, 오하이오주 신시내티를 출발한 기차가 도착하는 시각이었다. 미국에 와서 《신한민보》를 통해 서로의 소식을 알고 이따금 편지를 주고받은 죽마고우를 마중하려는 것이었다. 대합실로 사람들이 몰려나왔다. 젊은 부부나 연인들이 서로 얼싸안고 키스를 나누는 곁에서 그는 꿈결인가 싶은 마음으로 홀연히 나타난 한 청년을 시선에 넣었다. 한 손에 첼로 가방을 들고 또 한 손엔 짐 가방을 들었다. 검은테 안경을 썼다. 얼굴이 파리해 보였다.

"익태!"

나는 고함을 지르고 손을 높이 쳐들고 흔들었다.

"어! 한 군!"

그는 반가운 얼굴을 하면서 고함을 질렀다. 그가 출구로 나오자 짐을 놓고 두 손으로 나의 팔을 잡았다.

"야, 이거 얼마 만인가!"

우리도 키스라도 하고 싶을 정도로 반가웠다. 중학 시절에 고향에서 떨어진 지 십여 년 만이었다. 그러나 나이 아직 27, 8세라 더 늙지도 않고, 젊어지지도 않고, 아무 변화가 없는 것 같았다.

1910년대 조선의 풍속은 '음악 신동'이든 '문학 신동'이든 한 동네의 두세 살 차이는 어린 시절에 그냥 동무로 어우러져 지냈다. 언제 어디서나 "익태야", "세광아" 불렀다.

평양이 얼마나 떨어져 있는지, 거리조차 가늠하기 어려운 머나먼 필라델피아. 재회의 그날을 한흑구는 십여 년만으로 헤아렸다. 그가 평양을 떠나온 지는 어언 네 해쯤 지났고, 친구가 미국에 들어온 지는 세 해째 접어들었으니, 두 사람이 미국 땅에서 서로 겹치는 시간은 안익태의 미국 체류 시간과 일치한다. 한흑구는 안익태가 미국에 음악 유학을 왔다는 사실을 잘 알고 있었다. 안익태도 한흑구가 미국에 유학하고 있다는 사실을 잘 알고 있었다. 정확한 메신저가 존재했다. 대한인국민회에서 발간하는 《신한민보》, 이 지면이 두 유학생의 활동 소식을 수시로 알려준 것이었다. 이따금 편지를 주고받았으나 대면의 재회는 이뤄지지 않았다. 그래서 한흑구가 '십여 년'만의 재회라 했는데, 안익태의 이력을 들춰보면 그의 계산을 쉽게 이해할 수 있다.

안익태는 1921년 평양을 떠나 일본 도쿄의 세이소쿠중학교에 음악 특기생으로 입학해 과정을 마친 뒤 1926년 도쿄음악학교를 첼로 전공으로 졸업하고 1930년 9월 미국으로 건너와 신시내티음악원에 들어갔다. 그때 신시내티에는 작곡가 박태준(동요 〈오빠 생각〉 등을 작곡했으며 연세대 음대 교수 역임), 피아니스트 박경호 등도 고학을 하고 있었다.

한흑구가 평양에서 안익태를 마지막으로 만난 것은 그가 도쿄음악학교에 다니는 여름방학의 어느 날이었다. 경성의 장곡촌(長谷川) 공회당에서 한국인 최초의 첼로 독주회를 절찬리에 마친 안익태가 고향으로 올라와 숭실대학 강당에서 다시 독주회를 열었다. 백여 명의 미국 선교사들과 평양시민이 빈자리를 두지 않았다. 그가 연주를 끝내자 기립 박수와 환호성이 폭포처럼 쏟아졌다. 열광, 그 자체였다. 그를 지도하는 모우리 교수도 제자의 목을 끌어안고 눈물을 흘렸다. 그때 모든 장면을 한흑구는 현장에서 듣고 보았다. "익태, 너는 음악의 천재다!" 죽마고우에게 꽃다발 대신 저절로 우러난 찬사를 바쳤다.

1933년 2월 3일 신시내티에서 필라델피아로 옮겨온 안익태에게는 두 가지 사정이 있었다. 하나는 고학에 시달리느라 무리하게 아르바이트를 늘리다 불법 체류자로 의심받게 되어 갈 곳 없는 신세에 처한 것이고, 또 하나는 더 좋은 환경에서 음악 공부를 미친 듯이 제대로 해보자는 꿈이었다. 하나는 절박한 것이고, 또 하나는 불타는 것이었다.

첼리스트로 음악을 시작하여 대한민국 '애국가'를 작곡하고 '한국 환상곡'을 작곡해 지휘하면서 이윽고 세계적 음악인으로 성장하는 안익태의 인생에서 필라델피아는 중대한 갈림길이었다. 대공황기의 미국에서 그만 꿈을 접고 귀국할 것인가, 그와 정반대로 승승장구의 발판을 마련할 수 있을 것인가. 한세광은 죽마고우가 마주한 운명의 기로를 피부로 느낄 수 있었다. 자신의 셋방에서 같이 지내게 되는 안익태를 위하여 그는 협력과 배려를 아끼지 않는다. 천재라고 믿어온 친구를 위하여 무엇이든 해치울 정신적 태세를 단단히 갖추었다.

안익태는 커티스음악원 장학생 선발시험에 합격하기를 간절히 기원했다. 한세광은 아랫방 홀아비 백인 사내의 비난과 항의를 무릅쓰고 밤새 첼로 연주에 몰입하는 친구를 편안히 감싸 안았다. 그러나 불행히도 낙방한 젊은 음악가는 템플대학 음악과에 장학생으로 편입하기를 소원했다. 젊은 시인은 친구의 이력을 들고 총장을 설득했다. 템플대학에 입학한 젊은 음악가는 그래도 커티스음악원의 세계적 음악가인 짐바리스트 교수의 개인 교습을 희망했다. 젊은 시인이 친구를 데리고 그의 이력을 보여주며 기어이 승낙을 받아냈다. 안익태는 모름지기 첼로만 알았다. 첼로 연주가 아니고서야 생활비나 학비를 벌어볼 엄두조차 낼 수 없는 예술가였다.

나를 동생 같이 믿고 있기 때문인 것 같았다. 그때 나는 김블 형제백화점(Gimble Brothers Department Shop)의 동양 물품점 점원이었으나 학교 때문에 반나절의 시간일(parttime work)을 했기 때문에 안의 생활비까지 대기에는 넉넉하지 못하였다. 그래서 밖에 나가서 사 먹던 식사를 집에서 자취하며 해먹기로 하였다. 빨래도 우리 손으로 하고 다림질도 우리 손으로 하였다. 우리 손이라고 하지만 사실은 거의 다 내 손으로 한 셈이었다. 그는 밤낮으로 첼로에 열중했기 때문에 잔심부름을 할 정신과 마음의 여유조차 없었던 것이었다.

자나 깨나 첼로, 꿈속에도 오매불망 음악밖에 모르는 안익태를 보살피는 한흑구의 속사정을 알아줄 사람이 필라델피아에는 존재하지 않았다. 젊은 시인은 낌새조차 풍기지 않았다. "너는 천재다. 음악으로 세계에 조선을 빛내어다오." 이 혼잣말을 축원으로 보내줄 따름이었다. 1933년 3월 16일《신한민보》기사 '비부 학생 동정'에 안익태와 한세광이 나란히 등장한다. '비부'란 필라델피아의 한자 표기다.

새 임원으로 한세광 씨를 지방회의 회장으로 추천하였다. 새로이 이곳으로 온 이는 씬씨내티 음악학교에서 공부하던 안익태 씨이며 그는 템플대학 음악학과에 전학하고 커티스음악학교에서 첼로를 연구하게 되었다.

뜻이 있는 곳에 길이 있다. 이 말은 어긋나지 않았다. 한세광은 아버지와도 친분이 두터운 미국인 목사에게 죽마고우인 천재 음악가의 형편에 대해 상의했다. 목사는 자기 교회에 음악예배를 신설했다. 안익태가 첼로 연주를 하고, 한세광은 조선에 대한 강의를 맡았다. 한 번 예배하면 한 주일치 생활비가 나왔다. 그러나 이런 정도가 '길'은 아니었다. 젊은 음악인의 열정과 젊은 시인의 우정이 하늘에 닿기라도 했을까. 목사가 안익태에게 월리 부부를 알선했다. 증권회사의 중역으로 퇴임한 남편, 대학에서 음악을 전공한 아내. 이제 늘그막에 전원생활을 즐기고 있는 노부부는 경제적으로 넉넉하고 음악을 사랑하고 안익태의 재능을 높이 받들고 한세광의 아름다운 우정을 칭송했다. 자녀들은 이미 다른 도시에서 풍족한 가정을 이루고 있었다. 월리 부부는 안익태의 양부모가 되어 필라델피아를 발판으로 삼아 세계적 음악인으로 성장하는 그의 음악인생에서 결정적인 후원을 맡아준다. 필라델피아에 한세광이 없었다면, 안익태의 그 중대한 발판은 마련될 수 있었을까? 아마도 그는 우선 평양 또는 경성, 아니면 도쿄로 돌아가는 길을 택해야 했을 것이다.

한세광은 포항사람으로 살아가는 예순다섯 살 무렵에 한흑구의 이름으로 회고하는 「예술가 안익태」라는 글을 뉴욕에서 거의 마무리 짓는다. 1933년 크리스마스 시즌을 맞아 '전미(全美) 음악콩쿠르'에 당당히 도전장을 던지는 죽마고우를 그는 뉴욕까지 바래다주는 것이다. 크리스마스를 앞둔 날 오전 11시에 다가서는 시각, 뉴욕 유니온역 대합실에서 포옹을 나누고 눈물 젖은 손수건을 흔들며 작별한 안익태와 한흑구.

안익태는 전미음악콩쿠르에서 우수한 성적으로 입상할 것인가? 그래서 그의 꿈을 좇아 유럽으로 가게 될 것인가? 한흑구는 죽마고우의 대성을 빌면서도 마냥 쓸쓸했다.

1934년 새해에 한흑구는 안익태의 편지 몇 통을 받는다.

> 자네의 꾸준한 성원으로 내가 제2위에 입선된 것을 감사히 생각하네.
>
> 연습에 너무 지치지 않았던들 1위를 했으리라고 생각이 되네. 그러나 1위와 2위의 차이보다, 이젠 다소 첼로에 자신을 갖게 되었으니 나 자신 성공이라고 만족하게 여기네.
>
> 상장도 받고, 상금도 얼마간 받아서 생활의 안정을 얻게 되었네. 그것보다도 뉴욕 제2심포니오케스트라의 제1첼리스트로 추천이 되어서 취직이 되었네. 한 군이 모두 축복해준 덕택이라고 생각하네. 기뻐해주게.

다른 곡을 창작하기 전까지는 여러 유명한 곡을 지휘할 수 있는 연습을 해서 지휘자로서 세계적으로 출세할 결심이네. 첼로는 근 이십 년이나 만지었으나, 그것만으로써는 진정한 음악의 대가를 할 수 없다고 생각하네.

이번 〈코리아 판타지〉 연주에 대해서 뉴욕 각 신문의 논평도 퍽 좋은 편이어서 기뻐하네. 작곡에 대해서도 충분한 동양적 정서를 지닌 애수적인 작품으로 성공했다고 했고, 지휘자로서도 손색이 없다고 논평이 되었네.

한 군과 같이 늘 꿈꾸고 있던 그 이상을 꼭 실현할 날이 올 것을 나 자신 믿고 있네. 늘 축복해주게.

그런 다음에 무소식의 날들이 한 달을 채웠다. 문득 런던에서 보낸 소포가 로스앤젤레스에 당도했다.

한 군, 너무 오래 소식을 끊어서 미안하게 되었네.

나는 약 삼주일 전에 런던으로 왔네. 어떤 음악 비평가의 소개로 런던 제1심포니의 제1첼리스트로 일 년간 계약을 하고 오게 되었네. 떠날 때와 이곳에 와서도 연주 때문에 분주해서 편지를 쓸 시간이 없었네. 용서해 주게.

따로 보내는 소포에는 내가 런던에서 〈코리아 판타지〉를 지휘 연주하던 사진들과 그동안에 연주했던 프로그램과, 신문에

낫던 비평문들을 오려 보내는 걸세.

잘 보고 또 격려해 주고, 하느님께 기도해 주게.

런던에서 성공을 하면 유럽 특히 비엔나에 꼭 가보겠네.

비엔나는 음악가의 요람이요 고향일세.

한흑구는 책상을 가다듬었다. 테이블 위에 놓인 여배우 스탠윅 양의 사진을 접어서 서랍 속에 넣고, 그 대신 안익태의 사진을 세워 놓았다. 의연한 '지휘자' 안익태였다. 지휘봉을 높이 들고, 두 팔을 벌리고, 연미복을 입은 새뜻한 모습은 세계적인 젊은 예술가 안익태의 탄생을 알리는 현장 장면이었다.

그러나 그것이 마지막이었다. 1934년 새봄에 평양으로 돌아와 이제 '한흑구'의 이름을 조선 문단에 올리는 한세광, 그는 안익태의 편지를 더 받지 못한다. 물론 다시는 만나지도 못한다.

내 집은 헐어지고
나는 외아들이노라.
헐어지는 내 집을 바로 잡을
나는 조선의 외아들이노라.

위의 시는 1934년 1월 《신한민보》에 실린 한흑구의 「내 집」

제3연이다. 그때 그는 '흑구시집편초'라는 제하에 엮은 시 수십 편을 《신한민보》에 집중적으로 연재하고 있었다. 첫 회에는 "재미 동포 여러분께 드립니다"라는 그의 작별 인사도 나왔다.

'흑구'라는 필명을 처음으로 세상에 내놓은 청년시인은 1934년 새봄을 맞아 샌프란시스코에서 태평양을 횡단하는 여객선에 올랐다. 어머니의 병환 소식을 받고 귀국, 귀향의 짐을 꾸린 것이었다. 한승곤은 흥사단을 놓아둘 형편이 되지 않아서 아들을 앞세워야 했다.

평양에 돌아온 한흑구는 '집안의 외아들'로서 어머니를 보살피는 정성을 기울였다. 그렇다면 '조선의 외아들'로서는 무엇을 할 것인가? 그는 깜짝 놀랐다. 그때까지도 평양에는 신문은커녕 잡지 하나 나오지 못하고 있었다. 그것을 평양의 수치라고, 젊은 시인은 단정했다. '신문은 제쳐두더라도 잡지부터 창간해야 한다.' 그는 사명감이라 불러야 하는 각오를 세웠다. 평양의 지도층 인사들부터 설득했다. 조만식, 김동원(소설가 김동인의 가형), 이훈구, 오윤선, 최윤호, 송창근 등을 두루 찾아다녔다. 도산 안창호의 동지, 미국 흥사단의 의사부장, 신망 높은 목사가 그의 아버지 한승곤이었다.

그들은 창간 잡지의 제호를 《대평양》으로 결정했다. 창간 준비의 실무부터 원고 수합과 작성까지, 한흑구는 북도 치고 장구도 치고 추임새도 넣으며 거의 모든 업무를 즐거이 떠안았다. 『한국잡지백년』의 《대평양》 소개면에는 다음과 같이 '한흑구 찬탄'이 나와 있다.

주간이요 기자요 시인이요 소설가요 수필가요 영문학자인 그는 시 · 소설 · 논문 · 잡문 등 적어도 10편 이상을 쓰고, 창간호를 편집했으니, 그 일거리가 얼마나 많았겠는가. 25세의 정열이 아니고서는 해낼 수 없는 일이었다. 그는 1929년 도미(渡美)하여 시카고의 노스파크대학에서 영문학을, 템플대학에서 신문학을 전공했다.

열혈 청년 한흑구의 동분서주는 해를 넘기지 않고 기어코 11월 하순에 《대평양》 창간호를 내놓았다. 그가 쓴 '창간사'의 한 부분이다.

본지는 평양의 진화(進化)를 지시하고 평양의 이상(理想)을 수립하는 데 한갓 공기(公器)가 되려 한다. 16만 평양시민의 장래를 위하여 우리는 서로 이야기하고 또한 서로 듣자. 공정한 언론은 사회의 대변자이며 사회의 이상이다.

평양지방을 중심으로 하는 언론이 없는 것을 일반시민은 불행으로 생각하게 되었으니, 이에 늦은 감(感)을 불금(不禁)하며

> 열렬한 찬조자들과 같이 본지를 출세(出世)하게 되었다. 지방과 지방이 합작(合作)하는 곳에 전체 공동합작이 실현될 수 있나니, 우리는 이 의미에서 평양지방의 언론을 이상화하기 위하여 본지 《대평양》을 창간하는 바이다.

그러나 《대평양》은 단명했다. 1935년 새해에 2호를 발행한 뒤로 중단되었다가 1937년 새해에 간신히 3호를 내놓고는 자취를 감추고 말았다. 원고난, 재정난, 검열난 등이 앞길을 가로막은 것이었다. 《대평양》의 업무에서 놓여난 한흑구는 신의주를 왕래하는 자동차(트럭) 사업으로 생계를 꾸려나가는 한편, 1935년 12월 어머니를 여읜다. 아내의 임종을 지킬 수 없었던 한승곤은 이듬해에야 평양 기독교인의 공동묘지인 '서장대'로 꽃을 들고 찾아가게 된다.

한흑구는 1936년 가을부터 다시 바빠졌다. 평양의 여걸 백선행 여사가 사회적 공공재로 활용하라는 뜻으로 남겨둔 유산의 힘으로 새로운 잡지가 탄생하게 된 것이었다. 백선행의 '백(白)'에 빛 '광(光)'을 합친 《백광》. 전국적 잡지, 문예중심의 잡지를 표방한 《백광》에서 한흑구는 주간을 맡았다. 소설가이며 목사로서 발행인에 이름을 올린 평양사람 전영택은 서울에 거주하고 있었다. 이번에도 한흑구가 북 치고 장구 치고 추임새도 넣어야 하는 형편이었다. 하지만 《백광》은 《대평양》이 가지지 못했던 가장 중요한 능력을 갖추고 있었다. 그것은 재정이 든든하다는 사실이었다. 재정이 든든하니까 경성이든 평양이든 전국 어디든 연락이 닿는 문필가에게는 얼마든지 원고를 청탁할 수 있었다. 고료는 원고 확보의 확실한 길이었다. 남은 하나의 문제는 검열난이었다. 일제 검열관의 시선에 걸리지 않을 재간을 얼마나 용하게 부려댈 수 있을 것인가. 이것이 관건으로 남았다.

1936년 11월 중순에 한흑구는 평양에서 기차를 타고 경성으로 출장을 왔다. 조선 문단을 대표할 만한 문인들을 만나 좋은 원고를 청탁하는 것이 주요 임무였다. 이광수, 이기영, 이태준 등의 자택을 방문하고, 그들의 근황과 방문 소감을 창간호에 산문으로 남겨두게 된다.

1937년 새해를 맞아 세상에 처음 나온 《백광》 창간호 '편집후기'에서 한흑구는 흐뭇하고 대견스러운 기쁨을 털어놓는다.

> 평양에서 전선(全鮮)을 상대로 하는 책이 발간되기는 이 《백광》이 효시다. 더구나 잡지 한 권, 신문 한 장 없는 평양에서 이 《백광》의 출현이야말로 커다란 경이(驚異)라 하지 않을 수 없다.

한흑구는 전선(조선 전국)을 상대로 하는 《백광》이라 했다.

과연 각 권에는 당대의 조선을 대표하는 문필가들이 빠짐없이 등장했다. 목차에 등장하는 성명만 일별해도 짐작할 수 있다. 이광수, 양주동, 조만식, 채만식, 최정희, 전영택, 모윤숙, 함대훈, 박영준, 이무영, 백철, 김해강, 이석훈, 박태원, 이태준, 이기영, 이효석, 한흑구, 신석정, 유치환, 노천명, 한설야, 계용묵, 안석영, 송영, 안회남 등 1937년에 작품활동이 활발한 거의 모든 전국적 문인들을 망라했다. 민족주의 작가, 감옥을 드나든 사회주의 작가를 구분하지 않았다. 중진과 신인을 구분하지 않았다. 더구나 그때는 아직 친일문학의 광풍도 물밑에 엎드려 있었다. 하지만 태풍 전야의 고요 같은 것이었다. 단지 조선 문단이 그 조짐을 미처 알아채지 못하고 있을 따름이었다. 머잖아 밤이 덮쳐올 것이었다. 평양에서 전(全) 조선을 상대로 하는《백광》도 역시 미구에 굶주린 악어의 아가리처럼 열릴 암흑시대를 예감하지 못하고 있었다.

씩씩하게 전진하던《백광》은 6호에서 빛을 거두게 된다. 여전히 백선행기념사업회의 금고는 넉넉했으나 그 빛은 스러질 수밖에 없었다. 수양동우회 사건이 터진 것이었다. 수양동우회란 미국 흥사단의 국내 조직이었다. 중일전쟁을 준비하는 일제는 평양 거점의 흥사단 조직을 미리 일망타진으로 조져야 했다. 안창호, 한승곤, 이광수, 주요한, 한흑구…….《백광》의 빛은 일순간에 꺼져버렸다.

수양동우회에 끌려간 안창호는 서대문형무소에서 깊은 병을 얻어 이듬해 세상을 떠나고, 한승곤은 세 해 동안 옥살이를 견뎌내고, 고초를 겪고 나온 이광수, 주요한 등은 친일문학의 늪으로 빠져들고, 막 결혼해서 신접살림을 차렸던 한흑구는 기소중지로 풀려 나와 곧바로 평양을 떠나 강서군 성태면 연곡리로 들어간다. 산골이다. 친일문학의 펜을 들어야 한다면 차라리 절필하고 펜 대신 삽을 잡겠다는 각오였다. 산골에 마련한 집을 스스로 '성대장(星臺莊)'이라 불렀다. 별, 이 단어가 그는 좋았다. '백광'의 빛도 빼앗기고 민족의 빛도 빼앗겼으나 민족정신의 빛을 상징할 수 있는 별, 더구나 연곡리 밤하늘에는 초원의 들꽃처럼 별이 피어났다. 그는 성대장에 박혀 미국 고학 시절에 단련한 노동의 힘으로 직접 농사를 지었다. 장남과 차남도 거기서 얻는다. 친일문학에 동참하라는 압박과 강요와 회유를 물리치는 절필의 시절을 스스로 '동면'이라 불렀다. 1940년 6월 《시건설》 8호에 실린 그의 시 「동면」에서 끝 연은 다음과 같다.

나는 봄이 오기를 기다리며
머구리와 같이 동면을 계속한다.
다만 앞동리(洞里)의 연못이 썩지나 않았나
앞겨울 보금자리를 걱정하지 않을 수 없다.

「동면」은 한흑구의 마지막 시이기도 했다. 그 뒤로 그는 시를 쓰지도, 묵혀뒀던 시를 발표하지도 않았다. 해방 이후의 한흑구는 수필을 창작의 중심에 놓은 산문 작가로 변신한다.

일본 왕이 항복했다는 소식, 우리 민족이 해방되었다는 소식, 마침내 빛을 되찾게 되었다는 광복의 소식을 성대장의 한흑구에게 들려준 것은 라디오가 아니었다. 자전거가 싣고 왔다. 평양에서 집배원처럼 자전거를 타고 먼 길을 허겁지겁 달려온 지인이 있었다.

이날 오후가 되어서, 평양에서 친구가 땀을 흘리면서 자전거를 타고 왔다. 왜왕의 항복을 알려주기 위함이었다.

"오! 하느님!"

나는 감격하였다. 울었다. 너무나 기뻐서 눈물이 나왔다. 사십 년 동안 나의 몸속에 서리었던 붉은 피가 심장으로 한꺼번에 용솟음쳐 모여드는 것을 감각하였다.

아내와 아이들도 다 나와 같은 마음이었고, 마을의 애들도, 늙은이들도 다 그러하였다.

한흑구는 아내와 어린 두 아들을 성대장에 남겨두고 평양으로 출발했다. 이제 나라를 위해 무슨 일인가를 해야 한다고 생각했다. 아버지도 만나고 안창호 다음의 지도자 조만식도 만나야 했다. 그는 발걸음이 가볍고 기뻤다. 단 한 조각도, 단 한 편(片)도 친일문장을 쓰지 않았으니 양심에 꿀릴 것이 없는 몸이었다.

그날로부터 스무 해쯤 더 흐른 뒤, 한흑구는 그저 조용히 우리 민족의 '영광된 작가'라는 꽃다발 없는 꽃다발을 받게 된다. 일생의 대업으로 삼고 일제강점기 친일문학의 전모를 철저히 조사 · 연구 · 집대성한 문학평론가 임종국, 심지어 자기 부친의 친일행적까지 샅샅이 뒤져놓은 그가 1966년 펴낸『친일문학론』에다 "끝까지 지조를 지켜 단 한 편의 친일문장도 남기지 않은 영광된 작가들"을 밝혀뒀다. 해방을 못 보고 타계한 문학인으로는 윤동주와 이육사가 있고, 해방을 맞이한 문학인으로는 변영로, 오상순, 한흑구, 이희승, 김영랑 등을 비롯해 당시로는 신인과 다름없었던 청록파의 조지훈, 박목월, 박두진 등이다.

1945년 8월 15일 직후, 해방정국에 대응하는 평양의 정치적 중심에는 조만식이 있었다. 8월 17일 조만식은 평양에서 조선건국준비평남위원회를 결성하여 위원장으로 추대되고, 다음날 평남 도청에서 이뤄진 소련군과 일본군 사이의 일본군 항복조인식에 입회 자격으로 참석하였다. 8월 26일 소련군은 건국준비위원회와 공산당을 평양 호텔로 초청하여 연립정권 수립을 결정한다. 이때 조만식은 건준위 세력이 한낱 허수아비 처지로 전락했다는 사실을 알아채고 있었다. 모든 실권은 이미 소련군정과 김일성의 인민위원회가 장악한 상황에서 평양은 이른바 붉은 군대가 지배하는 붉은 세상으로 바뀌었다.

조만식은 한흑구 등 자신을 따르는 후배들에게 하루빨리 38선을 넘어 서울로 탈출하라고 종용한다. 자기 아내도 재촉해 월남의 길로 보낸다. 그들의 목숨이 위험하다는 점을 확실히 예견한 것이다. 그러나 정작 자신은 월남을 거부한다. 누가 권유해도 꿈쩍하지 않는다.

"나의 일신을 염려하지 마시오. 나는 북한의 일천만 동포와 운명을 같이하기로 이미 굳게 결심하였소."

8월 하순 들어 평양의 한흑구는 신변 위험을 감지했다. 연곡리 성대장에 가족을 두고 먼저 혼자서 남쪽으로 내달려야 했다. 조만식이 그에게 서울 가는 트럭을 주선해줬다. 이 무슨 해괴한 변고인가. 《대평양》을 창간했던 젊은 인재가 평양을 탈출해야 하는 '해방'이었다. 친일문학을 끝내 거부하고 민족의 빛을 지켜낸 작가가 자신의 목숨을 지키기 위해 서둘러 평양을 등져야 하는 '광복'이었다. 뒷날에, 회갑을 넘어선 어느 날에, 한흑구는 포항시 동빈동 서재에 앉아 1937년 평양의 《백광》 시절에 자주 만났던 양주동, 이효석 등을 회고하는 글에서 '월남 탈출'에 얽힌 사정을 겨우 석 줄만 남긴다.

1945년 8월 15일 해방이 되자, 9월 1일 나는 제일 먼저 고향을 뒤로 두고 서울로 뛰어올라왔다.

적도(赤都)의 평양은 내가 살 곳이 못 될 것을 잘 알았기 때문이었다.

그해 11월에 우리의 온 가족이 삼팔선을 넘어서 무사히 상경하는 데 성공을 하였다.

1945년 9월 9일 한반도의 38선 이남 지역을 통치하는 재조선 미국 육군사령부 군정청(미군정, 美軍政)이 들어섰다. 사령관에는 존 하지 중장이 부임했다. 이후 미군정은 1948년 8월 15일 대한민국 정부가 출범하는 날까지 공식적으로 존속한다. 미군정이 들어서면서 조선총독부가 사라졌다. '경성'이란 지명도 폐기되었다. 한양, 한성, 경성을 거쳐 '서울'이 탄생했다. 한자(漢字) 표기는 관심 밖으로 버려졌다. 영어 표기가 중요했다. SEOUL. 수도란 뜻의 순우리말 '서울'은 그냥 'SEOUL의 서울'로 거듭났다.

한흑구는 미군정의 통역관 모집 공고를 보았다. 고학과 방랑으로 청춘의 다섯 해를 꼬박 바쳤던 미국 유학과 방랑 여행, 유창한 영어, 미국문학 번역 실적 등이 졸지에 '서울 정착' 수단으로 돌변했다. 미군정의 서울시청 통역을 맡은 그는 고위 대우를 받으며 서울 필동의 근사한 적산가옥을 살림집으로 얻는다.

그리고 평양보다 더 북쪽에 위치한 강서군 성태면 연곡리 성 대장의 가족들에게 월남하라는 전갈을 보냈다. 약속한 일시에 한흑구는 개성 송악산 언저리의 38선 바로 밑에 미군 트럭을 대기시키고 소련군과 대화하면서 가족을 기다렸다. 어린 두 아들을 데리고 38선을 넘는 아내는 조마조마하게 애를 태운 시간이었으나 가장(家長)은 좀 느긋한 편이었다. 경비하는 소련 군인들까지 포섭해 뒀던 것이다.

미군정청 고위 통역관 한흑구. 남산 밑의 근사한 적산가옥에 가족을 부린 그는 서울 문학인들에 비해 무엇보다 주머니 사정이 넉넉한 처지였다. 미국 달러로 받는 월급봉투는 문우들에게 밤마다 술을 사줘도 모자람이 없는 수준이었다. '생활은 평범하게, 생각은 고상하게'라는 좌우명을 영혼의 나침반으로 박아둔 생활인, 물욕을 멀리하고 진선미를 추구하며 무실역행의 흥사단 정신이 뼈에 사무친 지식인, 워트 휘트먼의 방황과 문학 세계를 존중하는 문학인으로서 한흑구는 도무지 '돈'을 숭상하거나 미군정 고위 통역관이라는 그 막강한 '빽(권세)'으로 치부에 나설 생각이 코털 한 올만치도 없는 사람이었다.

세월이 흐르고 흘러 1973년 2월, 예순네 살의 한흑구는 포항 송도해수욕장의 영일만 바다와 갈매기를 지켜볼 수 있는

횟집, 활기찬 죽도시장 한구석의 허름한 술집에 앉아 지치지도 않고 변하지도 않는 애주가로 살아가면서 해방공간(1945년 8월 15일부터 1948년 8월 15일까지)의 서울에서 지낸 기간에 밤마다 마셔댔던 문인들과의 술자리에 대한 추억을 더듬으며 「주도세칙」이라는 수필을 쓴 적이 있었다. 이 글은 《월간문학》 1973년 2월호에 실렸다.

> 우리 문학인 중에는 술을 못 마시는 사람이 별로 없는 것 같다. 내가 함께 술을 마셔 본 이들 중에서 제일급(第一級)을 꼽아보면 상당히 많다고 생각한다.
>
> 우선 수주(樹洲)를 비롯해서, 월탄(月灘), 청천(聽川), 공초(空超), 춘해(春海), 무애(无涯) 제씨(諸氏) 등은 두주급(斗酒級)에 속했지만, 지금은 고인이 되신 분도 있고 노년이 되어서 애주가급에 머무르고 있을 것으로 생각된다.
>
> 해방 당시에 대주가급은 청마(靑馬), 지훈(芝薰), 미당(未堂), 해송(海松), 광주(光洲), 인욱(仁旭), 구상(具常) 등을 들 수 있다.
>
> 대주가급에 속하는 이들은 주량이 약주로 친다면 대두(大斗)나 반두(半斗)쯤은 처리할 수 있고, 맥주라면 몇 타(打)씩, 위스키일지라도 사합(四合)들이 한 병은 감당했다.

고향을 등져서 자기 목숨과 가족을 건사한 해방공간의 서울에서 한흑구의 단짝 주붕은 시인 오상순, 시인 조지훈, 소설가 김광주, 시인 서정주 등이었다. 특히 조지훈은 하룻저녁이 멀다 하고 어울려 마셨다. 이 추억은 「지훈의 인정미」라는 회고담으로 남겼다.

지훈은 거의 매일 같이 명동에서 만났고, 광주, 인욱, 공초 선생과 같이 술값이 싸다는 '무궁화' 주점에서 놀았다.

통금 시간이 되어도 술이 부족하면, 우리 집으로 가서 밤을 새워가며 술을 마시는 일도 여러 번 있었다.

그는 약주도 잘 마셨지만 소주, 빼주(빼갈), 위스키 무엇이나 다 잘 마셨다.

지훈은 영국의 미의 시인 키츠를 좋아한다고 하였다. 그러나 키츠는 시만 썼지만, 지훈은 국문학, 사학, 민속학, 종교 등을 통해서도 미를 탐구하려는 노력이 컸다고 생각한다.

고려대학교 국문학과 교수로 재직하는 조지훈은 6 · 25전쟁의 포성이 휴전협정으로 멈춘 뒤에도 서울로 올라오지 않고 포항에 박혀 고독한 문학인으로 살아가는 한흑구를 여러 차례 찾아왔다. 이러한 지훈의 인정을 한흑구는 아름다운 가치로 여겼다.

여름철이 되어서 지훈이 마해송 씨와 함께 동해로 놀러와 여러 날 놀고 가기도 했다. 해변 백사장 소나무 그늘 아래서 술상을 놓고, 술을 이야기하고, 시를 이야기하면서 수평선 위에 달이 떠올라올 때까지 늦도록 술을 마신 적이 한두 번이 아니었다.

너무나 안타깝게도 조지훈은 삶이 짧았다. 1968년 5월에 타계한다. 겨우 마흔여덟 살이었다. 한흑구는 추모의 심정을 간신히 간추린다.

키츠는 26세에 조사(早死)했지만 지훈도 키츠처럼 미의 학도이어서인가 너무나 아깝게 요절하고 말았다. 인생의 무상함을 탄한들 무엇하리요. 다 한 번 가야 하는 길을. 지훈의 고운 인정이 늘 이 땅 위에 꽃피어 있기를 빌 뿐이다.

1948년 8월 15일 대한민국 정부가 출범했다. 미군정이 막을 내렸다. 애국가가 울려 퍼졌다. '동해물과 백두산이 마르고 닳도록~~' 두 동강으로 갈라진 분단국가, 그러나 '백두산'은 그대로 애국가의 상징으로 등장했다. 곡조는 달라졌다. 스코틀랜드 민요 〈올드 랭 사인〉이 아니었다. 유럽에 살고 있다는, 세계적 음악가로 알아준다는 안익태가 작곡한 노래였다.

한흑구는 감회에 젖었다. 필라델피아 교외 윌리 부부의 전원주택에서 몇 시간 전에 작곡했다는 〈코리아 판타지〉 서곡을 피아노로 연주하는 안익태, 친구의 청에 따라 우리나라 민요들을 떠오르는 대로 무려 한 시간쯤 목청껏 불러대는 한흑구. 어느덧 열여섯 해나 흘러간 어느 토요일 한낮이 그의 눈앞에 엊그제 장면처럼 생생히 떠올랐다.

'안익태는 음악으로 꿈을 성취했다. 됐다. 고맙고 장하다. 이제 나는 어떻게 살아갈 것인가.'

한흑구는 자신의 앞날을 고민하고 있었다. 마음만 먹고 나서면 미군정청 고위의 추천서를 받아 이제 막 닻을 올린 대한민국의 외교부든 주미대사관이든 정부의 어느 자리든 맡을 수 있는 실력과 경력을 쌓아뒀다. 하지만 그는 그런 방향으로 눈길조차 보내지 않았다. 심경이 복잡했다.

첫째, 건강에 적신호가 켜졌다. 폐에 잠복성 결핵균이 발견됐다. 현재는 잠복성 결핵이어서 기침이 전혀 없고 일상생활에도 아무런 지장이 없지만, 어쩌다 면역력이 떨어지면 활동성 결핵으로 돌변해 생명을 위협하거나 가족부터 감염시킬 수 있는 '위험한 놈'이었다. "세포 속에 잠복한 균들을 모조리 척결하자면 꾸준히 약을 복용하면서 신선한 공기를 마시고 신선한 해물을 자주 섭치하는 것이 좋다.” 이것이 의사의 소견이고 권유였다.

둘째, 분단 독립은 자신이 갈망해온 독립이 아니었다. 더구나 《타임》이나 《뉴스위크》 같은 영어 신문들이 보도하고 분석하는 세계 정세를 통찰해 보면 장제스의 국민당과 마오쩌둥의 공산당이 전쟁하고 있듯이 어쩌면 한반도에서 그와 유사한 사변이 발발할 것만 같았다.

셋째, 청탁과 부패의 유혹이 끊일 줄 모르는 권력의 자리와는 척을 지고 싶었다. 그것은 고학으로 미국 대륙을 유랑하며 추구해온, 무실역행을 생활의 기둥으로 삼아온, 문학을 영혼의 양식으로 삼는 ‘한흑구의 길’이 아니라고 생각했다.

‘정부가 출범했다. 미군정이 끝났다. 분단의 독립국가…….
명리를 좇아서 무엇하겠나. 여기까지다. 서울을 떠나자. 나의 가치를 찾아가자.’

안익태 작곡의 애국가가 울려 퍼진 새로운 국가, 새로운 정부의 출범에 즈음하여 한흑구는 서울을 떠나겠다는 결심을 굳혔다. 틈틈이 미군 도서관을 드나들며 준비해온 작업도 거의 마쳐뒀다. 그것은 미국 현대시단을 대표하는 시인과 시를 선택하여 작품과 정보를 정리하고 번역하는 일이었다. 한흑구는 번역시집 『현대미국시선』 출간을 준비하고 있었다. 문학의 굴레를 벗을 수 없는 운명이었다.

신생 · 독립 · 분단국가에 가을이 돌아왔다. 들판이 제법 누렇게 물들고 있었다. 여행하기 좋은 절기였다. 한흑구는 서울의 문우들과 함께 경주로 내려왔다. 석굴암, 불국사를 비롯해 고분들을 둘러보았다.

경주 여행에서도 문우들의 저녁은 늘 그랬듯 재담 넘치는 술자리로 이어졌다. 떠들썩한 이야기들 가운데 문득 한흑구의 고막을 세게 자극하는 말이 나왔다. 경주에서 가까운 포항 송도해수욕장이 동해안의 명승이라는 칭송이었다.

2024년 가을의 포항 송도해수욕장에서 1948년 가을의 정취를 느낄 수는 없다. 상전벽해, 이 한마디면 족할 듯하다. 한흑구를 반하게 만들었던 1948년 가을의 포항 송도해수욕장은 일찍이 자연이 창조한 본모습을 간직하고 있었다. 커다란 수박처럼 잘 생긴 원형(圓形)에서 수평선 근처의 꼭대기만 잘라낸 것 같은 영일만, 그 안에 드넓은 호수처럼 안겨든 푸른 바다—이 풍광에서 한흑구는 대뜸 시카고 미시간호반을 그려보았는지 모른다. 그가 하와이 와이키키에 비교한 백사장은 새하얀 세모래의 명사십리였다. 사람이 자연의 재해를 막자고 백사장을 따라 두텁게 심어둔 해송들은 사시사철 푸른 숲을 이뤄서 마치 오래된 원형(原形)의 일부처럼 어우러져 있었다. 한흑구는 방사 · 방풍의 송림을 바라보며 평양의 기자림을 떠올리지 않았으려나. 영일만은 유장한 흐름을 마치며 이윽고 바다의 품에 안기는 강과 천(川)을 받고 있다. 대동강, 보통강보다 규모는 작다. 경주를 가로질러 흘러온 형산강이 송도 백사장 동쪽을 넓게 끊어내서 영일만으로 들고, 형산강의 샛강 같은 칠성천은 그 서쪽을 끊어 송도를 포항 시가지와 분리하면서 영일만으로 든다. 끼룩, 끼룩, 끼룩. 영일만 바다 위를 유영하는 흰 갈매기들이 백사장에 외로이 서성이는 '검은 갈매기'를 발견하고는 반갑다, 반갑다, 어서 오라고 환영하듯 그의 눈앞을 떠나지 않았을 것이고…….

서울로 올라간 한흑구는 아내 방정분과 짐을 꾸렸다. 가재도구며 책들은 트럭으로 보내기로 하고, 가족은 모두 열차를 타기로 했다. 그의 가족은 모두 여섯이었다. 막내로 태어난 아기(딸)와 삼형제 아들, 그리고 부부. 어둠 속으로, 어둠 속으로, 느려터진 야간열차는 서울에서 포항까지 12시간을 달렸다. 영일만 수평선 위로 새말간 해가 이마를 내미는 시각, 한흑구 가족은 포항역 광장으로 나섰다. 이주민 행색이 아니라 여행객 같았다. 해장국 같은 것으로 속을 데우고 나면 어떤 집으로 갈 것인가. 일단 근사한 집에 들었다. 일본 해군 장성이 살던 적산가옥이었다. 그러니까 한흑구는 급하게 임시 거처를 마련하는 데는 관청에 힘을 넣었다. 그가 여천동 적산가옥을 불하받는 것은 충분히 가능한 일이었다. 서울의 요로에 청탁을 넣으면 일사천리로 해결될 수 있었다. 하지만 그러한 일들에 넌덜머리를 내고 서울을 떠났을 뿐만 아니라, 인생을 꾸려 나가는 정신적 중추는 변함없이 무실역행의 흥사단 사상이었다. 곧 그가 포항에서 마련한 남빈동 530번지 '내 집'은 방이 셋이었다. 그러나 무려 70년 묵은 집이었다. 용마루가 파도처럼 울퉁불퉁했다. 서울 필동의 호화 기와집에 비하면 거의 헛간 수준이었다.

제일 큰 이삿짐은 책이었다. 영어책만 1000권이 넘었다. 포켓북 형태의 소설도 많았고, 대다수가 시집과 철학서였다.

그렇게 불현듯 내려와서 '포항 정착 일 년'에 접어드는 1949년 9월 4일, 한흑구는 영일만 바다로 미끄러지듯 불어오는 가을바람을 맞으며 《경향신문》에 자신의 소회를 밝히는 수필 「청풍첩(凉風帖)」을 싣는다.

> 동해 바다의 정열적인 여름도 자취를 감추는 무렵, 바다의 바람은 벌써 시원한 정도를 지나 쌀쌀한 지경이다.
>
> 한여름을 아침이나 저녁이나 출렁대는 바다 물결과 갈매기 떼와 '고기잡이' 바닷사람들의 소금 냄새 끼치는 공기 속에 살다 보니 내 몸도 고기잡이의 아들이 된 것처럼 구리쇠같이 시커멓게 끄실고 타버렸다.

그러나 오히려 도회지의 잡음이 없고 도시인의 시끄러운 불평불만의 아우성을 멀리할 수 있으니 선들 부는 첫 가을바람과 함께 나는 역시 끝없이 푸르를 줄밖에 모르는 수평선을 바라보며 들어줄 이 없는 나의 시장(詩章)을 혼자서 넘기리라.

문학의 언어를 제대로 들어줄 사람이 없더라도 동해의 청량한 바람에 영혼을 씻으며 파도, 갈매기, 수평선과 더불어 고독하게 혼자서 문학정신으로 살아가겠다는 한흑구의 자기 다짐이 서린 글이다. 이러한 그의 태도는 이미 몇 달 전, 1949년 5월 24일《연합신문》에 발표한 글에도 야무지게 담겨 있었다. 오랜만에 서울 가서 다시 만났던 벗에게 보내는 편지 형식의 그 글에서 그는 자신의 생활신조를 지키는 것, '나'의 가치를 고수하는 것, '나'의 삶의 책임을 다하는 것 등에 대해 말하면서 진정으로 중요한 삶의 가치가 무엇인가를 역설한다.

고향을 떠난 사람이 어디든 찾아가지 못하겠는가. 권세와 출세를 버린 사람이 그깟 서울을 버리지 못하겠는가. 바다와 파도, 갈매기와 수평선의 언어를 문학혼에 담아낼 사람이 어찌 포항에 박혀 살아가지 못하겠는가. 이것이 1949년 포항의 한흑구, 시나브로 포항사람으로 거듭나는 한흑구의 삶을 향한 근본 태도였다. 그러한 어느 날에 그는《문예》에 실린 수상록 같은 수필「나의 벽서」에서 '독야청청'의 고독으로 나아갈 심경을 드러내기도 했다.

죽음은 삶의 목적도 아니고, 수단도 아니다. 한낱 삶의 과정의 종결이다.

내가 나의 삶을 마음대로 향유할 수 없는 것같이, 죽음도 나의 마음대로 할 수 없는 것이다.

우리는 다 산다. 우리는 다 죽는다. 살고, 죽는 것은 우리의 숙제가 아니다.

다만 어떻게 살고, 어떻게 죽어야 우리의 삶의 과정을 아름답게, 또한 진실하게 결실할 수 있을까가 문제다.

"육체는 죽어도 영혼은 죽지 않는다."

소크라테스의 말이다.

"지혜로운 사람은 일생에 단 한 번 죽어도, 어리석은 사람은 열두 번 죽는다."

셰익스피어의 말이다.

나는 단 한 번 죽으리라. 땅 위에서 죽어도 좋고, 물속에서 죽어도 좋고, 하늘 허공중에서 죽어도 좋다.

다만, 나는 성삼문의 시정(詩情)에서, 죽어서 '독야청청'하고 싶다.

서울을 등지기 전이었던 1948년 4월, 문학 서적이 아니기에 한세광이란 본명으로 '미국 유학 안내'라는 부제를 붙인 『미국의 대학제도』라는 책을 펴내서 신생 독립국의 젊은 인재들에게 선진 문물을 공부하라고 권장했던 한흑구는 1949년 번역시집 『미국현대시선』을 출간했다. 포항역에서 중앙선 기차를 타고 온종일 올라가야 하는 서울 나들이를 여행 삼아 떠났던 것은 '선문사'라는 그때 유명 출판사에 들러야 하는 일과 관련이 깊었다. 역자(譯者)가 "미국문학을 공부하는 이에게 도움이 되기를 바랄 뿐"이라는 소감을 적어둔 그 시집은 월트 휘트먼, 에밀리 딕슨, 에드윈 알링톤 로빈슨, 애드거 리 마스터스, 스테펜 크레인, 로버트 프로스트, 칼 샌드버그, 조이스 킬머, 랭스톤 휴즈, 카운티 컬린 등 20세기 전반기 기준으로 미국 시단을 대표하는 시인 20명의 대표작을 담고 있었다. 원문 영시와 번역시를 나란히 싣고, 뒤에는 그들의 약력을 한 사람씩 따로 소개하는 별도 지면을 덧붙였다.

1950년 새해에도 한흑구는 펜을 쉬지 않았다. 《신사조》 1950년 1월호에 평론 「월트 휘트먼론」을 발표했다. 그의 문학정신에 가장 큰 영향을 끼친 미국 시인, 오랜 전통의 틀을 깨고 자유시형을 창조하며 영시의 새 지평을 열었던 현대 미국의 최고 시인, 월트 휘트먼. 이 거장을 한흑구는 이렇게 평가했다.

그는 어디까지나 겸손하였고, 그는 어디까지나 순정한 인간이었다.

'가장 상스럽고, 가장 천하고, 가장 자연스럽고, 가장 대범한 것이 나다.'

그는 자기 자신을 늘 이렇게 생각하였고, 이렇게 행동하였고, 또한 이렇게 노래하였다.

이와 같이 노동자, 기계공, 농부, 목공, 초부, 수병, 병사, 창부, 젊은 여인들과 늙은 어머니들에까지 그의 노래의 주제로 하려 하였고, 인생의 진리를 노래하려 하였다.

그는 자연을 노래하였다. 풀 잎새를 노래하였고, 숲을 노래하였고, 바다와 하늘을 노래하였고, 별과 태양을 노래하였다.

1950년의 포항에는 대학이 없었다. 서울 어느 신문이나 잡지에 시 한 편, 산문 한 편 발표한 문학인 한 명도 없었다. 일제강점기에 일본 유학을 다녀온 몇몇이 정치판을 주름잡고 있었지만, 그들이 한흑구의 명성을 안다고 해도《대평양》과《백광》을 주도하고 미군정청 고위 통역관을 지내고 서울 문단에 이름을 떨쳤다는 평양 출신 '이상한 은둔자'의 문학적 대화 상대는 아니었다.

1950년 봄날의 한흑구는 외로웠으나 바다와 주고받는 고독한 사유의 언어를 심혼에 쌓으며 포항 땅에 정이 깊어갔다. 그러나 그를 포항에서 떠날 수밖에 없게 만드는 대사변이 발발했다. 동족상잔의 6·25전쟁! 그해 한여름, 8월 10일, 그는 피난길에 올랐다. 포항 죽도시장에서 출발해 경주시 감포와 울산 바닷가를 거쳐 부산 동래에 이르는 도보 피난길이었다.

8월 15일, 광복 5주년, 그날에도 한흑구는 아들 셋을 앞세우고 네 살 먹은 딸을 아내와 번갈아 업으며 자갈 깔린 도로를 따라 터벅터벅 걷고 있었다. 이튿날은 동래 온천교(溫泉橋) 밑에 닿았다. 피난민이 노숙하는 곳이었다. 그들은 늘어질 지경이었다. 곧 인민군이 쳐들어온다는 포항을 떠나서 꼬박 한 주일이나 걸었으니.

늦여름의 이슬을 피하는 다리 밑에는 13도의 피난민이 다 모인 것 같았다. 젊은 사람들은 버라이어티 쇼나 하듯이 13도의 노래를 다 불렀다. 잘 수도 없고, 울 수도 없고, 나오는 것이 미친 사람의 아우성 같은 노랫소리뿐이었다.

그래도 마흔한 살의 가장(家長)은 재빨리 걸인 가족 신세를 벗어났다. 일찍이 남쪽으로 내려와 부산에 터를 잡은 고향 친지에게 임시 거처를 얻었다. 일자리도 얼른 잡았다. 수영비행장 미군 부대의 통역관이 되었다.

피난 시절의 부산에서 한흑구는 해방공간의 서울에서 그랬듯이 종군작가로 내려온 가난한 문인들의 술자리를 책임졌다. 달러 담긴 월급봉투를 그가 우정의 샘으로 만든 것이었다. 뒷날, 회갑을 넘어선 어느 날, 포항의 한흑구는 「문단 교우록」에서 그때 추억을 회고한다.

첫 월급을 타가지고, 내 아는 친구가 서울에서 몇 명이나 왔나 하고 궁금해서 동광동으로 가보았다. 마침 미군 PX를 지나다가 마주친 것이 지훈과 공초 선생이었다. 공초 선생과 두 손을 맞잡고, "축하합니다" 하고 인사를 하고, 지훈과는 둘이 꽉 부둥켜안고 볼에, 입술에 막 키스를 퍼부어댔다. 죽은 줄 알았던 애인과 다시 만난 기쁨이요, 반가움이요, 인정이었다. PX 앞에 줄을 섰던 미군들이 손뼉을 치며 기쁜 얼굴로 웃어댔다. "에라 보이! 우린 애인보다 더 친한 사이인데 피난 와서 이렇게 만났다." 나는 미군들에게 이렇게 설명했다.지훈과 나는 공초 선생을 모시고 제일 가까운 중국요리집으로 갔다. 오랫동안 굶주렸던 배에 영양을 채우기 위해서 갖가지 요리를 있는 대로 청하고 오랜만에 백주(白酒)를 불렀다.

"공초 선생께 '축하합니다' 한 것은 우리가 죽지 않고 살아 있다는 것을 축하한 것입니다. 우리는 살아서, 반드시 승리해야 합니다."

"그래, 그렇구 말구! 꼭 승리해야지."

"그런 의미에서, 오늘 실컷 마셔봅시다!"

이렇게 기쁜 얼굴과 기분으로 밤이 깊도록 술을 마셨다. 세 사람이 서로 끼고, 부둥켜안아서, 돌아와 잠을 든 곳이 국제여관이었다.

며칠 뒤부터 한흑구는 부산 최초의 다방 '에덴다방'에 단골로 등장했다. 에덴다방은 피난 예술가들에게 '숨터' 공간이었다. 청마 유치환, 조지훈, 공초 오상순, 김송(희곡작가) 등은 미리 진을 치고 퇴근하는 한흑구를 기다렸다.

> 나는 그들이 마신 찻값을 치르고, 빈대떡을 놓고 소주를 몇 되씩 마셔야 속이 시원했다. 모두 군복을 입은 종군기자들이었고, 찻값은커녕 화랑담배도 떨어지는 형편에 있었다. 이런 형편을 잘 아는 나는 매일같이 이들을 찾아서 술로써 시끄러움을 씻어주고자 하였다. 어떤 때는 이들과 함께 남포동 '갈매기' 집에 앉아서 생선회와 술에 취하고, 훨훨 자유롭게 날아다니는 갈매기에 취하기도 하였다.
>
> 또 하루는 밤을 새워가며 정종 열 되를 중국요리와 함께 실컷 먹은 것이 청마, 지훈, 공초, 이숭녕(그때 박사가 아니었다) 씨, 그리고 나까지 5인이었다. 부산 피난머리에 '최고의 밤'이었다는 것을 나는 늘 기억하고 있다.

1951년 4월 21일 리치웨이 미8군 사령관이 23만 대병력을 지휘하여 드디어 서울 재수복에 성공한다. 중공군이 80만 대군으로 서울 3차 점령을 획책하지만 유엔군과 국군의 필사적으로 방어하며 오히려 더 북쪽으로 밀어 올린다. 전선이 38선을 기준으로 울퉁불퉁하게 고착한다.

그즈음에 한흑구는 부산을 떠나 포항으로 돌아왔다. 피난길은 한 주일의 도보였으나 돌아오는 길은 하루 빌린 트럭이었다. 어처구니없는 표현을 쓴다면, 금의환향이었다. 그때 그는 흔들렸다. 부산에 그냥 주저앉을 생각이 생겨난 것이었다. 낡은 집일망정 보나 마나 산산이 부서졌을 포항에 다시 정을 붙일 수 있겠는가. 이런 주저함을 냉큼 뿌리치지 못했다. 그런데 이게 어쩐 기적이란 말인가!

> 나는 포항으로 되돌아와서, 고가(古家)이나마 포격에 부서지지 않고 견디어 낸 나의 집에 다시 들어서 살 수 있었다. 포항의 전투는 격렬하여서 두 번이나적의 점령을 당하였고, 건물의 칠할 이상이 폭파되었다.
>
> 그런데도 나의 집이 남아 있었던 것은 하느님의 은혜라고 생각하고, 진정한 평화가 오기까지 이 집에서 살아본다는 것이 오늘까지의 일이 되고 말았다.

모든 포탄이 건드리지 못한 그 '평화의 집'에 하루는 미군 장교가 찾아왔다. 통역관이 되어 달라는 부탁이었다. 그는 다시 출근을 시작했다. 폐허의 포항을 재건하는 일에 미군의 도움을 불러들이기도 했다. 그의 노력이 맨 먼저 닿은 곳은 포항여자중학교(현 포항여고) 재건 공사였다. 한흑구는 다시 포항사람으로 뿌리를 내렸다. 1954년 《신천지》에 「동해의 신흥도시 포항」이란 수필을 싣는다.

> 푸르고 맑기로 이름난 동해, 영일만의 호수와 같이 잔잔한 물결 위에는 날마다 밤의 장막을 들치고 한국의 새날이 고요히 열린다. 날이 새기도 전부터 수십 척의 고기잡이배들이 만심(灣心)을 채우고, 밤사이의 공복을 채우려고 감도는 갈매기들의 떼들이 호수 위를 나즉이 날은다.
>
> 이 그윽한 광경을 클로즈업하며 불쑥 지평선을 솟아오르는 태양의 얼굴은 한없이 엄숙하고, 새맑고, 따뜻하다. 이 빛나고 깨끗한 아침을 맞는 만곡(灣曲)을 이름하여 영일만(迎日灣)이라고 부르고, 이 둥그런 영일만을 두르고 있는 지대를 영일군이라 이름한다. 포항은 바로 이 영일 군내(郡內)에 위치한 어항의 신도시이며, 북위 36도, 동경 129도에 놓여 있다.

재건의 날개를 아침 갈매기들처럼 너울너울 펼치는 포항의 기세가 넘쳐나는 글이다. 이제 한흑구는 애향심 강한 포항사람, 영락없는 포항사람으로 거듭나 있었다. 망가진 나라가 엔

간히 수습되고 문화의 기운이 꿈틀대는 봄날이 오면, 그는 마치 농부가 삽을 들고 논밭으로 나서는 것처럼 '포항문학'과 '포항문화'의 춘경(春耕)에 나설 것이었다.

2. 한흑구의 명작 수필과 포항의 창작 현장

2025년 을사년 새해, 드디어 동해선이 열렸다. 부산 부전역에서 울산 태화강역, 포항역을 거쳐 울진역, 삼척역, 동해역을 찍고 강릉역까지 철길이 이어진 것이다. 물론 이것은 '절반의 동해선'이다. 한반도에 평화의 시대가 도래하면 동해선은 더 북쪽으로 뻗어 올라가 속초역, 원산역, 청진역을 지나 나진역에서 중국대륙으로 들어가고 시베리아 횡단열차와 연결되어야 하기 때문이다.

가령, 1970년대를 포항 도심에서 삼십 리쯤 북방에 위치한 포항시 북구 흥해읍 용천리 같은 동네에서 뛰놀았던 소년들은 기억하고 있을 것이다. 마을 앞 들판을 둘로 갈라놓으며 일직선으로 길게 이어진 방죽 같은 것이 있었다. 하천도 없는데 들판을 갈라놓는 방죽이라니, 순전히 인위적으로 만들어놓은 그것에 대한 어른들의 견해도 둘로 갈라졌다.

"왜놈들이 몇 년만 더 일찍 철도공사를 시작했더라면 해방된 그때 벌써 우리 동네에도 기차가 다니고 있었을 텐데, 철길은 놓다가 말고 패망해버렸으니 저놈의 레일 없는 철둑만 덩그렇게 남아서 아까운 논만 잡아먹고 있잖아. 이왕지사 손댄 김에 기차가 다니도록 해놨으면 우리 정부가 새로 동해선 놓는다고 없는 예산 만드느라 낑낑댈 일도 없을 건데."

이렇게 아쉬워하는 말을 만만찮게 쥐어박는 어른도 있었다.

"이 사람아, 무슨 그런 소리를 하고 있나? 만약에 왜놈들이 태평양전쟁 전에 저 철길을 완성해서 기차가 다니고 있었다고 가정해 보자. 지금 우리나라가 여력이 없어서 저 철둑을 저대로 버려두고는 있는데, 언젠가는 동해선 철길을 놓기는 놓겠는데, 그러자면 새로 철길 놓는 비용이 많이 들기는 들겠지. 그런데 만약에 왜놈들이 일찍이 철길을 완성해버렸으면 강원도의 그 좋은 지하자원들이 남아났겠나. 다 파내고 실어내서 배에 싣고 일본으로 가져가지 않았겠나. 이런 점도 생각을 해야지. 안 그런가?"

이러한 반박은 설득력을 얻었다.

일제강점기 때부터 포항 북방의 들판으로 이어진 철둑으로만 존재하고 있었던 동해선이 '해방 80년' 을사년의 새해 기념으로 개통하게 되었다. 이때까지 포항역은 종착역이자 시발역이었다. 부산에서 울산과 경주를 거치는 동해남부선의 종착과 시발, 대구에서 영천과 경주를 거치는 경부선의 꼬리 또는 안동에서 영천과 경주를 거치는 중앙선의 꼬리 같은 종착과 시발이었다. 하지만 동해선 개통과 함께 포항역은 동해안으로 오르내리는 역할도 맡게 되었다.

서울이나 대전 방면에서 출발해 동해선으로 환승하겠다면 동대구역에서 강릉 가는 열차로 갈아타서 포항역을 경유하게 되고, 영주나 안동 방면에서 출발해 동해선으로 환승하겠다면 영천역이나 경주역에서 강릉 가는 열차로 갈아타서 포항역을 경유하게 되고, 부산이나 울산 방면에서는 환승 없이 강릉 가는 열차를 타고 포항역을 경유하게 된다.

군말이겠지만, 자가용 승용차로 포항을 찾아오는 데는 아무런 교통 정보가 필요하지 않은 세상이다. '기계 아가씨(네비게이션)'의 친절한 안내에 순종하면 되는 것이다. 고속버스나 시외버스로 여행하는 이도 적지 않다. 그들은 교통 정보를 찾아야 한다. 하지만 동해선이 개통됐으니 열차를 타고 포항역에 내리는 여행을 떠올리지 않을 수 없다.

세계 어디를 여행하든 명승지, 역사적 유적지, 맛집 등은 빼놓을 수 없다. 여행 정보의 필수 목록이다. 우리나라 어느 지역엔들 명승지가 없으며 사람 사는 세상이니 유적지가 없고 맛집이 없겠는가. 그러나 문학기행은 성격이 다르다. 두 경우만 예를 들자. 메밀꽃 문학기행은 강원도 봉평이 제격이다. 이효석의 단편소설 「메밀꽃 필 무렵」이 어서 오라며 손짓해 부르기 때문이다. 『안네일기』 문학기행은 네덜란드 암스테르담이 제격이다. 일기의 현장인 안네의 생가가 운하 곁에 잘 보존돼 있기 때문이다.

포항에는 제대로 알려지지 않은 문학기행의 명소가 있다. 그곳은 한흑구의 명작 수필이 부르는 현장이다. 우리나라에서 문학인이 아니거나 국문학 연구자가 아닌 대다수 시민이 우리 문학인을 기억하는 방식은 교실이든 어디서든 만난 적 있었던 그의 유명작과 함께 기억하는 것이다. 시인 윤동주는「서시」, 시인 이육사는「절정」, 시인 서정주는「국화 옆에서」, 소설가 이효석은「메밀꽃 필 무렵」, 소설가 황순원은「소나기」, 소설가 김동리는「등신불」등이다.

그런데 수필은 다른 차원이다. 현재 우리나라 전역에서 가장 많은 문학적 인구는 수필을 쓰는 사람이다. 수필 인구는 엄청나게 많은데 정작 우리의 수많은 수필가와 수필작품 가운데 "이효석의「메밀꽃 필 무렵」" 하는 식으로 기억해주는 사례는 찾아볼 수 없다. 물론 여기에는 무엇보다 한국문학계의 보편적 인식이 수필문학의 중요성을 높게 평가하지 않으면서 수필을 진정한 문학의 울타리 밖으로 밀어내려는 경향마저 드러낸다는 사실이 악영향으로 미치고 있을 것이다.

이러한 사정을 고려할 때는 더욱이 수필가들의 분발이 요구되거니와, 그 분발의 제일 순위는 마치 흙 속에서 보석을 골라내는 것처럼 무수한 한국 수필작품에서 진정한 명수필 몇 편을 골라내고 그것을 우리 독서계에 광범위하게 전파하는 일이라고 생각한다. 사람마다 미의 기준이 다르듯이 문학작품에 대한 평가 또한 독자마다 다를 수밖에 없겠으나, 1920년대부터 등장한 '한국 수필문학 100년'을 통틀어 한국의 명수필가 100인과 명수필 100편을 선고한다면, 맨 앞줄에 모셔놓을 수필가가 한흑구이고, 한흑구의 수필 「나무」, 「보리」, 「노목을 우러러보며」, 이들 세 편을 맨 앞줄에 올려놓을 것이다.

한흑구의 명수필 「나무」에 이어진 또 하나의 명수필 「노목을 우러러보며」, 이 창작의 현장은 포항시 송라면 보경사 앞의 노거수들이다. 한흑구의 명수필 「보리」, 이 창작의 현장은 포항시 호미곶면 등대박물관 앞의 너른 보리밭이다. 포항역에 열차를 내려 보경사와 호미곶으로 시내버스 타고 가는 정보를 알아보기 전에, 한흑구의 명수필 세 편을 다시 감상하기 전에, 먼저 한국 수필문학과 수필문학론의 개척자이며 선구자인 한흑구의 '수필론'에 대하여 알아둬야 한다. 이것은 그의 명수필을 제대로 음미할 수 있는 기본적 양식을 습득하는 일인 동시에, 일찍이 한흑구가 한국문학에서 문학의 장르로서 수필의 독자적 가치와 양식을 개척하고 정립한 문학인이라는 사실을 깨닫는 일이다.

에세이를 동양에서는 대체로 수필이라고 역(譯)한다. 수상문(隨想文)이니 감상문(感想文)이니 즉 감록(感錄), 수상록, 잡감록(雜感錄)이니 하는 모든 산문형식이 다 이 에세이의 부문에 유속(類屬)한 것이다. 종합적 명칭으로 수필이라고 명명하는 것이 적합한 듯하다. 에세이가 최초로 출현한 것은 불란서의 저술가 몬테인이의 'ESSAI'를 1580년에 출간한 것으로써 비롯한다. 'ESSAI' 또는 'ESSAY'라는 말은 작자가 생각하는 무엇을 '보여주고자 하는' 요소, '말하고자 하는' 요소 등이다.

위의 인용은 1934년 4월 스물다섯 살의 한흑구가 어머니의 병환 소식에 미국 유학을 접고 평양으로 돌아와 그해 7월 2일부터 5일까지 《조선중앙일보》에 '한세광'의 이름으로 세 차례에 나눠서 발표한 평문 「수필문학론-ESSAY연구」에서 밝혀 둔 수필의 '어의(語義)'에 대한 설명이다. 이어서 그는 '특징'에 대해 정리했다.

에세이는 한 산문형식이다. 그러나 그 문체에 있어서 매우 정적이며 주관적인 것이 서정시에 가깝다.

그리고 내용에 있어서 일정한 형식이 없으므로 어떠한 사물에 대하든지 작자의 관조하는 바를 주관적 입장에서 서술한다.

'산문형식이지만 서정시에 가깝다.' 이것이 에세이(수필)의 특징이라고 규정한 한흑구는 그것을 더 구체화했다.

> 에세이를 정의하는 데는 세 가지의 특징을 열거할 수 있으니 (1) 작자 자신의 인격과 철학이 출중하여 그의 관찰력이 독자를 지도할 만할 것 (2) 산문적일 것 (3) 무엇보다 예술적 가치를 가질 것 등을 생각할 수 있다.

위 평문의 '결론'에서 한흑구는 전영택, 이광수, 홍명희, 김동인, 이윤재, 양주동, 최서해 등이 '예술적 가치'와 '사회개조적 정감'을 갖춘 에세이를 내놓았다고 평가하면서도 에세이에 대해 무관심한 현실을 강하게 비판했다. 그 요지는 이러했다.

> 우리에게는 너무나 출중한 에세이스트가 적고 에세이의 출판량이 적다. 이렇게 조선의 문학은 방향이 없고 이렇게 조선의 사색계는 고갈하였나? 요컨대 조선문학의 사명은 조선의 방향을 선봉 서는 데 있지 않는가?
>
> 나는 조선문단에 수필문학의 새 기운을 촉진하고자 한다.

'나는 조선문단에 수필문학의 새 기운을 촉진하고자 한다'라는 1934년 7월 한흑구의 자못 도발적인 선언은 물론 빈말이 아니었다. 실제로 그는 1935년 무렵부터 시 창작에 거의 손을 놓고 산문 시대로 들어섰으며 친일문학을 거부하는 절필의 시기를 거쳐 해방 후 드디어 「나무」와 같은 '서정시'적이고 철학적 사색의 기품이 은은히 우러나는 '시적 수필'을 완성하기에 이르는 것이다.

한국문학사에 '에세이'라는 용어가 처음 등장한 글은 1922년 3월 《개벽》 제21호에 발표한 소설가 이광수의 「문학에 뜻을 두는 이에게」이다. 여기서 그는 '영어 에세이 Essay'에 대해 비록 '적당치는 않아도' 자신은 '논문'이라고 지칭한다며 '칼라일, 에머슨 같은 이는 영문학에 유명 논문작가 Essayist'라고 언급했다. 이광수는 '에세이'를 '수필'이라 번역하지 않았을 뿐더러 '수필가' 대신 '논문작가'라 칭했다.

한흑구보다 몇 달 앞에는 시인 김광섭이 1933년 12월 25일 발행된 《문학》 창간호의 「수필문학소고」에서 '에세이'를 다루었다. 그는 '위대한 영국의 문학에 있어서 수필에 유사한 것은 에세이'라면서 조선 문단에서 사용하는 '수필'이 '에세이'의 수준에 미치지 못한다는 인식을 전제하고 '만일 본래의 에세이와 우리의 수필 사이에 문학의 수준에서 귀납되지 않는 어의(語義)의 차이가 있다면 우리는 수필의 지위를 에세이의 수준에까지 올리는 데서 비로소 문학으로서 동위(同位)될 것'이라고 주장했다.

'에세이'와 '수필'을 동등한 용어로 사용한 한흑구와 달리 김광섭은 '에세이'를 '수필'보다 문학적 우위의 자리에 앉혔다. 또한 김광섭은 한흑구의 '서정시에 가까운'과 같은, 수필의 문체와 형식에 대한 인식을 보여주지 않았다.

한흑구의 평문 「수필문학론」(《조선중앙일보》, 1934.7.2~7.5)은 수필 양식에 대한 규정을 시도하고 있어 문학사적으로 의의가 깊은 글이다. 이 글에서 한흑구가 수필을 서정시에 가깝다고 한 것은 대단히 독보적이다. 이러한 수필 양식의 특성에 대한 규정은, 수필이 시나 소설과 같은 엄연한 문학의 한 갈래로 자리잡지 못하고 그에 미달하는 것으로 매도되고 있던 시기에 수필 양식을 정착시키는 데 큰 역할을 하였다.

한흑구는 1948년 11월《백민》에 다시「수필문학론 - Essay의 형식 고찰」을 발표했다. 그즈음에 그는 포항에서 새 삶의 터전을 마련하고 앞으로 수필문학에 정진해 나갈 생각을 새로이 가다듬으며 다지고 있었다.

「수필문학론 - Essay의 형식 고찰」에서 한흑구는 '우리나라에서 수필이라고 말하는 것은 영문학에서 말하는 essay를 의미하는 것'이라는 점을 거듭 명백히 밝히고 영문학으로서 essay에 대한 다양한 지식을 제공한다.

> 영문의 'essay'는 불문의 'essai'라는 말에서 온 것이다. 이 말의 어의는 '말하려고 하는 것' 또는 '무엇인가 하고 싶은 것',

'시도(試圖)', '기도(企圖)' 등의 뜻을 갖고 있는 만큼, 즉 시언(試言), 시필(試筆)을 의미한 것이다. 이러한 의미에서부터 출발한 'essay'를 '수필'이라고 부르게 된 것이 적역인지 아닌지는 알 수 없으나, 수필의 새로운 형식을 우리는 어디까지나 구명해야 할 것이며, 또한 그것의 발전을 위해 힘써야 할 것이다.

'essay'의 형식을 맨 처음 발표한 이는 불문학자 몽테뉴였다. 그는 자신의 우주관과 인생관을 붓이 가는 대로 시필해서, 이것을 '몽테뉴의 Essais'라고 출간하였다. 평론가 페터슨의 소개문에는 이렇게 소개되어 있다.

"1580년 몽테뉴는 처음으로 그의 사견과 견해에 대한 솔직하고 탐구적인 두 권의 저서를 'Essais'라고 이름해서 출간하였다. 그것은 시론, 실험, 노력 등을 의미한 것이었다. 이것이 'Essais'라는 말을 이런 의미로서 처음으로 사용하기 시작한 것이다. 그리고 저명한 여러 학자의 견해에 의해서 그것은 'essay'의 시초가 된 것이다."

저명한 영국의 수필가 피이터도 아래와 같이 표명하였다.

"수필을 시필하려는 모든 작가들이나 혹은 수필가들은 넓은 의미에 있어서 참으로 몽테뉴를 본받은 바가 많은 것이다."

몽테뉴의 ‘Essais’가 나온 후, 영국 문단에서 저명한 essayists(수필가)를 많이 발견할 수 있게 되었다.

프란시스 베이컨을 필두로 스위프트, 스틸, 에디슨, 존슨 등의 수필은 초기에 있어서 대표적인 것들이었다.

철학적인 수필로서 골드스미스, 시론으로는 칼라일, 사회평론으로 러스킨, 과학 방면에 헉슬리, 문학평론에 아놀드, 페이터 등의 수필은 산문문학의 금자탑이라고 할 수 있을 것이다. 또한 이들과 함께 연파의 수필가로서 해즐릿, 켄시, 램 등의 대가를 들 수 있다.

근대의 저명한 수필가로서 체스티턴, 벨로크, 러카스, 울프, 헉슬리 등이 있지만, 금일에 있어서는 거의 모든 나라에 모든 작가들이 다 수필을 쓰고 있는 현상이다.

문학평론가 캠벨은 독자와의 대화에 대해서 이렇게 말했다.

“만일 우리가 독자들로 하여금 우리의 글을 계속해서 읽도록 하려면 우리는 그들의 말로 이야기해야만 한다.”

애이레의 시인 예이츠는 수필에 대해 또 이렇게 말했다.

“좋은 문장이라는 것은 테이블 건너편에 앉은 인텔리 친구에게 대화로써 사용할 수 있는 그런 회화다.”

위의 인용에 나오듯이 한흑구는 '연파(軟派)의 수필가'라는 용어를 사용했다. 이 글에서 또 하나 중시하고 주목할 것이 수필(에세이)의 종류를 '경수필(硬隨筆, 형식적 에세이, Formal Essay)와 연수필(軟隨筆, 비형식적 에세이, Informal Essay)'로 구분했다는 점이다. 그는 수필의 종류를 '중수필(重隨筆, 에세이)과 경수필(輕隨筆, 미셀러니)'로 구분하지 않았다.

> 대범(大凡) 수필(에세이)은 두 종류로 구분한다. 첫째는 형식적Formal 에세이라 부르고, 둘째는 비형식적Informal 에세이 또는 친화적(親和的) 에세이라고 부른다.
>
> 전자를 경수필(硬隨筆), 후자를 연수필(軟隨筆)이라고 분류하는 문학자도 있다. 베이컨의 에세이 같이 어데까지나 객관적 논점에서 써여진 것을 형식적 에세이 즉 경수필이라 부르게 되고, 몽테뉴의 에세이 같이 작가 자신을 중심으로 하고 어데까지나 주관적으로 써여진 것을 비형식적 도는 친화적 연수필이라 부르게 된 것이다. 이러한 의미에서 우리가 지금 조선문학에서 수필이라고 명명하는 것은 연수필에 속하는 자일 것이다.

여기서 오늘의 수필문학계나 국어교육계에서 진지하게 성찰해볼 논의의 대상이 출현한다. 이것은 수필의 분류 명칭에 관한 문제이다. 신재기는 논문 「한흑구 수필론 연구」에서 다음과 같이 주장한다.

> 한흑구가 처음으로 우리 문단에 수용, 적용한 형식적 수필(경수필)과 비형식적 수필(연수필)이란 분류 방법은 확산해 일반화하지 못한다. 오히려 몇 년 늦게 소개된 에세이와 미셀러니의 양분법이 한국 수필의 확고부동한 이론으로 정착한다. 이 같은 분류 방법, 특히 미셀러니라는 용어가 한국문학사에서 누구에 의해 사용되었는지 정확하게 알 수 없다. 필자가 조사한 바로는 1950년대 김동리와 조연현이 각자의 『문학개론』에서 이 용어를 처음으로 사용한 것 같다. 에세이를 중수필, 경수필로 분류하는 것은 문학교육 현장에서 고착되어 문제점을 안고 있는데도 수정되지 않고 지금까지 이어지고 있다. 어차피 서구의 에세이 분류 방법을 채택할 것 같으면 그 근거가 확실한 한흑구의 분류 방식이 통용되어야 하겠다.

1948년 11월 《백민》에 내놓은 '수필문학론'의 결론에서 한흑구는 수필에 대한 자신의 견해를 확고히 천명한다.

> 한 편의 시나, 한 폭의 그림과 같이, 수필도 그것이 가진 theme(주제)을 어디까지나 문학적으로 표현해야 할 것이다.

한흑구는 한국현대문학사에서 문학의 한 장르로서 수필의 독자적 가치와 지위와 역사적 맥락을 확실히 정립한 선구자이다. 수필의 창작과 이론을 겸비한 그는 1967년, 1971년, 1975년에도 흔들림 없이 시종일관하는 '수필론'을 피력하는데, 1971년 5월 출간한 첫 수필집 『동해산문』(일지사)에 수록된 「수필의 형식과 정신」은 그의 예리하고 엄정한 수필론을 집대성한 글이라고 할 수 있다.

(가) '수필의 형식'

2. Webster's Dictionary에서 「essay」라는 語義를 찾아보면 아래와 같은 두 가지의 뜻을 가지고 있다.

(가) 「An attempt; try」라고 해석했다.

우리말로 고치면, 하나의 試圖, 企圖가 된다.

(나) 「A literary composition that deals with its subject from a somewhat limited or personal standpoint.」라고 해석했다.

우리말로 고치면 다음과 같은 뜻이다.

「하나의 文學的인 作法으로서, 어떤 面에 있어서 무엇인가 制限된 범위 안에서 하나의 主題를 個人的(主觀的) 觀點에서 取扱하는 것」

3. 위에서 說明한 것을 읽어 보면 다음과 같은 수필의 作成過程의 要素的인 형식과 內容的인 精神의 必要性이 內包되어 있는 것을 알 수 있다.

첫째, 「文學的인 作法」이라고 하는 것은, 隨筆은 하나의 文學的인 作品이라는 뜻이 될 것이며, 또한 文學的인 作品이 되기 위해서는 하나의 藝術的인 文學形式으로써 創作되어야 한다는 뜻을 가지고 있다고 할 것이다.

둘째, 「制限된 범위 안에서 하나의 主題를 取扱하는 것이다」라고 한 것은 分明히 하나의 主題로 하나의 文學的인 作品을 創作한다는 意味다.

모든 作品(小說, 詩, 戱曲, 音樂, 繪畫, 彫刻 등)들이 다 하나의 主題를 完成시킴으로써, 하나의 本格的인 藝術作品을 創作하는 것과 다름이 없다는 뜻일 것이다.

가끔 新聞, 雜誌에 隨感이니, 身邊錄이니 하는, 主題가 아닌 題目을 붙이고서 雜想이니, 雜文이니 하는 따위의 글이 기재되고 있는데, 이것은 결코 文學도 隨筆도 될 수 없을 것이다.

셋째, 「하나의 主題를 個人的(主觀的) 觀點에서 取扱하는 것이다」라고 한 것은, 隨筆의 創作精神은 詩에서와 마찬가지로 個人의 主觀的인 立場에서 創作된다는 뜻이다.

隨筆은 小說이나 戱曲과 같이 plot을 必要로 하지 않는다고 해도, 그 內容을 담을 수 있는 形式이 存在하지 않을 수는 없다.

內容이 없이도 形式만은 存在할 수 있으나, 形式이 없는 內容은 存在할 수 없을 것이다.

꽃꽂이를 하는 데 있어서, 꽃이 꽂히지 않은 꽃甁과, 꽃甁이 없이 꽃다발만 놓여진 것과 같은 것일 것이다.

다시 말하면, 어떠한 形態의 꽃甁(形式)을 택하거나, 어떠한 種類의 꽃다발(內容)을 取擇하거나 하는 것은 꽃꽂이를 하는 그 個人의 才能 如何에 달려 있는 것과 같은 것이다.

5. 一定한 形式이 없으니만큼 隨筆은 作者 個人의 性格과 努力에서 創作되어야 할 것이다.

6. 「隨筆」이라고 누가 먼저 번역했는지는 알 수 없으나, 이것을 우리말로 다시 고쳐서 「붓이 가는 대로」라고 이름을 붙이는 이들도 있다.

그러나, 「붓이 가는 대로」 제멋대로 자유롭게 쓸 수 있다고 해도, 하나의 藝術的인 形式을 갖추어서 表現되어야만 하나의 文學作品이라고 할 수 있을 것이다.

이렇게 생각하면, 隨筆은 그 作者의 獨特한 文章表現 方式으로 이루어질 수 있는, 固定的인 形式이 없는 形式으로써 創作되는 것이라고 생각할 수 있을 것이다.

(나) '수필의 정신'

1. 먼저 隨筆은 詩의 精神으로써 創作되어야 할 것이다.

2. 詩는 作者의 主觀的인 直觀力과 思索的인 人生哲學에서 이루어지는 것과 같이, 隨筆도 作者의 主觀的인 人生哲學에서 이루어지는 하나의 散文的인 作品인 것이다.

3. 隨筆은 하나의 散文詩的인 정신으로써 創作되어야 할 것이며, 줄이면 한 篇의 詩가 되어야 할 것이다.

4. 詩에 있어서 哲學이 中心이 되어야 하는 것과 같이, 隨筆에 있어서도 哲學이 그 內容이 되어야 할 것이다.

5. 哲學的인 idea가 없는 作品은 文學도, 音樂도, 繪畫도 될 수 없을 것이고, 하나의 藝術的 作品으로서의 價値가 없을 것이다.

6. (중략) 詩는 心靈이나 感覺의 戰慄된 상태에서, 戱曲과 小說은 材料의 정돈과 構成에 있어서 科學에 가까울이만큼 엄밀한 준비에서 시작되는 것이라고 생각하고 보면, 隨筆은 達觀과 洞察과 깊은 理解가 人格化된 平靜한 心境이 무심히 생활 주위의 對象에, 혹은 懷古와 追憶에 부딪쳐 스스로 붓을 잡음에서 制作된 形式이다.

한흑구는 언행일치의 일생을 완주한 문학인이었다. 1934

년 7월 《조선중앙일보》에 "나는 조선 문단에 수필문학의 새 기운을 촉진하고자 한다"라고 밝혀놓은 선언을 말에서 그치지 않고 실제로 선두에 서서 실천해 나갔던 것이다.

이제 한흑구의 명수필 3편 「나무」, 「보리」, 「노목을 우러러보며」의 창작 현장을 찾아가는 문학기행을 안내할 차례이다. 작품의 발표순은 「나무」, 「보리」, 「노목을 우러러보며」이고, 「나무」와 「노목을 우러러보며」는 기행 장소가 같다. 창작의 장소로서는 「나무」와 「노목을 우러러보며」는 다르다. 단지 두 작품의 형식이 시적 수필의 단아한 기품을 갖추고 있으며 그 주제(사상, 정신)가 마치 수십 년의 젊은 '나무'에서 수백 년의 '노목'으로 원숙해진 것과 같다고 할 수 있기에 기행의 관점에서는 같은 장소로 삼아도 좋다.

포항역에 내려 곧장 시내버스 정류장으로 가서 '흥해 방면'으로 가는 5000번을 타면 그 종점이 보경사이다. 보경사 앞에는 노거수들이 기다리고 있다. 그들을 우러러보며 한흑구의 「나무」와 「노목을 우러러보며」를 음미해야 한다. 거기서 서운암 가는 샛길 한쪽에는 오래된 '한흑구 문학비'가 기다리고 있다. 그의 대표작 「보리」의 마지막 문장이 돌에 새겨져 있다. 그것은 문학비를 세운 사람들의 실수였는지 모른다. 장소를 감안했다면 아무래도 「나무」 또는 「노목을 우러러보며」의 어느 문장이 더 어울릴 것이다.

한흑구가 「나무」를 쓴 때와 장소는 1946년의 서울이었다. 그는 포항수산대학 교수로 재직하고 있던 1961년 6월《대구매일신문》(현《매일신문》)에 발표한 수필 「나무-기이(其二)」에서 수필 「나무」의 초고를 쓴 시기와 집필 동기를 털어놓는다.

> 1946년 여름, 서울 남산 아래인 필동에 살고 있을 때 「나무」라는 열 장 정도의 짧은 수필을 한 편 초(草)했다.
>
> 나무에 대한 글을 하나 써보려고 마음먹고 있은 것은 거의 구년째나 되었다. 가끔 나무에 대한 착상을 해보았으나 좀처럼 작품으로 구성이 되지 않았다. 그러던 중에 이상로 씨가『문화』라는 잡지를 창간하는데, 짧은 글 하나를 꼭 써달라고 졸라댔다. 처음에는 시로 써보려고 했던 것을 좀 늘려서 수필로 쓴 것이 아홉 장 반의 짧은 산문이 되고 말았다.

한흑구가 「나무」의 초고를 잘 가다듬은 때는 이듬해(1947년) 봄의 길목에서다. 이상로는 시인 · 수필가 · 언론인으로, 그때 그는 요절한 소설가 함대훈(1907-1949)이 발행하는《문화일보》에 영화인이며 삽화가인 안석영, 소설가 김광주(1910-1973)와 함께 편집을 맡고 있었다.

한흑구의 「나무」를 원고 상태로 읽은 김광주는 어느 지면으로 보내도 환영받겠다는 판단을 세웠다. 미군정청 통역관인 한흑구 같은 주주(酒主)급 몇몇을 예외로 빼면, 해방공간의 가난한 문인들은 고료를 받아야 술자리 하나라도 더 꾸릴 수 있는 형편이었다. 오로지 술자리 마련을 위하여 김광주는 여기저기 「나무」 베껴 쓴 원고를 보내고 고료를 받아냈다. 이것을 한흑구는 해학적으로 "나무를 팔았다"고 추억했다.

수필 「나무-기이」에 다음과 같은 일화도 등장한다.

> 한가한 틈이 있을 때, 김광주 씨가 경향신문사의 문화부장이었던 김동리 씨를 전화로 부르고 나서 옆에서 독서를 하고 있는 여기자를 불러서 원고를 베끼라고 명령을 하였다. 원고를 다 베끼고 난 여기자는 원고를 갖고 밖으로 나갔다. 얼마 후에 여기자는 봉투를 하나 들고 들어와서 김광주 씨에게 주었다. 김광주 씨는 나를 보고 웃으면서 그 봉투를 나의 앞으로 던졌다. 봉투 속에는 백 환짜리 열 장이 들어 있었다. "아니, 이게 웬 돈이야?" 물었다. "응, 그거 나무 판 돈이야. 나무." 광주 씨는 웃으면서 더 설명하려 하지 않고,
>
> "술이나 한 잔 사아!" 하고 말머리를 돌렸다.
>
> 매일 마시는 술값이 쪼들리던 때라, 내 「나무」라는 수필을 《경향신문》에다가 중매를 한 셈이었다. 한 번만 중매를 했으면 그

만이었겠지만, 독서와 교정에 바쁜 여기자를 시켜서 광주 씨는 나의 「나무」를 갖고 장안에 나무장사를 펴놓았다. 그 후 그는 같은 방법으로, 서울신문사에서 발행하던 《서울주간》과, 심지어는 《농업은행회보》에까지 내 「나무」를 팔았다. 땔나무가 없어서 내 나무가 잘 팔렸는지, 선비들의 술값을 동정해서인지, 김광주 씨 바람에 본의 아닌 나무장수가 되어 버렸다.

그다음 일 년 후에는 문교부에서도 나의 「나무」를 사들여서 중등 국어책에 실었으나, 술값 한 푼, 주문서 한 장 받지를 못했다.

분단의 독립정부를 출범하여 마냥 어수선했으니 저작권료에 대한 개념도, 그것을 지급할 예산 항목도 없었을 대한민국 문교부(교육부)만 공짜로 지고 간 한흑구의 「나무」는 그러나 그의 장남에게 일생 잊을 수 없는 뿌듯한 기억을 선물하게 된다.

그의 장남이 포항에서 중학교를 다니는 1950년대 초반 전쟁 기간의 어느 날, 국어수업 시간간이었다. 교사가 아이들에게 물었다.

"오늘 우리가 배우고 있는 이 국어책의 수필 「나무」의 필자, 한흑구라는 문하인이 누군지 아느냐?"

아이들은 묵묵부답이었다.

"이 녀석들아, 저기 앉아 고개 숙이고 있는 너희들의 친구 한동웅의 아버지야."

삽시간에 소문이 퍼졌다. 일약 장남은 유명인사가 되었다.

한흑구의 「나무」는 이미 시적 품격의 문장과 형식을 갖추고 명징하며 심오한 사유를 간직하고 있다. 산문형식의 서정시라 불러도 손색이 없다.

「나무」 전문이다.

> 나는 나무를 사랑한다.
>
> 뜰 앞에 서 있는 나무, 시냇가에 서 있는 나무, 우물둑에 그림자를 드리운 나무, 길가에 서 있어 길 가는 사람들의 쉼터를 주는 나무, 산꼭대기 위에 서 있는 나무.
>
> 나는 나무를 사랑한다.
>
> 그것이 어떠한 나무인 것을 상관하지 않는다.
>
> 꽃이 있건 없건, 열매를 맺건 말건, 잎이 떨어지건 말건, 나는 그런 것을 상관하지 않는다.
>
> 나는 나무를 사랑한다.
>
> 그것이 아메바로부터 진화하였건 말았건, 그러한 나무의 역사를 상관하지 않는다.

흙에서 나고, 해와 햇볕 속에서 아무 말이 없이 자라나는 나무.

나는 나무를 사랑한다.

아침에는 떠오르는 해를 온 얼굴에 맞으며, 동산 위에 홀로 서서, 성자인 양 조용히 머리를 수그리고 기도하는 나무.

낮에는 노래하는 새들을 품안에 품고, 잎마다 잎마다 햇볕과 속삭이는 성장(盛裝)한 여인과 같은 나무.

저녁에는 옮어가는 놀이 머리끝에 머물러 날아드는 새들과 돌아오는 목동들을 부르고 서 있는 사랑스러운 젊은 어머니와 같은 나무.

밤에는 잎마다 맑은 이슬을 머금고, 흘러가는 달빛과 별 밝은 밤을 이야기하고, 떨어지는 별똥들을 헤아리면서 한두 마디 역사의 기록을 암송하는 시인과 같은 나무.

나는 나무를 사랑한다.

"너는 십일홍의 들꽃이 되지 말고, 송림이 되었다가 후일에 나라의 큰 재목이 되어라."

이것은 내가 중학 시절에 멀리 미국에 망명 중이던 아버님이 편지마다 쓰시던 구절이다.

지금도 나는 돌아가신 아버님을 생각할 때마다, 먼저 아버님의 이 편지 구절을 생각하게 된다.

"높은 산꼭대기에 서 있는 소나무가 높이 쳐다보이는 것은 그 자체가 높아서가 아니라, 다만 높은 산꼭대기 위에 서 있기 때문이다.

그러나, 산꼭대기 위에 서 있는 나무는 비와 바람에 흔들리어, 뿌리는 마음대로 뻗지 못하고, 가지들은 구부러져서, 후일에는 한낱 화목(火木)밖에 될 것이 없다.

사람의 발이 미치지 않는 깊은 산골짜기 시냇가에 힘차게 자라는 나무들은 사람의 눈에는 잘 띄지 않으나, 후일에는 좋은 재목(材木)이 된다."

이러한 선철(先哲)의 말씀도, 내가 나무를 사랑하는 마음을 더욱 북돋워 주었다.

나는 나무를 사랑한다.

나는 마음속이 산란할 때마다, 창문을 열고 남산 위에 서 있는 송림을 바라본다.

송림이 없다 하면 남산이 무엇이랴?

나무가 없다 하면 산이 무엇이며, 언덕이 무엇이며, 시내 강변이 무엇이랴?

나무는 산과 벌에서 자란다.

고요한 봄 아침에도, 비 오는 여름 낮에도, 눈 오는 추운 겨울 밤에도 나무는 아무 말이 없이 소복소복 자라난다.

나는 나무를 사랑한다. 성자와 같은 나무. 아름다운 여인과 같은 나무. 끝없는 사랑을 지닌 어머니의 품과 같은 나무. 묵상하는 시인과 같은 나무.

나는 나무를 사랑한다.

나는 언제나 나무를 사랑한다.

다섯 개의 연으로 이뤄진 산문시로 읽을 수 있다. 방민호는 한흑구 수필의 형식미를 연구한 에세이에서 이렇게 해설한다.

「나무」는 '라임'을 맞추듯 모두 여덟 번에 걸쳐 '나는 나무를 사랑한다'라는 '시구'가 반복되고 있으며, 이 '산문시'의 처음과 끝은 수미상관의 대구를 이루고 있기도 하다. 이 '산문시'의 '시적 화자'는 먼저 어디에서나 자라나 서 있는 나무를 사랑한다. 다음으로 '시인'은 아침, 낮, 저녁, 밤에 나무가 어떤 내면의 흐름을 갖고 잇는지 '노래한다'. 세 번째 '연'에서 한흑구 '시인'은 자신의 마음속 깊이 남아 있는 부친의 말씀에 담긴 나무를 노래한다. 네 번째 '연'에 가면 '나'는 자신의 마음의 중심처가 된 나무의 미덕을 노래한다. 이제 마지막 '연'에서 화자는 나무의 모든 미덕을 되새기기를 뒤로 하고, 나무를 사랑하는, 나무를 향한 자신의 마음을 간결하게 리듬에 맞추어 표현한다.

한흑구의 「나무」는 한국현대문학사에 남은 시적 수필의 효시로서 빼어난 명작이다. 이 명수필은 작가의 늙음과 더불어 어떤 모습으로 변모했을까? 회갑을 넘어 늙어가는 한흑구가 보경사 앞뜰의 노목(노거수)들과 숱하게 대화를 나눈 다음에야 그 모습을 드러내게 되었다. 그때가 1974년 10월이었으니 그의 나이 어느덧 예순다섯 살이었다. 정작 그는 몰랐을 테지만, 그가 말을 걸었던 보경사 앞뜰의 노목은 그의 수명을 알고 있었을까? 그로부터 다섯 해 지난 뒤의 가을날, 1979년 11월, 한흑구는 고요히 숨을 거두게 되는데…….

1946년의 「나무」는 서른 해 가까이 지나 「노목을 우러러보며」의 노목으로 원숙해졌다. 산문시라 불러도 손색없던 「나무」보다는 형식의 시적 엄격성이 다소 느슨해졌으나 삶에 대한 성찰은 정직하고 삶의 지혜는 더 영글고 무욕(無慾) 정신은 더 깊어져 있었다.

한흑구의 명수필 「노목을 우러러보며」 전문이다.

나는, 오늘 보경사 앞뜰에 앉아서, 하늘 높이 솟아오른 느티나무 노목 하나를 쳐다본다.

오백 년이나 넘어 살았다는 이 노목은 시간과 공간의 제한을 모르는 듯이 상하좌우로 확 퍼져 올라섰다.

그러나, 지금 이 노목은 검푸른 그늘을 새파란 잔디 위에 드리우고 있지만, 그 다섯 세기의 길고 오랜 세월을 지니고 있으면서도, 그 넓은 허공에 조그마한 한 점의 공간을 차지할 수밖에 없다는 것은 어딘가 이상스럽기도 하다.

한때, 큰 번개에 맞아서 찢겼다는 큰 가지 하나가 떨어져 나간 부분에는 크고 기다란 구멍이 뚫려 있다.

이 늙은 나무 속에는 얼마나 많은 구멍이 아래위로 뚫려 있는지는 알 수 없으나, 겉으로 보기에도 큰 구렁이들이 얼마든지 드나들기에 충분하다.

구렁이들이 살지 않는다면, 달밤마다 꿀밤을 주워먹는 다람쥐들이 몇 가족이라도 숨어서 살 수 있을 만하다.

달 밝은, 고요한 가을밤에 한 가락 실바람이 불어오면, 저 노목은 콧구멍도, 입구멍도 아닌 저 큰 구멍으로 한 가락 신비로운 소리로 슬픈 노래라도 부를 것 같다.

*

"나무는 늙어도 재목으로 쓰이지만, 사람은 늙으면 아무 쓸모가 없어진다."

이러한 말을 나는 들었다.

그러나 프랜시스 베이컨은 늙은 것, 오래된 것을 좋다고 주장하였다.

Old wood best to burn, old wine to drink, old friends to trust, and old authors to read.

고목은 불을 때기에 좋고, 오래 묵은 술은 마시기에 좋고, 오랜 친구는 믿을 수 있고, 노련한 작가는 읽을 만하다.

이 말의 참뜻은, 시간의 흐름에서, 오래도록 늙고 낡은 것을 뜻함이 아니고, 그 오랜 시간을 시련과 곤고에서 이겨내서 숙달되고, 노련해진 것을 뜻하는 말인 것이다.

나는 묵묵히 앉아서 이 구멍이 뚫리고, 가지들이 땅으로 쳐져서 한편으로 쓰러질 듯이 기우뚱한 큰 노목을 한참 동안이나 쳐다본다.

구부러진 가는 가지마다가 얼마나 많은 비바람에 휘갈김을 견디어냈으며 얼마나 많은 찬 서리에 굵은 가지들이 울룩불룩한 가죽과 같은 껍데기로써 씌워졌을까.

어린나무에서는 찾아볼 수도 없는 이 거칠고, 꽉꽉한 껍데기들은 이 늙은 나무의 괴로움과 슬픔의 정이 솟구쳐 나와서 말라붙은 흔적이나 허물이 아닌지.

이러한 상념에 잠겨서, 나는 이 늙은 나무의 모양을 우러러 보면서, 나 자신의 걸어온 길을 가만히 더듬어 보기도 한다.

*

나는 어려서부터 나무를 좋아했다.

오월이면 꿀 냄새가 풍기는 아카시아꽃을 따서 먹기를 좋아했다.

유월이면 꽃이 피는 밤나무 그늘 아래에서 안서(岸曙)의 시집『해파리의 노래』와 주요한의 시집『아름다운 새벽』을 몇 번이고 줄줄 외기도 했다.

버드나무 꼭대기에 올라가서 나의 이름 석 자를 칼로 새겨놓고, 그것이 해마다 나무와 함께 커가는 것을 보면서 기특하게 생각하기도 했다.

지금도 고향에 돌아가면 그 버드나무가 살아 있을까, 육십이 넘은 오늘까지도 가끔 생각해본다.

나무는 오랫동안 산다.

우리나라에도 천 년이 넘은 노목거수가 있지만, 미국의 서북부에는 오천 년이 넘는 노목이 많다는 것이 나무의 나이테와 함께 기록되어 있다.

*

나무는 한곳에 가만히 서서도 오랜 세월을 살지만, 사람은 이곳저곳 떠다니면서 별별 것을 다 찾아먹으면서도 백 년을 살기가 힘이 든다.

사람도 육십이 넘으면, 노목의 껍데기마냥 피부에 이상한 증상이 나타나기 시작한다.

손잔등은 거칠어지고, 검은 티들이 덮이고, 얼굴엔 검은 주근깨들과 검버섯들이 돋고, 어깨와 잔등에도 많은 주근깨와 반점들이 덮인다.

그뿐인가. 폐를 앓았던 나의 허파에는 구멍이 뚫린 곳도 있을 것이고, 그 독한 파스와 아이나의 복용으로 위장은 헐고, 나른해졌을 것이다.

저 노목은 그의 구멍 속으로 다람쥐들이 드나들어도 끄덕없고, 소슬바람에는 신비스러운 음악 소리를 내고, 해가 쪼이는 뙤약볕에서는 서늘한 그늘을 덮어줄 수도 있지만, 사람은 늙어서도 왜 그러한 신비력을 가질 수 있게 태어나지 못하였을까.

이제, 나의 몸속에서 이름도 모를, 눈에도 보이지 않는 벌레들이, 나의 오장육부를 쑤시어 먹는 날에는, 나는 저 노목과 같이, 푸른 잎도, 가지도, 꽃도, 열매도 맺어 보지 못하고 죽어야 하지 않는가.

나는 다시 한 번 저 노목을 우러러본다.

시간의 흐름을 탓하고, 운명의 슬픔을 아프게 생각하는 것보다도, 나는 저 노목이 아무 말 없이 높이 서 있으면서, 다만 그늘만을 잔디 위에 덮어주는 하나의 사명만을 갖고 있다는 사실을 부러워하지 않을 수 없다.

나도 죽고, 저 노목도 언젠가는 다 죽어야 한다.

그러나 저 노목은 다 썩어서 구멍이 뚫리고, 다람쥐가 드나들어도, 그냥 속임수 하나도 없이, 서늘한 그늘만 드리우는 사명 하나만을 갖고서도 저렇게 오래 살 수가 있다.

그러한 저 노목이 나는 자꾸만 쳐다보이고 우러러보인다.

나는 일종의 외경심마저 느껴 본다.

한흑구의 「나무」와 「노목을 우러러보며」를 보경사 앞뜰의 노목 앞에 서거나 등을 기대고 서서 다시 한 번 고요히 읽고 나서 그의 문학비를 찾아가면 창작의 현장이 불러낸 묘한 힘에 끌려서 거기 새긴 「보리」의 한 문장을 아래의 문장으로 바꾸고 싶은 마음도 잔잔히 일어날지 모른다.

> 시간의 흐름을 탓하고, 운명의 슬픔을 아프게 생각하는 것보다도, 나는 저 노목이 아무 말 없이 높이 서 있으면서, 다만 그늘만을 잔디 위에 넓어주는 하나의 사명만을 갖고 있다는 사실을 부러워하지 않을 수 없다.

늙어갈 수밖에 없는 인생, 죽음을 맞을 수밖에 없는 인생의 운명 앞에서 한흑구의 저 언행보다 더 겸허하기도 어려울 것이다.

보경사를 나와 다시 시내버스를 타고 호미곶으로 찾아가자면 50분쯤 걸리는 죽도시장에 내려 쉬어가는 편이 좋을 것이다. 한흑구가 생전에 단골로 다니던 주막이야 이미 수십 년 전에 사라졌으나 그가 포항의 활기찬 기상을 펜에 담았던 어시장의 활기는 수그러지지 않았다.

호미곶 가는 시내버스는 9000번이다. 포항역에 내려 보경사가 아니라 호미곶부터 찾아갈 계획이라면 역에서 바로 탈 수 있다. 죽도시장 앞쪽에서는 900번을 타고 구룡포에 가서 몇 군데 둘러보고 9000번으로 환승해서 호미곶으로 갈 수 있다.

호미곶 등대박물관 건너편 너른 언덕배기는 온통 보리밭이다. 언제부터인가 우리나라에서 보리밭 구경이 어렵게 되었다. '보릿고개'의 고통이 사라지는 것과 함께 보리밭도 사라진 것 같다.

아직은 사계가 뚜렷한 편인 한반도에서 벼의 일대는 봄, 여름, 가을이다. 벼는 겨울을 모른다. 그러나 보리는 가을을 모른다. 보리의 일대는 가을걷이 마친 다음의 초겨울부터 이듬해 초여름까지다. 편대를 이룬 기러기들이 북녘으로 날아가는 절기에 대지를 하얗게 덮은 찬서리가 햇빛에 녹은 흙 속으로 들어간 한 알의 씨앗 보리는 보리누름 더위라 불렸던 여름 들머리에 이르러 수십 개의 알곡식 보리로 생을 마친다.

1953년 여름에 휴전을 했다. 그해 겨울은 혹독히 추웠다. 해가 바뀌었다. 보이 왔다. 추위보다 더 가혹한 굶주림이 찾아왔다. 절대다수 농가에는 감자, 고구마, 몇 포대기의 쌀, 옥수수 등 모든 곡식이 떨어졌다. 나물을 뜯으러 들로 나갔다. 산물과 송기를 얻으로 산으로 갔다. 배는 더 고팠다. 나물죽으로 때운 끼니는 돌아서면 허기졌다. 춘궁기였다. 사람들은 춘궁기를 '보릿고개'라 불렀다. 어서 봄이 가고 어서 여름이 와야 보리타작을 한다. 아, 보리만 있어도 굶주림을 피할 수 있었다. 초여름 산들바람에 익은 냄새를 풍기고 곧 곡식으로 거듭날 보리, 이 보리를 애타게 기다리는, 세계에서 가장 가난했던 우리나라 민중이 춘궁기를 그렇게 '보릿고개'라 불렀다.

포성이 멈춘 포항은 폐허의 포항이었다. 물론 1954년 봄날의 한흑구 가족은 굶주리지 않았다. 그가 미군 통역관이었으니 월급봉투는 두터운 편이었다. 그러나 문학인 한흑구는 보릿고개를 견뎌내는 이 나라 민중의 헐벗은 굶주림에 영혼이 쓰라리게 아팠다. 이때 보리가 그의 눈을 찔렀다. 우리 민중의 굶주림을 달래주는 보리를 예찬하고 싶었다, 혹독한 겨울을 견뎌내고 드디어 성자와 같은 곡식으로 생을 거두는 보리와 같은 우리 민중의 저력을 북돋우고 싶었다. 시가지를 벗어나면 어디든 보리밭이었지만, 그는 호미곶 구만리 너른 보리밭을 찾아갔다. 일 년을 꼬박 바쳐 펜으로 원고지에 보리농사를 지었다.

1955년 4월 한흑구의 명수필 「보리」가 태어났다. 첫 발표는 《동아일보》였다.

「보리」의 시적 형식미는 십여 년 전에 쓴 「나무」보다는 살짝 헐겁고 이십여 년 뒤에 쓴 「노목을 우러러보며」보다는 더 단단하다.

다음은 한흑구의 명수필 「보리」 전문이다.

1

보리.

너는 차가운 땅속에서 온 겨울을 자라왔다.

이미 한 해도 저물어, 벼도 아무런 곡식도 남김없이 다 거두어들인 뒤에, 해도 짧은 늦은 가을날, 농부는 밭을 갈고, 논을 잘 손질하여서, 너를 차디찬 땅속에 깊이 묻어 놓았었다.

차가움에 응결된 흙덩이들을, 호미와 고무래로 낱낱이 부숴가며, 농부는 너를 추위에 얼지 않도록 주의해서 굳고 차가운 땅속에 깊이 심어 놓았었다. "씨도 제 키의 열 길이 넘도록 심으면, 움이 나오기 힘이 든다." 옛 늙은이의 가르침을 잊지 않으며, 농부는 너를 정성껏 땅속에 묻어 놓고, 이에 늦은 가을의 짧은 해도 서산을 넘은 지 오래고, 날개를 자주 저어 까마귀들이 깃을 찾아간 지도 오랜, 어두운 들길을 걸어서, 농부는 희망의 봄을 머릿속에 간직하며, 굳어진 허리도 잊으면서 집으로 돌아오곤 했다.

2

온갖 벌레들도, 부지런한 꿀벌들과 개미들도, 다 제 구멍 속으로 들어가고, 몇 마리의 산새만이 나지막하게 울고 있던 무덤가에는, 온 여름 동안 키만 자랐던 억새풀 더미가, 갈대꽃 같은 솜꽃만을 싸늘한 하늘에 날리고 있었다.

물도 흐르지 않고, 다 말라버린 갯강변 밭둑 위에는 앙상한 가시덤불 밑에 늦게 핀 들국화들이 찬 서리를 맞고 고개를 숙이고 있었다.

논둑 위에 깔렸던 잔디들도 푸르른 빛을 잃어버리고, 그 맑고 높던 하늘도 검푸른 구름을 지니고 찌푸리고 있는데, 너, 보리만은 차가운 대기 속에서도 솔잎과 같은 새파란 머리를 들고, 하늘을 향하여, 하늘을 향하여 솟아오르고만 있었다.

이제, 모든 화초는 지심(地心) 속에 따스함을 찾아서 다 잠자고 있을 때, 너, 보리만은 그 억센 팔을 내뻗치고, 새말간 얼굴로 생명의 보금자리를 깊이 뿌리박고 자라왔다.

날이 갈수록 해는 빛을 잃고, 따스함을 잃었어도, 너는 꿈쩍도 아니하고, 그 푸른 얼굴을 잃지 않고 자라왔다.

칼날같이 매서운 바람이 너의 등을 밀고, 얼음같이 차디찬 눈이 너의 온몸을 덮어 엎눌러도, 너는 너의 푸른 생명을 잃지 않았었다.

지금, 어둡고 찬 눈 밑에서도, 너, 보리는 장미꽃 향내를 풍겨오는 그윽한 6월의 훈풍과, 노고지리 우짖는 새파란 하늘과, 산 밑을 훤히 비추어 주는 태양을 꿈꾸면서, 오로지 기다림과 희망 속에서 아무 말이 없이 참고 견디어 왔으며, 5월의 맑은 하늘 아래서 아직도 쌀쌀한 바람에 자라고 있었다.

3

춥고 어두운 겨울이 오랜 것은 아니었다.

어느덧 남향 언덕 위에 누렇던 잔디가 파아란 속잎을 날리고, 들판마다 민들레가 웃음을 웃을 때면 너, 보리는 논과 밭과 산등성이에까지, 이미 푸른 바다의 물결로써 온 누리를 뒤덮는다.

낮은 논에도, 높은 밭에도, 산등성이 위에도 보리다.

푸른 보리다. 푸른 봄이다.

아지랑이를 몰고 가는 봄바람과 함께 온 누리는 푸른 봄의 물결을 이고, 들에도, 언덕 위에서도, 산등성이 위에도, 봄의 춤이 벌어진다.

푸르른 생명의 춤, 새말간 봄의 춤이 흘러넘친다.

이윽고 봄은 너의 얼굴에서, 또한 너의 춤 속에서 노래하고 또한 자라난다.

아침 이슬을 머금고, 너의 푸른 얼굴이 새날과 함께 빛날 때에는, 노고지리들이 쌍쌍이 짝을 지어 너의 머리 위에서 봄의 노래를 자지러지게 불러대고, 또한 너의 깊고 아늑한 품속에 깃을 들이고, 사랑의 보금자리를 틀어 놓는다.

4

어느덧 갯가에 서 있는 수양버들이 그의 그늘을 시내 속에 깊게 드리우고, 나비들과 꿀벌들이 들과 산 위를 넘나들고, 뜰 안에 장미들이 그 무르익은 향기를 솜같이 부드러운 바람에 풍겨 보낼 때면, 너, 보리는 고요히 머리를 숙이기 시작한다.

온 겨울의 어둠과 추위를 다 이겨내고, 봄의 아지랑이와, 따뜻한 햇볕과 무르익은 장미의 그윽한 향기를 온몸에 지니면서, 너, 보리는 이제 모든 고초와 비명을 다 마친 듯이 고요히 머리를 숙이고, 성자인 양 기도를 드린다.

5

이마 위에는 땀방울을 흘리면서, 농부는 기쁜 얼굴로 너를 한 아름 덥석 안아서, 낫으로 스르릉스르릉 너를 거둔다.

너, 보리는 그 순박하고, 억세고, 참을성 많은 농부들과 함께 자라나고, 또한 농부들은 너를 심고, 너를 키우고, 너를 사랑하면서 살아간다.

6

보리, 너는 항상 순박하고, 억세고, 참을성 많은 농부들과 함께, 이 땅에서 영원히 사라지지 않을 것이다.

방민호는 한흑구 수필의 형식미 연구 에세이를 통해「보리」도 그의「나무」와 같이 한 편의 산문시로 감상한다.

모두 여섯 개의 '연'으로 이루어진, '산문시'라고 보면 다소 긴 분량을 가진「보리」는 모두 여섯 개의 부분으로 구성되어 있다. '1연'의 보리는 한겨울을 "차가운 땅속"에서 견디는 "농부"의 희망이 되는 보리다. '2연'의 보리는 서리 치는 늦가을부터 5월의 봄에 이르는 보리의 여정을 노래한다. '인고'의 보리다. '3연'의 보리는 한창 피어나는 봄을 맞이하여 "푸르른 생명의 춤"을 추는 보리다. '4연'의 보리는 이제 익어가며 "고요히" 머리를 숙여가는 보리다. '5연'의 보리는 이제 "농부"들로 하여금 "기쁜" 표정을 지을 수 있게 해주는 수확의 보리다. '6연'의 보리는 이 모든 것으로 말미암아 이 땅에서 영원히 "농부"들과 함께 살아갈 보리다. 여섯 연으로 구성된 '산문시' 「보리」의 둘째 연은 실로 시적인 비유와 표현을 담고 있는 아름다운 '시행'들로 구성되어 있다.

한흑구의 「보리」는 「나무」와 함께 그가 창발한 시적 수필의 명작으로 회자하고 있다. 두 명작은 황금빛 보리밭과 그 밭둑 언저리를 고요히 지켜선 나무와 같은 은둔의 사색가로서 우리의 지친 영혼에 위안의 그늘을 드리울 것이다.

바이링궐 에디션 한국 대표 소설 목록

001 **병신과 머저리** 이청준/ 제니퍼 리

002 **어둠의 혼** 김원일/ 손석주, 캐서린 로즈 토레스

003 **순이삼촌** 현기영/ 이정희

004 **엄마의 말뚝 1** 박완서/ 유영난

005 **유형의 땅** 조정래/ 전경자

006 **무진기행** 김승옥/ 케빈 오록

007 **삼포 가는 길** 황석영/ 김우창

008 **아홉 켤레의 구두로 남은 사내** 윤흥길/ 브루스 풀턴, 주찬 풀턴

009 **돌아온 우리의 친구** 신상웅/ 손석주, 캐서린 로즈 토레스

010 **원미동 시인** 양귀자/ 전미세리

011 **중국인 거리** 오정희/ 주찬 풀턴, 브루스 풀턴

012 **풍금이 있던 자리** 신경숙/ 아그니타 테넌트

013 **하나코는 없다** 최윤/ 주찬 풀턴, 브루스 풀턴

014 **인간에 대한 예의** 공지영/ 주찬 풀턴, 브루스 풀턴

015 **빈처** 은희경/ 전승희

016 **필론의 돼지** 이문열/ 제이미 챙

017 **슬로우 불릿** 이대환/ 전승희

018 **직선과 독가스** 임철우/ 크리스 최

019 **깃발** 홍희담/ 전승희

020 **새벽 출정** 방현석/ 주다희, 안선재

021 **별을 사랑하는 마음으로** 윤후명/ 전미세리

022 **목련공원** 이승우/ 유진 라르센-할록

023 **칼에 찔린 자국** 김인숙/ 손석주, 캐서린 로즈 토레스

024 **회복하는 인간** 한강/ 전승희

025 **트렁크** 정이현/ 브루스 풀턴, 주찬 풀턴

026 **판문점** 이호철/ 테오도르 휴즈

027 **수난 이대** 하근찬/ 케빈 오록

028 **분지** 남정현/ 전승희

029 **봄 실상사** 정도상/ 전승희

030 **은행나무 사랑** 김하기/ 손석주, 캐서린 로즈 토레스

031 **눈사람 속의 검은 항아리** 김소진/ 크리스 최

032 **오후, 가로지르다** 하성란/ 전승희

033 **나는 봉천동에 산다** 조경란/ 쉥크 카리

034 **그렇습니까? 기린입니다** 박민규/ 김소라

035 **성탄특선** 김애란/ 제이미 챙

036 **무자년의 가을 사흘** 서정인/ 제이미 챙

037 **유자소전** 이문구/ 제이미 챙

038 **향기로운 우물 이야기** 박범신/ 마야 웨스트

039 **월행** 송기원/ 제인 리

040 **협죽도 그늘 아래** 성석제/ 전승희

041 **아겔다마** 박상륭/ 전승희

042 **내 영혼의 우물** 최인석/ 전승희

043 **당신에 대해서** 이인성/ 마야 웨스트

044 **회색 시** 배수아/ 장정화, 앤드류 제임스 키스트

045 **브라운 부인** 정영문/ 정영문

046 **속옷** 김남일/ 전승희

047 **상하이에 두고 온 사람들** 공선옥/ 전승희

048 **모두에게 복된 새해** 김연수/ 마야 웨스트

049 **코끼리** 김재영/ 미셸 주은 김

050 **먼지별** 이경/ 전미세리

051 **혜자의 눈꽃** 천승세/ 전승희

052 **아베의 가족** 전상국/ 손석주

053 **문 앞에서** 이동화/ 전미세리

054 **그리고, 축제** 이혜경/ 브루스 풀턴, 주찬 풀턴

055 **봄밤** 권여선/ 전승희

083 **상춘곡** 윤대녕/ 테레사 김

056 오늘의 운세 한창훈/ 케롱 린

057 새 전성태/ 전승희

058 밀수록 다시 가까워지는 이기호/ 테레사 김

059 유리방패 김중혁/ 케빈 오록

060 전당포를 찾아서 김종광/ 손석주

061 도둑견습 김주영/ 손석주

062 사랑하라, 희망 없이 윤영수/ 전승희

063 봄날 오후, 과부 셋 정지아/ 브랜든 맥케일, 김윤경

064 유턴 지점에 보물지도를 묻다 윤성희/ 이지은

065 쁘이거나 쯔이거나 백가흠/ 장정화, 앤드류 제임스 키스트

066 나는 음식이다 오수연/ 크리스 최

067 트럭 강영숙/ 전승희

068 통조림 공장 편혜영/ 미셸 주은 김

069 꽃 부희령/ 리처드 해리스, 김현경

070 피의일요일 윤이형/ 전승희

071 북소리 송영/ 손석주

072 발칸의 장미를 내게 주었네 정미경/ 스텔라 김

073 아무도 돌아오지 않는 밤 김숨/ 전미세리

074 젓가락여자 천운영/ 전미세리

075 아직 일어나지 않은 일 김미월/ 전미세리

076 언니를 놓치다 이경자/ 장정화, 앤드류 키스트

077 아들 윤정모/ 쉥크 카리

078 명두 구효서/ 미셸 주은 김

079 모독 조세희/ 손석주

080 화요일의 강 손홍규/ 제이미 챙

081 고수 이외수/ 손석주

082 말을 찾아서 이순원/ 미셸 주은 김

084 삭매와 자미 김별아/ 전미세리

085 저만치 혼자서 김훈/ 크리스 최

086 감자 김동인/ 케빈 오록

087 운수 좋은 날 현진건/ 케빈 오록

088 탈출기 최서해/ 박선영

089 과도기 한설야/ 전승희

090 지하촌 강경애/ 서지문

091 날개 이상/ 케빈 오록

092 김 강사와 T 교수 유진오/ 손석주

093 소설가 구보씨의 일일 박태원/ 박선영

094 비 오는 길 최명익/ 자넷 풀

095 빛 속에 김사량/ 크리스토퍼 스캇

096 봄 · 봄 김유정/ 전승희

097 벙어리 삼룡이 나도향/ 박선영

098 달밤 이태준/ 김종운, 브루스 풀턴

099 사랑손님과 어머니 주요섭/ 김종운, 브루스 풀턴

100 갯마을 오영수/ 마샬 필

101 소망 채만식/ 브루스 풀턴, 주찬 풀턴

102 두 파산 염상섭/ 손석주

103 풀잎 이효석/ 브루스 풀턴, 주찬 풀턴

104 맥 김남천/ 박선영

105 꺼삐딴 리 전광용/ 마샬 필

106 소나기 황순원/ 에드워드 포이트라스

107 등신불 김동리/ 설순봉

108 요한 시집 장용학/ 케빈 오록

109 비 오는 날 손창섭/ 전승희

110 오발탄 이범선/ 마샬 필